讀小說
Reading Novel

怪談錄音帶檔案

怪談のテープ起こし

三津田信三

瑞昇文化

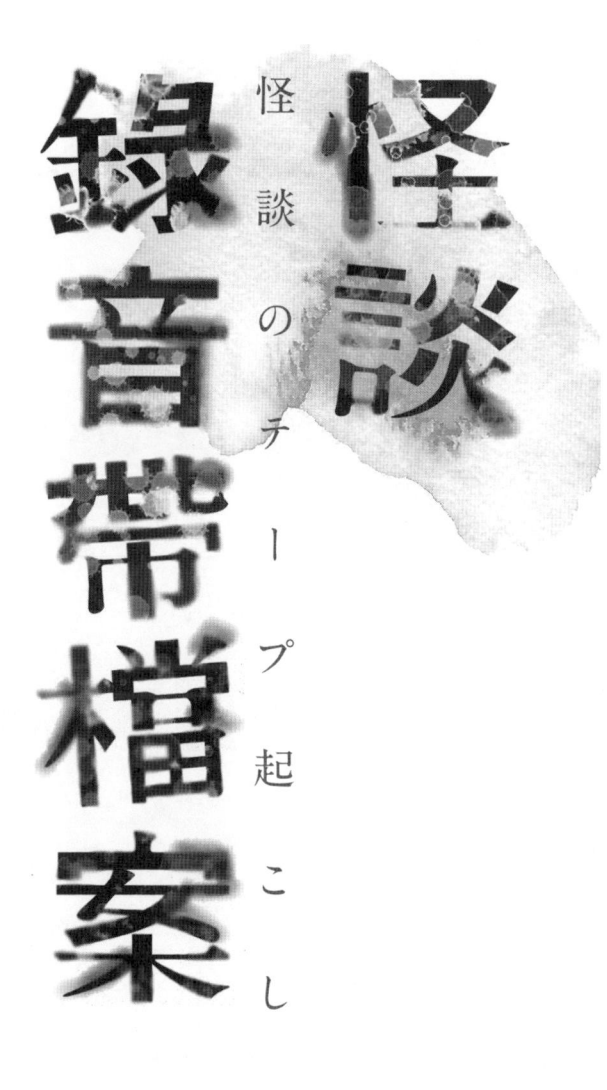

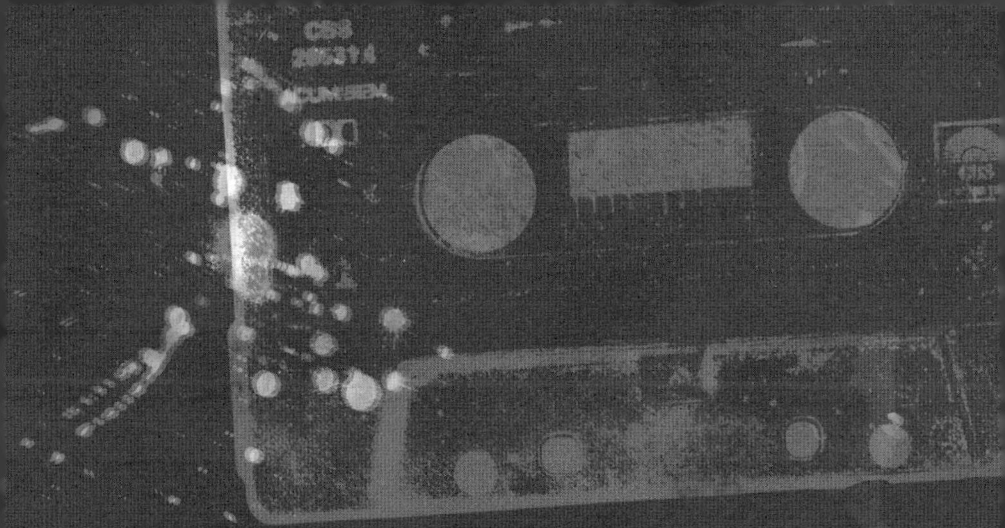

目次

序章
序章

本書是將《小說昴》（集英社）這本月刊誌的 2013 年 3 月號至 2016 年 1 月號期間不定期連載的六篇怪奇短篇故事，彙整成名為《怪談錄音帶檔案》的作品。

通常在編輯這一類短篇作品集時，幾乎沒有什麼作者需要做的事情。其實不過就是重新把作品讀過一次、略為修改而已。再次斟酌每一篇作品的內容、研議各篇的排列順序，若是編輯有所需求，就要撰寫「前言」或「結語」等文稿，大概就是這樣吧。當然，有些情況下也會收錄其他作家或評論家的「解說」，但這些就不是作者會去涉入的層面了。

照理說，這本作品應該也是只讓我簡單寫篇「前言」，接著再依照先前月刊連載時的發表順序進行編輯就好了。只不過在今年 1 月上旬，我和《小說昴》的責任編輯時任美南海及她的上司岩倉正伸進行研議時，以討論到短篇的排列順序為契機，一切的變化就由此開始發生了。附帶一提，我在文中提到兩位編輯時都使用了假名。

當時我們三個人是在橫濱市內的某個家庭餐廳的包廂席位內開會，靠窗坐的是我、時任小姐在我的前面。從我這邊看去，岩倉先生坐在她的左邊。桌上放的是將我在《小說昴》中連載的各短篇獨立印出來的紙稿。

「我認為依照每篇作品在月刊上連載的順序照樣編排會比較好。」

像是事前就已經心有腹案那樣，時任毫無遲疑地說出自己的想法。

在進行收錄的刊登順序討論時，會考量到將好幾個作品集結成短篇集時，要讓讀者在閱讀過程中不會覺得鄰近的篇章內容太相近。當然，作者在幫同一本刊物撰寫短篇故事時，也要盡可能留意這樣的問題。但是，時常也會發生無意間選了相同主題的情況。特別是那種並非每個月固定連載、而是數個月一次甚至是不定期的場合，就會更容易引發這樣的問題。所以進行各篇故事的編排討論，就能在這個部分發揮功效。

「我這邊也沒有什麼特別要提出的問題，老師您覺得這樣做如何呢？」

岩倉對時任的看法也表示贊同，但還是向我徵詢了意見。

「第五篇的故事《黃雨女》和第六篇的《擦身而過之物》都是因為詭異要素所引發的現象，這兩篇會不會有點太相像？」

在第六個短篇故事發表後，我才後知後覺地察覺到這個問題，所以向兩位編輯提出我的掛慮之處。光是這麼說應該也很難讓他們理解，因此我分別舉出這兩篇故事的具體例子。

「啊！是這個地方啊。確實像老師所說的，或許真的有些相似。」

相較於岩倉迅速地反應過來，時任的沉默讓我感到有些不可思議。

從至此之前的會談，我也隱隱約約地察覺到，其實岩倉並沒有仔細讀過我的作品。但我也沒有任何想要抱怨他的意思。因為岩倉只不過是因為要進行短篇集結的討論，才以時任上司的身分陪同前來而已。過程中，只要時任能夠掌握作品內容就足夠了。而且，時任她確實是一個非常優秀的編輯。也是因為如此，我才會覺得時任應該也有察覺到〈黃雨女〉和〈擦身而過之物〉兩篇故事之間的相似度才對。但不知為何，她卻對此毫無反應。反倒是可能只有大略全部讀過一次的岩倉，對我提出的問題表示了理解。

真是奇怪啊。

我默默地觀察著時任，但上司岩倉好像沒有注意到部下那種奇怪的樣子，繼續往下說。

「如果要改變連載時的順序的話，關於哪篇作品該挪動到哪裡的這個部分，老師有什麼腹案嗎？或者是我們乾脆重新安排整本作品的內容順序？」

「我想應該是不必做到那麼徹底的變動。其實我在進行每個作品的選題時，會同時考慮到不要和前一篇故事太過類似。但即使是這樣，最後這兩篇我還是疏忽了。所以我認為只要移動其中的一篇，應該就能解決收錄順序的問題了。」

「原來如此。那麼關於這一篇要移到哪裡去……」

談到這裡，岩倉應該也覺得要決定這個方案，就必須對這六篇故事有相當程度的熟稔。

「你覺得改放到哪裡會比較好呢？」

岩倉轉向坐在自己隔壁的時任，但她接下來的回答卻讓我們兩人大吃一驚。

「就像這樣維持原樣不更動，反而更好。」

在那一瞬間，岩倉頓時為之語塞。

「不改反而更好？老師和我都覺得最後這兩個故事中引發的怪異現象有點類似，你不這麼認為嗎？」

岩倉用略帶質問的口吻詢問時任。他或許也終於感覺到時任的樣子和平時有所不同了。

「它們確實有點相像，但我認為並不到要特地為此更動收錄順序的程度。」

「雖然也是可以這麼判斷啦……」

岩倉的話中已經帶有責難的聲調了。

「不好意思，請讓我打個岔。」

我突然開口打斷岩倉，然後轉向時任。

「雖然關於收錄順序的討論固然很重要，但這次的情況或許真的不是那麼嚴重的問題。不過從另一個角度來說，這就是個只要改變一個作品的順序就能解決的問題而已。比起不去動它，我覺得若是調整一下就多少能有所改善的話，我們還是更動一下會不會比較好呢？還是說，時任小姐想表達的，是除了順序之外還有更重要的事該去留意呢？」

在我向時任提問的同時，腦海中突然浮現了某個想法。只不過，後來又被「怎麼可能」的強烈念頭所掩蓋了。因此，即便聽到了時任接下來說出的那段話，我實在還是難以置信。

「我之所以會拘泥於先前在月刊上的連載順序，其實是我在考慮……要不要把我在那段過程中體驗到的那些詭異事件穿插到每個短篇故事之間。」

「……所以那些事件體驗是由時任小姐來寫嗎？」

「不是，我正想著要把這個部分委託給老師。」

「但是……」

「比起只是讓老師簡單地加進『前言』後出版的短篇集作品，我想這麼做的話絕對會更意思的。」

「可是，把那些事情寫出來真的好嗎……」

「關於這點，剛好相反不是嗎？」

時任用帶有惡作劇意味的態度說著，更是讓我感到困惑。

「照理來說，原本應該是老師會提出『請把這些奇妙體驗放進作品裡』，而身為體驗者的我，則是要以『這麼做我無法接受』來拒絕。您認為原本應該是這樣的情況才對嗎？」

「啊，確實是這樣……」

面對時任的回應，我不禁露出了苦笑。

「即使是這樣，你願意在負責的作品中加入自己的體驗，真的是編輯的表率啊！」

「感謝您的誇獎。」

「咦！所以現在是在講什麼？是發生了什麼事情嗎？」

岩倉對現在的交談完全是處在狀況外，他先是以不安的神色看著時任，接著又換上求助般的表情望向了我這邊。

「實際上……」

我瞄了一下時任，獲得她的同意後，就簡要地跟岩倉談起至今為止的事情經過。

印象中，我似乎是在2012年的12月中旬接到了時任美南海的聯繫。同月的8日，當天在立命館大學演講的我，就這樣在京都留宿了一夜。當晚我正在確認年曆記事本，因為回到家後就要接連跟講談社、角川書店（現KADOKAWA）的編輯討論稿件的事情。在那之後，我就和時任碰面了。我剛從京都返家，隨即就接到了時任的聯絡，我想這個部分應該沒記錯。

我住的鎮上沒有適合討論的咖啡廳，所以一開始是相約在某間義大利料理店。臉上掛著一副眼鏡、有著一張娃娃臉的時任美南海，第一眼看去會讓人感覺是無法託付重任的新進職員，但聽到她在《小說昴》已經有了五年的資歷，在略感驚訝的同時，心頭的大石也放了下來。令人欣喜的，那種安心感在與她交談的過程中也持續增長。她經常不分東西方領域地閱讀恐怖驚悚題材的小說——其中也包含了在下不才的作品——這也讓我更加放心了。比起這些，她完全不在專業上打腫臉充胖子的態度更是讓我萌生了好感。

雖然是理所當然，但現在真的幾乎沒有會事先就把邀稿對象作家的作品全部讀過一次的編輯了。即便出現了這種人，但應該也是這個編輯本來就是該作家忠實粉絲的緣故。儘管時常有很多編輯，明明沒有、卻裝作一副讀過作家全部作品的樣子。其實也可以將這種態度稱為「成熟社會人士的互動往來」，雖然編輯本身可能沒有自覺，但作家這邊多少都能感受得到。當然，如果對方直接了當地表示「老師的作品我只讀過一本」的話，也會令作家感到困擾、因而讓對話很難繼續進行下去，這也是不爭的事實。此外，讓作家一本一本向編輯詢問「這本拙作您是否有讀過？」的情況也實在讓人勞心費力。

關於這個部分，時任非常乾脆明瞭。我很快地得知，在我所寫的作品中，她對於以推理懸疑為主的類型比較不擅長，但對於恐怖驚悚類型的作品就有相當強的掌握度。這樣一來，要繼續洽談下去也就更加輕鬆了。

「我這邊想委託老師進行的是……」

經過一段時間的閒聊後，時任提起了她想委託我的事情。

「敝社的刊物《小說昴》的 2013 年 3 月號將要推出的『早春恐怖小說特輯』」

「關於早春的恐怖這種詞語表現，看起來清爽，其實並非如此。在這之間會催生出一種莫名的矛盾感。我認為就這層意義來說，是帶有種精神異常式的氛圍。」

我坦率地表達出自己的感想，時任的面孔頓時泛出光彩。

「老師的見解真是太敏銳了。實際上這個特輯的宣傳文案就是『綻放的是櫻花、還是你的瘋狂呢？』這樣的文字」

在這個時候，如果我說出「果然是這樣啊」的話，就會顯得帥氣無比，但我對自己能猜中這個特輯的企劃宗旨，其實也感到意外，所以不禁有點佩服自己。

「也就是說，這個3月特輯將會以異常心理的題材為主沒錯吧？」

「不是，其實也沒有特別侷限在這個層面。如果我們限定在精神異常的題材，最後就會讓故事全都導向以人類的瘋狂心理為主題了吧。雖然這樣的作品也是必須的，但我個人希望作家們能撰寫更富有變化性的內容。」

我能夠理解，娛樂性的小說系刊物在策劃特輯的時候，追求豐富的內容也是理所當然的。在推理懸疑作品的領域中，過去人們經常把「密室」或「不在場證明」列為設定主題，這是極為自然的情況。但現今已經不太常看到這樣的堅持了。將類型拉到恐怖驚悚的領域更是如此。會有這樣的情況，是因為很多小說刊物都不是當作單一商品來販售，而是為了讓作家進行長篇故事的連載，最後集結成書，說明白點，雜誌從過往開始就是擔綱這種職責的容器。在這樣的媒介上策劃特輯，其實和以主題優先的形式不太合適。

「話雖如此，但因為有這樣的主題文案設定，編輯們在邀稿時，某種程度上肯定也會向作家提出異常心理題材作品的邀約吧？」

「或許是這樣呢。只不過，不管向哪一位作家邀稿，我的委託概念都是相同的。」

「嗯，我想我明白了。」

就這樣，我接下了撰寫怪奇短篇故事的委託。在此之前，我所寫的那些非系列的拙作短篇，或多或少都屬於不可思議現象所發展出的恐怖故事。其中也有屬於精神異常類的作品，幾乎沒有以「一切都是源自於人類本身的瘋狂」來幫故事畫下句點的類型。我想時任非常清楚這一點，也就是基於這個原因，她才會向我邀稿的吧。

為了回應她對我的期待，這次有必要探索一些看起來像是異常心理類型的事件、但本質上就是完全不同的故事。

在我盤算著相關的內容時，就像是看穿我的思緒那樣，時任臉上掛著期待與不安交雜的表情向我提問。

「據說老師您所撰寫的恐怖驚悚故事，其中有很多都是基於實際發生的事件來創作的，這件事是真的嗎？」

「嗯，關於這點，也是有那樣的作品啦。」

雖然我的回答曖昧，但意思還是相當肯定。時任臉上的神色瞬間亮起。

「所以在作品開始之際，老師就會讓宛如作者身分的『我』登場，以隨筆式的風格來介紹接下來那些圍繞著體驗事件所衍生的故事對吧。」

「比起故事本篇，的確也是有讀者更喜歡開頭的這些閒談文呢」

「啊！我能理解。」

時任看起來很開心似地笑著回應，隨即又轉回一臉認真的神情。

「老師為敝社刊物撰寫的短篇故事，也請您務必以這樣的方向與結構來進行。」

因為時任一邊說著、一邊對我深深地鞠了個躬，我也答應她，自己一定會盡最大的努力。

在那之後，於《小說昴》2013年3月號（發售日為前一個月的中旬，以下皆相同）發表的第一篇作品，就是接下來各位所看到的〈死者的錄音帶聽打〉這個故事。

雖然很唐突——或許是有點多餘的提醒——但我還是想預先提醒翻閱本書的各位，如果您在閱讀本書故事的過程中，出現了和編輯時任美南海小姐類似的奇妙體驗時，請您務必暫停一下，去做做其他的事情、轉換心情後再回來拾起書本。

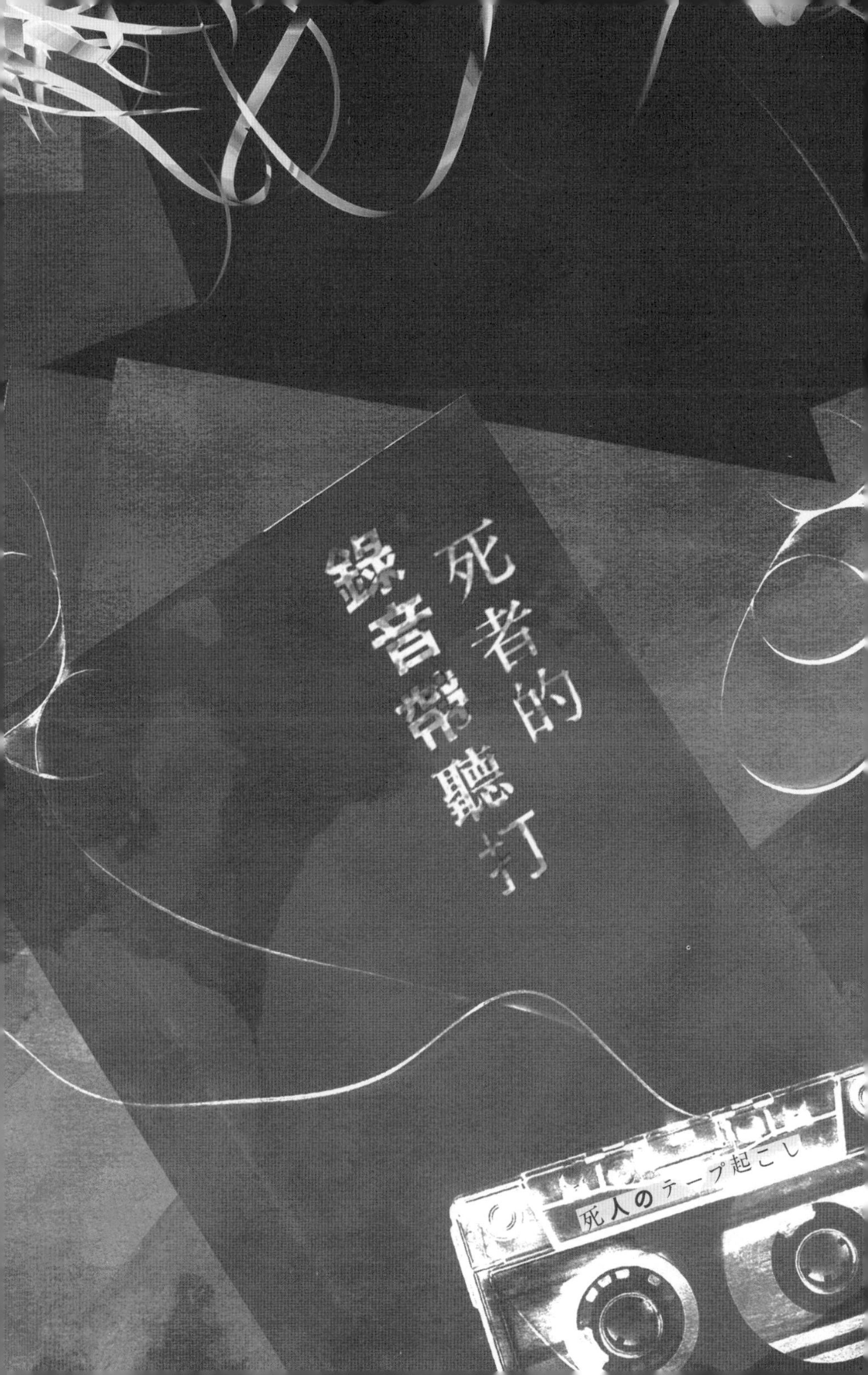
死者的錄音帶聽打
死人のテープ起こし

在成為作家之前的編輯時代，我曾有一段活用自己的興趣喜好、企劃了好幾本書籍的時期。因為員工流動頻繁，我在年齡方面也可說是編輯部的老臣了，我想這對於讓前述的企劃過關或多或少也有助益也說不定。我覺得自己作為一介上班族，在那時的工作算是相當隨興自由了。

舉例來說，我曾經策劃過每本十三章、全套共十三本的《世界懸疑之旅13》。每章各由一位執筆者負責，每本總計動用十三人，系列內容踏遍世界諸多國家與都市，以被該地域的歷史或文化等背景妝點的廣義懸疑景點為主題。接著又推出可說是本系列日本篇的《日本怪奇幻想紀行》等系列書籍。在那個時候，出版社沒有把這種領域歸入文藝類型的作品，因此我在小說領域之外，也一個勁地推動了很多與懸疑、恐怖驚悚相關的企劃案。

此外，請容我先在這裡跟大家說明，關於「Mystery」這個詞彙在日文的呈現，我個人會用片假名字尾沒有長音的「ミステリ」來表示小說或電影的相關創作，對於意指神秘或不可思議事件現象的場合，則是使用帶長音的「ミステリー」。

當時會規劃成以系列書籍為中心，是因為從業務的觀點來看，希望能在書店的書架上確保一席之地。只是每本書都要用上這麼多的執筆者，實在是相當費勁。因此過程中我也曾想改成單人著作或是編纂成較少人數作者共著的形式。而且比起海外、懸疑，我更希望能製作著重於日本、恐怖驚悚的書籍。從這個想法所衍生出的，就是不像先前的「某某之旅」、「某某紀行」那樣被條件束縛住的《日本風恐怖叢書》。以叢書這種形式來製作的話，即便內容之間略有差異，但還是能緊扣這個大主題來進行編寫。

這裡所提到的，並非只是侷限於《幽靈房產導覽》這種實際體驗怪談書或《妖怪旅日記》這類日本妖怪紀行等正統派的題材，就連遍訪妖異溫泉地的《幻想秘湯巡禮》之類的相關衍生書籍也納入了選題的範圍。我認為如果一開始就鎖定在怪談、妖怪這種高人氣的主題，這套叢書早晚也會進入死胡同吧。

另外，先不說別的，屆時就算是我自己，也都會對這樣的走向感到厭倦。

在進行相關書籍的規劃時，我有考慮過要從文學、民俗學、建築學、心理學、社會學等領域中挑選出潛藏在其中的「怪異詭譎事物」。雖然最終沒有進展到出版的階段，但我想提一下其中的「想在這裡死去的場所」這個主題。這是基於以「勿忘你終有一死」（Memento Mori）的思想來考察日本國內自殺勝地的構想。這並非是迎合什麼潮流的想法，我是打算以認真嚴謹的態度來製作這本書的。為此，我從各領域的專家中挑選出多位執筆者人選，並跟其中的數人進行洽談，但果然還是因為內容太過艱深，讓製作情況無法有理想的進展。

就在這個時候，紀實作家島村菜津為我介紹了一個名叫吉柳吉彥的撰稿人。島村是我在擔任視覺月刊誌「GEO」的編輯時認識的，我在先前提到的系列書籍也曾請她寫過稿子。我們一起合作過《義大利的魔力》這本懸疑紀行作品。「在日本推廣義大利慢食文化的人」或許是島村現在的註冊商標，但其實她還有《佛羅倫斯連續殺人》、《與驅魔者的對話》作者這張截然不同的面孔。當然，我認識更深的，是這一面的島村菜津。

記得當時我和島村是在澀谷的西武百貨中開設的一間紅茶專賣喫茶店，剛剛結束了工作方面的討論。閒聊中，她從我這裡得知了「想在這裡死去的場所」這個企劃裏足不前的近況，便告訴我先前曾經耳聞過類似的企劃內容，並在這時提到了吉柳吉彥這名撰稿人的名字。

根據島村的說法，吉柳比我年長五歲，原本也是一個編輯。過去他構思了一些與當時的風格截然不同的企劃，但作為一介出版社編輯，很多事情還是有所限制，後來他似乎乾脆直接轉型為自由撰稿人。雖然我不清楚他想出的內容詳細情況為何，但還是被他勾起了興趣，於是請島村告訴我吉柳吉彥的聯絡方式。

慎重起見，我去找了一些吉柳吉彥經手的雜誌報導以及書籍文章來閱讀，真的相當有趣。真不愧是會被島村菜津介紹的人物。比起一般的撰稿人，吉柳的工作其實更接近報導採訪作家，這也讓我更感興趣了。真想聽聽看這個人會分享些什麼。因此我寫了封信，連同幾本《日本風恐怖叢書》一起先寄去給他。之後我又打了電話，和他敲定了見面會談的時間。

和吉柳吉彥在神保町的一間喫茶店碰面時，正逢潮濕的梅雨季節，是個天氣相當悶熱的傍晚。坦白說，對於比約定時間還晚到30分鐘的吉柳，我的第一印象實在不太好。他剃了個五分頭，蒼白的面孔上掛著目光銳利的細小眼睛、團子鼻以及厚嘴唇。在感覺不太健康的肥胖身軀上，穿的是有著骷髏圖案的黑色 T 桖以及雙膝處開洞的牛仔褲。雖然我並不打算評論一個人的外貌或裝扮，但用一句話來形容，他就是一副不可一世的態度。而他的這副模樣似乎也和欠缺社交能力息息相關，在結束初次見面的問候之後，專門找話題來聊的就是我的工作了。在大多數的時間裡，吉柳只是默默地聽我說，偶爾才像是突然想起來那樣給予回應，但幾乎是不太說話的。像這樣的個性究竟是如何扛起編輯的任務，我對此感到相當訝異。

我們就這樣閒聊了一段時間，因為覺得這樣事情毫無推進，我就單刀直入地切入問題核心。

「話說回來，吉柳先生主要在寫哪些稿子呢？」

就這樣，吉柳終於打開了他那沉重的嘴唇。而他的回答，也讓我得知除了事前已經查到的雜誌或書籍文章之外，他確實也有在涉獵相當大範疇領域的工作，聽到這裡不禁讓我有些放心。過去的實績——其中多少都還有哄抬自己的部分——但那依然還是他擁有作為撰稿人實力的證據。

就在關於吉柳工作的話題告一段落之後。

「我從島村小姐那裡聽說，你正在撰寫小說？」

他突然拋出這個問題。

「……啊，是的。但不過就是興趣使然寫著玩的程度而已。」

「不過，應該也有正式推出的作品吧？」

「是這樣沒錯，但就是連業餘作家都算不上的層次啦。」

那個時候，我只是在鮎川哲也編輯的《本格推理③》（光文社文庫）中刊了一篇短篇故事而已。如果光是這樣就說自己是業餘作家，那也太狂妄自大了。我並沒有思考過自己想成為一個作家，或者是能否成為一個作家的事情，那個時候真的就是基於興趣才寫下作品的。

然而，吉柳好像誤以為我有成為作家的志向。

「假使你真的出道了，你應該就會辭去現有的工作。再怎麼說，領人薪水的上班族每個月都還是會慶幸能有薪水匯進銀行帳戶，但是一但當你成了自由業，即便再怎麼不喜歡過去的工作，也能確實感受到這一點了。」

先前的寡言宛如像是偽裝一般，他打破沉默說出這番話。

「吉柳先生，您一開始是那樣的處境嗎？」

「對啊，不過幸虧我還有點存款，而且是孤身一人、不必養老婆和小孩。所以才能下定決心轉行。但話雖如此，假使你不是特定專業領域的寫手，如果沒有涉獵廣泛的知識與人脈，在從事自由業的初期是很難餬口的喔。」

「確實您所經手的稿件，觸及了各式各樣的領域呢。」

「所以我才辭掉了工作。不管是自己再怎麼感興趣的主題，但也不一定能通過每個單位的應允，而且有的題材類型原本就不屬於公司會去涉獵的領域。」

在聽吉柳發表了對前東家的抱怨後，他又接著說。

「可是啊，以自由撰稿人的身分向人推銷單行本的企劃也很困難啊。例如有的出版社即便對你的企劃內容感興趣，但他們還是會想委託給更有名氣的作者來操刀。因為這樣書才能賣得出去吧。剛開始轉型成自由撰稿人的時期，我會覺得如果能走到這一步就很讓人滿足了。只不過，如果不能在自己手上完成的話，當初轉行當自由撰稿人不就沒有意義了嗎？這時我就想通了，所以我決定跳脫企劃的階段……」

自由撰稿人吉柳吉彥滔滔不絕地跟我分享著他對工作的相關想法。

「原來是這樣。話說回來，我想跟您談談關於我在信中提到的那件事……」

這時，我已經能非常清楚地了解到，只要是講到和自己有關的事情，吉柳就能整整說上一長串。就這層意義來看，比起編輯，吉柳或許更適合當個撰稿人。當然這對我而言也是求之不得的好事。像這種類型的人，肯定會對自己建構的企劃熱烈地大說特說一番。

所以我簡單向他說明了「想在這裡死去的場所」的概要，用我們在企劃上有類似概念這一點去探探他的意向。接著就如我所預期的，吉柳被勾起興致了。但我說彼此的企劃很類似，好像讓他感到有些不快。

「我的企劃才不是那麼抽象的東西呢。你那種用哲學思維去考察人類死亡什麼的，那種書滿坑滿谷都是吧。」

他用強烈的語調反駁我。

「不過我覺得把目標鎖定在自殺名勝這一點，感覺還有點意思。」

吉柳後面補上的這句話，應該不是擔心剛才的言詞惹惱我，而是他確實真的這麼認為吧。我明白吉柳吉彥這個男人不太會去讚美別人的企劃案，但我現在的心情還是五味雜成到難以言喻。

「是不是能請吉柳先生更具體地聊聊您的企劃案呢？」

我重新整理自己的思緒後提問，吉柳則是用煞有其事的神情回答。

「其實，我正在進行跳水自殺相關的採訪。」

「這是聚焦在特定的場所或人物來進行的報導嗎？」

「不是，是更整體性的內容喔。」

「您可以舉個具體的例子嗎？」

「具體的例子當然有啊。而且其中也有你喜歡的那種怪談故事。可是這對我來說還是不夠力。我想要做一些更直接、更重口味的內容。」

「更直接是指？」

我對他發誓絕不告訴任何人，吉柳才說出下面這段讓人吃驚的話。

「再說得更直白一點，就是將尋死之人離開前活生生的言語集結起來，製作成一本書。」

「……您的意思是？」

「有些自殺者在尋死之前，會用錄音帶錄下給家人、朋友，或是這個世間的一些話。我要蒐集這些錄音檔，然後編輯成稿件，概念就是這樣。」

「死者遺言的逐字稿聽打嗎？」

「喔！你這個詮釋很棒耶。」

吉柳的臉上第一次出現像是笑容般的表情。

「可是啊，這個明明是死前就錄下的，說是死者什麼的好像有一點詐騙的感覺。」立即就指出問題點的所在處，這一點也十分符合吉柳的風格。只不過，我對這個企劃案的興致可是高到能忽視他所提出的問題點。

「關於那些錄音帶，吉柳先生已經拿到手了嗎？」

看到他大方地點頭承認，我也跟著興奮起來。

「是錄音帶，不是MD，對吧？」

「全都是錄音帶喔。整理一下那些自殺者的年紀，大概在五十五歲前後，都是對錄音帶相當熟悉的世代。我自己也是這樣，對那些人來說，MD這種東西大概只會讓他們疑惑著到底能不能錄音，然後盯著機械無所適從吧。」

「如果不像錄音帶那樣可以看到轉動狀況的話，他們就無法確認呢。」

「因為是自殺者的錄音，所以不會有重來一次的機會。這樣一來，還是選擇熟悉操作方式、能夠用雙眼確認錄音狀態的錄音帶，也是理所當然的吧。」

「確實如此。關於這些錄音帶，您手上大概有多少卷呢？」

「誰知道呢。我蒐集這些錄音帶也將近十年了，應該也累積了相當的數量。但是，也不是全都是能拿來利用的東西。」

「因為錄音品質的關係嗎？」

「不，當然是內容的問題。留言給還活著的雙親或妻子，或是掛念孩子的父親留言，把這些放進稿子裡面也沒什麼意思吧。因為我想編寫的絕不是那種賺人熱淚、似是而非的感動。」

「也就是說……」

「像是這個人對著錄音機訴說著讓他決定尋死的動機，或是冷靜地描述著自殺現場的情境，該如何把這種鬼氣逼人的內容活生生地放入稿子中，並且傳達給讀者，不就是這個企劃的核心所在嗎？」

「……」

「如果不是錄下這些負面情感，那不管有多少自殺者遺留的錄音帶都派不上用場。」

「……」

「可是將自己對公司的怨念、對特定人物的辛酸、對家人的憎恨錄進帶子裡的狀況，其實本來就很罕見。」

「……」

「還能將那樣的感情表現出來，就是他們身上還留有能量的證據。所以還不至於跑去自殺。

那些想從這個世界上消失的人，很多都是對一切感到精疲力盡的人。就算他們訴說著恨意與辛酸，隱藏在其中的與其說是怨恨一切，不如說是已經心死了。因為晦暗已經盤據了他們的人生。」

「像、像這麼稀罕的東西，吉柳先生到底是從什麼管道拿到的呢？」

此時我終於插上了一句話。雖然也很在意錄音帶的內容是什麼，但是我對入手的門路湧現了極高的興趣。

只不過，吉柳的臉上浮現了一抹討人厭的笑容。

「這個我就不能說得太明白了。也是因為這些東西原本就不是只從單一地方找來的，每一卷都有各自的背景過程啦。實在無法用幾句話就說明清楚。」

「假使在雜誌上發表這些錄音帶聽打的逐字稿，您不會擔心他們的家屬跑來控訴嗎？如果編寫成書籍出版也是會有同樣的問題呢。」

在錄音帶的提供來源未能明朗的情況下，這個問題率先在我的腦海中浮現。

「沒這個問題。」

但吉柳立刻用回答破除了我的疑問。

「吉柳先生為什麼能這麼肯定呢？」

「這些東西來到我手上時，相關人士都已經放棄錄音帶的所有權了。理由也是各有不同。大部分都是用錢解決的，還有的人是不想跟這些錄音帶扯上關係，另外就是完全不知道有錄音帶的存在。」

「如果是這樣的話，這些帶子果然……」

「沒事的。錄音帶中出現的特定名詞，我不是蓋掉就是改用假名，關於那些人說的內容也有稍微加工一下。即使是知道事情原委的人讀到這些文章，也無法斷定是同一個事件，我就是這樣改稿的。即使是這樣，我並沒有打算抹除那些敘事者對臨場感受的敘述。我對這些事情很拿手的。」

似乎是感受到即便說了這麼多也無法消除我的疑慮，吉柳又換上一副緊繃的神情。

「如果有人對出版社提出抗議，我會負責處理所有的相關事務。」

如果是這樣的話，應該也沒什麼好抱怨的了，於是我接著問。

「在今天跟您碰面之前，您有把這個企劃拿去向其他出版社自薦過嗎？」

「是有向幾家出版社提案先在雜誌上進行連載，之後再集結成書。不過每一家都說這東西『太黑暗了』，所以都沒有後續進展。」

會有這種結果，應該不是題材太黑暗的關係吧。要說比這些更加陰鬱悽慘的故事，在那些週刊雜誌上更是多到要讓人厭惡的程度。我認為這裡頭最讓人疑慮的問題，不就是這些錄音帶來路不明嗎？雖然我不是不能理解吉柳想要留一手的想法，但這樣一來更顯得可疑。光是拍胸脯說著「相信我」，也很難讓人買帳吧？

不過，此時我已經在腦海裡想這想那地盤算起來，想著該怎麼構成才能最有效地活用這個企劃案。播放錄音帶，然後聽打逐字稿嗎？這也太無趣了吧。還是說要在這些留言的前後放一些學者的分析文章？不過這也太隨便了。這個企劃要以書籍的形式獲得成功，取決於整體該怎麼進行建構。

吉柳應該很快就察覺到我正在思考相關的事情。

「問題是，我不確定這些是不是符合你那個《日本風恐怖叢書》喔。」

他突然裝模作樣起來，開始挑起毛病。

「那套書目前已出版的內容我都看了，娛樂性是很強啦。你是不是就是從中浮現『想在這裡死去的場所』之類的企劃構想？即使是這樣，與其說是具備社會性，不如說文學氣息還比較重。」

「我並沒有追求社會性的打算……」

「我這個辛辣的企劃，真的適合你的那套叢書嗎？如果在系列中加了這些內容，你不怕整套書就這樣毀掉了嗎？」

雖然態度表現有點誇大，不過吉柳顧慮的事情其來有自。但話雖如此，我也看出他這段話並非出自對《日本風恐怖叢書》的掛心。所以我也毫不顧忌地回答。

「關於這一點，請容我拜讀您的聽打稿件後再來判斷。」

「我可是還沒決定要不要讓你看稿子喔。」

「如果沒有稿件的參考樣本，這個企劃就無法繼續談下去了。」

我非常明確地向他表達了自己的立場，吉柳瞇得更細的細眼流露出銳利的目光，然後用傲慢的語氣對我說。

「那好吧。」

之後我們進行了具體的商討，接著定案了以下的七項要點。

一、企劃的暫定名稱為《死者也會說話》

二、雖然吉柳蒐集了很多錄音帶，但幾乎都沒聽過。當然他還有其他工作要處理，所以需要約兩個月的時間來聽。

三、選擇三卷內容不同的錄音帶，製作原稿樣稿。

四、原稿樣稿要以自殺者的簡單基本資料、自殺時的狀況、錄音的內容來構成。

五、錄音帶中出現的特定名詞，以符號蓋字或是假名來進行處理。

六、錄音帶中除了當事人的聲音之外，對於其他聲音，要以括號內標註的方式來簡單說明。

七、關於企劃案的整體構成，於檢討原稿樣稿之後再行討論，最後總結。

上述項目，不論是哪一點都是用來推動這項企劃的基本內容。但反過來說，以當時商談的時間點而言，實在也無法討論出比這些更完善的內容了。

話說，那時吉柳吉彥想要針對初版首刷數、定價、保證版稅等細節進行具體的商議，這也讓我相當困擾。日本的出版業界會傾向把這些重要的項目放在後面再談。當書已經出了一個月或兩個月後，才會首次跟作者提及首刷數跟版稅，這種例子並不罕見。所以在這個階段就談論這些內容實在不太可能，而且吉柳過去也當過編輯，這點他應該很清楚才是。

那時我顧慮到日後的往來，還對此感到有些苦惱。

即使是這樣，我還是兩個禮拜就發一次郵件和他確認狀況。如果太囉嗦的話可能會引起反效果，所以我的信件內容非常簡潔。

如果看到一些和自殺相關的報紙或是雜誌報導，我也會將這些訊息轉給他。但不論我寄出什麼樣的郵件，卻從未收到吉柳吉彥的回覆。

正當我對預料中的溝通不良感到煩惱時，就突然在八月的盂蘭盆節前收到他寄來的稿件包裹，我也因此放下胸中的大石。

包裹中有張連例行問候都沒有的冷漠信件，以及在橫向 A4 紙張上文字直排的三人份錄音帶留言稿件。信上寫著「因為我發現了三卷帶子，都擁有讓人感興趣的共通點，所以把這些寄給你」這段帶有某種意涵的文字。

雖然讓人有些不快，但確實勾起了我的好奇心。

以下介紹的，就是吉柳吉彥送來的原稿樣稿。

樣稿 A

【自殺者資訊】男性、單身、關西出身、六十二歲。

A 是在關西一間電力設備相關的公司服務，長年居住在公司宿舍，擔任業務的工作。退休後又以約聘職員的方式擔綱倉庫商品管理的職務。兩年前簽約再雇用時，月薪減少到退休前的六分之一。而且，還因為每週工時減少，使得原本由公司負擔的健康保險費用也轉為全額自費。之後在職場上受到他人排擠，因此弄壞了身體而必須請假休養，這樣的狀況多次周而復始後，最後被公司開除了。因為身體無法恢復，再踏入職場也毫無機會，靠著僅有的存款勉強度日後，終於在數個月之後到了極限。

【關於錄音帶】警方依照 A 遺留在自殺現場的留言，照他的期望將錄音帶轉交給同樣住在公司宿舍的室友某某（男性、三十多歲後半）。但根據這位室友的說法，他不覺得自己跟 A 有多親近，也完全不明白 A 為何指定要將帶子交給自己。他的態度與其說是覺得麻煩，不如說是感到困惑且不舒服的樣子。但依照室友的說法，我們至少可以得知 A 是個個性溫順、沉默寡言的人。

【A 在錄音帶中留下的內容】

「……商務旅館的房間啊。其實還是想去住住京都的旅館，可是身上已經幾乎沒有錢了。還是公司正式職員的時候，就經常住在像這樣的旅館。結果到了盡頭，最後還是進了這裡呀……呼。

（在房間內來回走動）

……搞什麼啊，冰箱裡連罐啤酒都沒有。早知道這樣，就在便利商店隨便買罐發泡酒就好了。可是……唉，都走到這一步了還喝發泡酒，我真的是落魄到骨子裡去了。

（錄音機停止的聲音）

（再次開始錄音的聲音）

……接下來，澡也已經泡完了、啤酒也喝了，差不多是時候上路了吧。

話說回來，我現在錄下這些到底是要給誰聽啊……放出來聽的會是警察嗎？應該沒有人會像我一樣在走之前留下這種東西吧。

……唉……不會有吧。哈、哈、哈（乾笑聲）

想要上吊自殺，結果還找不到地方可以掛繩子，選擇商務旅館真是敗筆。

可是，我記得以前看過好多次政治家秘書在旅館房間上吊自殺的報導。

啊……我想到了，那些人都是在高級飯店裡面，和我這間商務旅館的房間實在是天差地遠。有錢的傢伙和我這種窮人，就連自殺的時候也有階級差異啊。

……呼。不過我也是蠢蛋一個。明明已經在這種地方住了不下數十次了，竟然沒先想到這裡沒地方可以上吊呀。

算了，不就是因為我是個蠢蛋，才會讓自己淪落到這個地步不是嗎？

那……接下來。

（錄音機停止的聲音）

（再次開始錄音的聲音）

『歡～迎，您是第一次入住嗎？』

『嗯。那個，請問新館還有空房間嗎？』

『不好意思，新館目前正在進行內部整修中，雖然還是有可以提供住宿的房間，但不巧都已經有客人預約了。那麼我為您安排入住舊館，這邊請。』

（響起像是將茶杯放到桌子上的聲音）

『如果您有什麼需要的話，請撥電話到櫃台，那麼我就告辭了，請好好休息。』

（衣服磨擦及在榻榻米上步行的聲音、推開拉門又關上的聲音、輕輕打開房門又關上的聲音）

……是在說謊吧。肯定是看到我這身打扮，才不讓我去住新館、而是帶到這裡來吧。而且，這間房應該也是舊館裡面沒什麼在用的房間吧。

（在房間內來回走動）

打掃果然也是很隨便。我真的是被人看得扁扁的呀。

……打從被帶來這裡以後，我就覺得這是個氛圍黯淡的房間，搞不好很久都沒有打開讓人入住了。應該只是把桌子這種一般人會留意到的地方簡單整理一下而已吧。

……唧唧唧。

（打開窗戶的聲音）

這窗戶真的很難移動啊。

窗戶外頭是是竹林和小溪呢……與其說這個景觀別有風情，倒不如說讓人覺得陰森詭異。

呵呵，抱怨這些對我這個要尋死的人來說實在太過奢侈了呀。我可是連這房間的住宿費用都還沒結清呢。

想到這裡，櫃台那個值班的女人，還是滿有識人的眼光呢，應該很擅長待客應對吧。

可是啊，就算是這樣，她應該打從心底沒想過眼前這個人是來自殺的吧。

（再次於房間內來回走動）

啊，這裡有啤酒呢，可是不夠冰啊。冰箱的插頭應該是才剛插上去沒多久吧。讓它再冰透一點，趁這時間先去泡澡吧。

（錄音機停止的聲音）

（再次開始錄音的聲音）

泡了澡果然舒服，真的是泡得很盡興。

啤酒應該也已經冰透了吧。

（啤酒瓶與杯子相碰觸的聲音、像是坐上椅子時發出的嘎吱聲響）

……真是安靜啊。仔細去聽，還能聽見小河潺潺、竹林也被風吹拂得搖曳作響。晚上可能不好入睡。

（持續響起咕嘟咕嘟灌下啤酒的聲音）

……在這裡睡不著吧。

（喝啤酒）

這裡……果然有點奇怪呢。還是我太過敏感了嗎？

（喝啤酒）

因為是很舊的房間了，才會讓人有這種感覺吧。最主要的是，我也不是要來這裡過夜的。

（站起身來，從冰箱中取出啤酒的聲音）

一般都會想著，人都已經要死了，至少在踏入終點之前能碰到一些好事吧。但現實對你卻不會如此親切。

（喝啤酒）

……我已經氣力放盡了。

（持續響起灌下啤酒的聲音）

是不是喝到有點茫了？先前都是發泡酒，真的已經很久沒有像這樣喝啤酒喝個痛快了。而且空腹喝酒，感覺有些不舒服啊。

（喝啤酒）

要在這邊結束的話，那個門框應該可以，至少還能從上面的欄間穿過繩子吧。

（喝啤酒）

用來踩的東西……沒有呢。桌子又太大了……啊，還有梳妝台。大小適宜，用起來也方便，嗯，剛剛好。

（邊喝啤酒邊起身，在房間內來回走動）

這鏡子髒兮兮的，如果我是女性客人的話，早就打去櫃台抗議了。

（移動梳妝台，好像還在翻找些什麼的樣子。大概是從包包中拿出繩子，準備站上梳妝台）

……搞什麼啊，這欄間壞掉了嘛。不過能方便我綁繩子就好了。

（應該正在將繩子繞過欄間、綁在門框上）

……呼，這樣就可以了。

（從冰箱中拿出啤酒，接著坐在椅子上的聲音）

累死我了，明明就不是做什麼了不起的事情……

（持續響起灌下啤酒的聲音）

……呼……呼。

（在喝進下一口酒的間隔，出現的是雜亂的嘆息聲）

……不行啊。不管喝了多少，喉嚨還是很乾。再喝一瓶吧。

（站起身來，從冰箱中取出啤酒的聲音）

……呼哈。

（灌下啤酒的聲音與嘆息聲接連持續出現）

……好，上路吧。

（感覺A站起身來）

雖然這麼說，但真的要去死的時候還是會覺得害怕啊。

（聲音有些顫抖）

啊，對了。

（傳來像是在紙上寫字的沙沙聲響。大概就是在房間內準備的便條紙上寫下前同事的名字和留下這卷帶子的原因）

這樣就好了。

（喝啤酒）

走吧。

（從這一段開始，聲音變得離錄音機有點遠，推測錄音機還是放在桌子上）

……呼哈、呼哈、呼哈。

（微微聽見急促雜亂的喘息聲）

……還是很害怕啊……

……呼。哈～呼～哈。

（感覺在進行深呼吸之後，突然就安靜了下來。因為可以聽見背景中清晰地傳來的小河流水聲）

……哈啊啊啊！

（感覺像是把蓄積至此的氣一次吐了出來的聲音）

要走囉、要走囉、我辦得到！

（瞬間的安靜）

嗚嗚嗚嗚嗚嗚嗚嗚嗚！

（梳妝台翻倒的聲音）

……嘎嗚、咕嗚嗚嗚嗚嗚嗚、咕喔。

（在數秒鐘之間，持續著掙扎蠢動的聲音。室外小河的流水聲越來越大了）

……唧。

（嘎吱作響的聲音）

……滴答、滴答、滴答。

（似乎有什麼東西滴落在榻榻米上的聲音）

…………

（小河的流水聲消失了，陷入一片漫長的寧靜之中）

……唧唧唧、咖噠。

（最後還能聽到的，是像是窗戶被關上的細微聲響。之後錄音帶繼續運轉著，但什麼都沒有錄下。直到帶子跑完時，機器就自動停止）」

樣稿 B

【自殺者資訊】男性、有妻小、中國地方出身、在日第二代、五十七歲。

B在四國經營一間銷售代理店。員工有三人，其中一名女性兼任社長秘書、事務職和財務會計。兩名男性職員則是負責業務工作。主要經手的是大型出版社所企劃、編纂的大部頭書籍（例如百科事典或專書等大規模系列），但造訪一般家庭或專業機構進行直銷模式的生意越來越難做了，而且強迫推銷的手法也惹出了一些麻煩，導致公司業績急速地惡化。出版社新商品的供給停滯，也加劇了公司經營雪上加霜的狀態。雖然公司也將業務範圍擴展到家庭用淨水器等其他商品的銷售，但沒有一樣成功的。另一方面，因為散漫的經營讓借款越滾越多，員工的薪資也遲遲發不出來。B一直瞞著家人，直到他失蹤的時候，債務已經是難以挽回的狀態了。

【關於錄音帶】這卷被塑膠袋包起的錄音帶是在車子裡發現的，警方似乎是憑藉錄音帶的內容，斷定B的死亡原因是自殺。錄音機和裡面的錄音帶，都和其他遺物一起交給B的妻子，但是她將這些東西都扔了。根據妻子表示，因為B和秘書外遇，她對這個丈夫早就沒有任何依戀了。

【B在錄音帶中留下的內容】

「（一直能聽到像是汽車空轉的聲響）

……剛剛打了電話給老婆，告訴她『康介（兒子的名字）就拜託你了』，她一定能把兒子培育成了不起的人吧。

我不能帶著他們一起走。我要像個男人，一個人扛起所有的責任才行啊。

（用打火機點菸的聲音）

今天真的是我人生的最後一天了，現在那些討債的傢伙應該通通都湧向公司事務所了吧。真是活該，我怎麼可能被你們抓住呢。只有在借錢給我的時候臉上會笑咪咪的，聽到我說可能一時無法還清，馬上就無情地變臉催促了起來。你們還真把我當病貓呀！

（好像在喝著什麼，應該是威士忌）

從這裡眺望到的景致真棒啊。

（吸了口菸，再啜飲一口威士忌）

我是不受人關照、也不求人幫助，靠自己走到這一步的。像個男子漢那樣，擁有了自己的公司，就此獨當一面。換作是被他人使喚的話又會如何呢。我率領自己的團隊，藉此開疆闢土，我還不能算是條漢子嗎？

（啜飲一口威士忌）

正因為是條漢子……

（突然哼起歌來，但一半以上都聽不清楚）

已經可以了。我做得算很不錯了吧。

聽好了，康介。你要當個頂天立地的男子漢。不要小家子氣地只會死讀書啊。

（啜飲一口威士忌）

所謂的男人，就是該扛起責任。接下來，我就要讓你們見識見識。

……嗯？下雨了嗎？

（持續了一段時間的靜默）

是我太神經質了嗎？

搞什麼，我這樣爽快地大說特說一番，但說真的又能怎樣呢……

（持續了一段時間、聽不太清楚的碎唸聲）

……痾，對啦，我剛剛說到男人要負起責任。

（吸飲一口威士忌）

膽量啊，男人就是要夠有膽量。

（吸飲一口威士忌）

讓你們看看我的骨氣啊。別小看我！

（吸飲一口威士忌）

該做的時候，就一定要做。

（吸飲一口威士忌）

……呼。

（好像把威士忌喝完了）

好，我要上路啦。

（引擎聲逐漸變大）

要衝囉、要衝囉、這次真的要上路啦！

（在引擎高鳴一聲後，發出了像是急速行駛的聲音）

嗚喔喔喔喔喔喔喔喔喔喔喔喔喔喔喔喔喔！

（車子在沒有鋪設柏油的地上行駛的聲音以及像是輾過路上障礙物的驚人聲音）

……啊啊！

（這個瞬間，應該就是汽車衝出懸崖的時候）

嗚哇！什、什麼鬼啊？不要、快……快……停下來！可惡，救命！嗚哇、嗚哇！嗚哇！不要、可惡、不要、別這樣、救我啊！啊啊啊啊啊啊啊啊啊啊啊啊啊！

（汽車墜入海中的巨大聲響。接著是沉入海中之後，海水持續不斷地灌進車子內的聲音）

……

（感覺似乎還能聽見 B 微弱的說話聲，但不管確認了幾次，都沒辦法聽清楚。接下來一直到帶子跑完，其實有錄到各式各樣的聲音，但沒有什麼特別令人在意的部分）」

樣稿 C

【自殺者資訊】男性、單身、關東出身、四十四歲。

多年來，C 在社福機構從事看戶的工作，但是在經營者變成年紀較長的女性社長之後，工作條件和職場環境就一口氣惡化了。新社長經常因為自己的情緒狀況，在機構使用者的面前痛罵員工的小小過失，所以接連有人因此離職。而總是在這種時候出來收拾善後的，就是C了。而且，機構這邊還會要求C假裝進行了一些實際上根本沒去做的服務，在行政層面將申請費用灌水謊報，即便他拒絕也會被逼迫執行。當這些違法行為曝光後，卻要他一個人出來背黑鍋。即便C提出抗議，但卻沒有人理睬他。在盛怒之下，C因此對社長動粗了。因為機構隨即報警，C因而反射性地逃離了機構。因為害怕被追究報假帳和打人一事，他從此消聲匿跡。

【關於錄音帶】在由當地警察與消防隊組成、每年進行一次的青木原樹海搜查隊行動中，發現了失蹤四年、已經變成遺體的C。隨身行李只有一個手提包，在包包裡發現了大量從社福機構帶出來的安眠藥。一台小型的錄音機，就放在他上衣的胸前口袋中。遺物已經轉交給他的雙親。

【C在錄音帶中留下的內容】

「……已經進到樹海了。沒有想像中那麼讓人驚訝呢，我還以為會更嚇人。

下了巴士後，在自動販賣機買了瓶裝水，稍微走了一小段路就已經踏入樹海範圍裡面了。

因為聽說這裡是自殺的名勝，原本已經做好心理準備，覺得會看到圍起來的柵欄……

而且要踏入樹海時，我還很擔心自己這身髒兮兮的打扮，絕對會被當地的居民阻止的，一開始我還對此相當提防……

（稍微靜默了一段時間）

我會來到這裡，是因為過去曾讀過松本清張的《波之塔》，印象突然就在腦海中浮現了。另外我好像曾在哪邊看過相關資訊，說過去這裡曾經發現一具白骨，頭顱底下就是墊著這本小說。那個人肯定也和我一樣，是受了小說的影響，才會來到這裡的吧。

（大大嘆了一口氣）

讓我覺得意外的是，這裡看起來就是很普通的森林。眼前的綠色非常美麗，真的有一段時間不曾出現如此神清氣爽的情緒了。原先我以為這裡是個很可怕的地方，坦白說有點讓人失望。和一般森林不同的，是地面上覆蓋的不是土壤，而是堅硬的熔岩，而且還有許多大樹的樹根在地上四處蔓生。

相較這些，更讓人驚訝的是一條漫遊步道。在樹海中竟然會設有這種東西，真是讓人難以想像。

會修建這條步道，應該是讓觀光客散步所用吧。被隔離開來、不讓人接近的這些樹海既定印象，都徹底瓦解了。

稍微往深處前進，立刻就分不清東西南北等方位，開始迷路，接著就這樣走不出來了……明明對樹海是抱持這樣的印象，但只要不偏離漫遊步道，應該就不太會迷路了吧。

……正因為如此，我要刻意離開這條步道，現在正開始大步地向森林深處邁進。

（用略快的速度走著）

這個路況還真差。如果被樹根絆倒，讓頭撞到堅硬的熔岩，就不大妙了。

（持續了一段時間的靜默）

我是為了尋死才跑來這裡的，結果還在意會不會受傷這種事，實在太奇怪了呢。

……只不過，人都是會怕痛的啦。

因此我打算吃下安眠藥。可是，還是可能會出現太早被人發現而獲救的情況，所以我選了不管是誰都不會找上門的地方，就是這片樹海了。

如果是這裡的話，應該就真的能確實地死去吧。或許還永遠不會有人發現呢。如果是這樣的話，我是不是就會變成行蹤不明之類的……不對，我已經變成失蹤人口了嘛。

對爸媽來說，或許這樣會比較好。

（稍微靜默了一段時間。從這時開始呼吸聲變得有些雜亂）

……啊，是山洞。這個是不是什麼所謂的風穴啊？

……咦？深處有個小祠堂。

也就是說，這裡還是會有人過來嗎？

不行、不行，一定要走得更深入才行。

（感覺他一個勁地往前走，這個狀態持續了相當長的時間）

不知道從什麼時候開始，周遭環境的樣貌都不同了。

樹木……生長得好茂密啊，感覺讓整片綠意變得更濃了。

……總覺得氣氛有點不對勁。

（持續了一段時間的靜默，呼吸變得急促）

都走到這裡來了，應該已經……那是什麼啊？奇怪。

（腳步加快了）

有個糖果盒掉在這裡。

……嗯，像這種地方還會有觀光客走到這裡來啊。還是說，這是跟我一樣來自殺的人丟下的呢？

（一個勁地向前走）

……咦？

（突然停下腳步的樣子）

那個是……

（數秒鐘的沉默）

該不會是……

（繼續步行）

嗚哇！

（大幅邁出腳步）

……有個上吊的人，我想應該沒錯吧。

（大口喘氣）

可是，那個脖子竟然會拉成這樣……

一開始根本看不太出來是個人。真恐怖，上吊的話脖子就會……嗚喔，好可怕……真的太嚇人了。

呼啊……

（深深地嘆了一口氣）

沒選擇上吊應該是正確的。原本還覺得反正都是要死，怎麼死還不都一樣，但是看到那種樣子後，就覺得還是沒辦法。

有必要確認一下附近還有沒有上吊的死者。不對，不是只有上吊的，也要確定附近還有沒有其他自殺者的遺體，再來決定自己要死的地方。

我並不是排斥這些早我一步的死者，主要還是如果距離太近的話，心裡總是會覺得不舒服。

（默默地又走了一段路）

感覺已經走得夠遠了。

（似乎停下了腳步）

這附近的氣氛也大大改變了呢。好像終於有點像是樹海的感覺了。

陰鬱的氛圍很夠味。

（感覺在張望四周的情況）

如果能在這裡找到好地方就好了……

啊，起霧了。能不能在霧氣變濃之前趕快找到自己生涯的終點呢？

如果霧氣籠罩這一帶的話，這樣一來死在哪裡應該都差不多了……

即使是這樣……哇！

（似乎身體僵住無法動彈）

……嚇、嚇我一跳！

（呼吸變得慌亂急促）

不、不對、這種事情……

（數秒鐘的沉默）

你是一個人嗎？

（數秒鐘的沉默）

我、我也是，有點想看看樹海深處長什麼樣子……

（好像是正在跟誰交談的話語持續了一陣子，但除了C的聲音之外什麼都聽不到）

那麼，我先告辭了。

（腳步加快了。持續了一段時間的靜默，途中好像還多次回頭張望）

沒想到會在這種地方碰到別人……

而且還是那麼漂亮的女生……

應該是二十三、還是二十四歲左右嗎?不對，應該再稍長一點。

……話說，那個女生出現在這裡的原因會和我一樣嗎?像那麼年輕又美麗的人，人生應該現在才正要開始吧……

不過，我又怎麼能理解別人的事情呢。我自己不也是這樣?要是年長的人看我，應該也會覺得這個人的人生才正要開始吧。

不管怎樣，在人生的盡頭還能和那樣美麗的女生說上話，實在是太好了。

（默默地又走了一段路）

霧氣越來越濃了。衣服也在不知不覺間被沾濕了。

這下子和那個女生也拉開一段距離了吧。希望她能夠平安地離開這裡。雖然是我多餘的關心，但真的希望她可以平平安安地回到家……

那麼現在……

（大大地嘆了一口氣）

差不多該決定最後的終點了。

最理想的狀況就是有個足以平躺下來的平地，還要被茂密的樹木或草叢包圍著的地方……可是能這麼順利地找到嗎？

這陣霧氣也太討人厭了。這麼濃的霧，能見度大概只有幾公尺而已吧。即使找到了符合需求的好地方，搞不好距離兩、三公尺外就是漫遊步道。真希望不要發生這種狀況。

（停下腳步，打開隨身包包，拿出瓶裝水來喝）

……呼哈。喉嚨真渴。這個水本來是為了吞下安眠藥才買的，結果差一點就不小心喝光了。早知道會這樣，多買個一、兩瓶就好了。

（慢慢地邁出步伐）

那一帶感覺不錯啊。

有塊滿寬廣的平地，雖然希望能更好，但果然還是……咦？

（停下腳步，數秒鐘的沉默）

為什麼……她先到了？不，這不可能啊……

（數秒鐘的沉默）

……那個，剛剛我們才見過。

（數秒鐘的沉默）

是這樣啊。

（數秒鐘的沉默）

咦？啊啊。

（好像又在跟誰交談，但不管如何聚精會神，還是完全聽不見 C 以外的聲音）

……啊。我是不會介意啦……

（數秒鐘的沉默）

是那邊……嗎？

（開始步行）

（從這個地方開始出現雜音，雖然有時能夠聽到 C 正在說話，但無法聽得很清楚）

……這裡……

……一個人……

做什麼……

……你也是……

（感覺不是只有 C 在說話，但情況還是不明）

……不……

……輕鬆地……

……別這樣……

……回來……

……停下來……不要……

……

已經回不去囉。

（微微聽見像是女性說話的聲音，而原本應該還有錄音空間的帶子，突然被按停了）」

【補充】C並沒有如他所願，他的遺體如同前述在四年後被人發現。雖然已經得知他來這裡是為了尋死，但實際的死因仍然不明。

我一讀完這些原稿樣稿之後，就立刻撥了吉柳吉彥的事務所兼住家的電話。但是鈴聲持續響了很久，都沒有人接聽。接著我改打他的手機，但是只聽到「您所撥的電話未開機，或是不在訊號接收範圍內」的語音。當天我打了五次電話，但是都聯絡不到他。

隔天的早上，我又繼續打電話過去，但還是沒有人接。因此當天下午，我就前往他名片上位於荻窪的事務所兼住家。

然而吉柳還是不在家。在這處集合式住宅的房門上附有信箱，而吉柳的信箱中塞滿了三天份的報紙。也就是說，他應該是將那份稿子寄給我之後就外出了。

我也猜測過他是不是因為盂蘭盆節回老家了，但心裡還是有種令人不快的預感。其實在我閱讀那些稿子的時候，突然回想起很久以前看過的一篇週刊報導。

那是一篇節錄自殺實況錄音帶的報導。因為被欠債逼得喘不過氣來，某個男人在結束妻子和女兒的生命後，逃亡了幾天。最後留下了錄有他在某間旅館中直到上吊自殺為止的實況錄音帶。錄音帶的內容相當具有衝擊性，但比起這一點還更讓我印象深刻的是，據說編輯部內盛傳，有人在聽了這卷錄音帶之後精神失常了。還記得當時我讀了這篇報導，也覺得聽了這種東西肯定會出事的吧。

然而，吉柳吉彥竟然還聽了一堆類似的錄音帶。而且他一定是一卷一卷接連聽下去。從裡面被選出來再改成原稿的那三卷帶子，肯定也是在那之中顯得特別詭異的內容。因為這幾卷都不是單純的尋死實況紀錄，內容盡是些難以理解的東西。

這些內容中到底有什麼蹊蹺呢……

我也寄了電子郵件給吉柳，但也完全等不到他的回信。我一整個禮拜幾乎每天都打電話，但每次都只能聽著空洞的撥號聲。雖然我對這件事相當在意，但我還有其他的企劃得處理，漸漸就無法把心力都放在吉柳的事情上了。

過了一段時間後，我才又打了電話過去，才發現吉柳的電話已經被停用一個半月之久了。

我因此聯絡了島村菜津，但是她也很久沒有碰到吉柳了。而且既沒有聽說過他要搬家、也不知道他的老家到底在哪裡。島村告訴我，她會和跟吉柳有往來的編輯打聽看看，但也先打了預防針，要我別抱太大的期望。

在那之後又經過了一個半月左右，有一份指名給我的郵件被寄到編輯部來。上面沒有寫寄件者的名字，信封袋上的郵戳貌似是被水弄濕，整個暈開無法辨識。

拆開信封袋之後，出現了一卷錄音帶，除此之外什麼都沒有。整個信封袋就真的只放進這卷錄音帶而已。

吉柳吉彥……

我心中瞬間浮現了他的名字。於是我沒打算把帶子放出來聽，就這樣直接放回信封袋之中。但是，如果只聽一點點的話……好奇心頓時湧上心頭。只要別讓帶子放到最後就行了……腦海中閃過了這個說服自己的藉口。

在經過一段時間的猶豫與掙扎之後，我從置物櫃中拿出了已經擱置好幾年的卡式錄放音機，把錄音帶放了進去。再戴上耳機，按下了播放鍵。

「……我到了一個廢墟。至於這裡是什麼地方，繼續往下聽就會明白了。

（似乎是在鋪有水泥地的建築物內移動的樣子）

現在我進了一棟建築物。雖然荒廢已久，但窗子還是保留著，這也代表還沒有什麼人知道這個地方。

穿透玻璃窗的西曬日光相當炎熱，室內空間也很悶熱，但不知道為什麼，總覺得身體發寒。為什麼我會來到這個不方便又很不吉利的地方呢？如果你知道其中的原因，肯定會——」就在這個剎那，我連忙按下了停止鍵。雖然是察覺到吉柳在這裡提到的「你」，肯定就是在說我的關係，但不光只是因為這個理由。

打從按下播放鍵開始，我就有聽到微弱的奇怪聲音。在吉柳對著錄音機說話的時候，感覺在他的身後也有什麼東西在竊竊私語。正當我領悟到「聲音的來源會不會是雨聲呢？」的同時，吉柳也在這個時候提到了我。所以我才慌張地按下停止鍵。

從錄音機中把帶子拿出來後，我將它放回信封袋內，就這樣直接收進資料櫃中的深處。我刻意地盡可能努力忘掉這卷錄音帶的存在。結果還真的有用，這件事也逐漸從我的記憶中被淡忘了。再次回想起來，已經是年末進行大掃除的時候。

為了丟棄用不上的資料，我打開資料櫃開始進行整理，發現某一部分的資料有些許受潮的狀況。

明明是沒有水氣存在的資料櫃裡面，竟然發生這種事。覺得奇怪的我，因此把裡面的資料全部翻出來看看，結果在櫃子深處發現一個似乎是因為受潮而變色的信封袋。在這個瞬間，我又回想起那個人的事情了。

我小心翼翼地窺看了信封裡面，看到了那卷已經發霉的錄音帶。

這時我立刻出門買了粗鹽，把整卷錄音帶都散滿粗鹽後再放回信封袋內，接著用報紙將它包起來，再放進塑膠袋，然後在外面又套上一個信封袋，最後用膠帶封起來之後丟到外面的垃圾桶裡。

在那之後，碰到有機會時，我都會在業界圈子內打聽吉柳吉彥的消息，但是我至今還沒有碰到一個知道他下落的人。

留守番の夜
那一個
看家的夜晚

幫忙別人看家。

體驗過這種事情的人，在這個時代應該已經不多了吧。和以往相比，現今的人際關係顯得淡薄多了，想要拜託別人幫忙看家，也變得越來越難啟齒。而且，現在不管是大門還是窗戶的鎖都更加堅固可靠，即便是一般住宅也能很方便地安裝保全系統。在現代的日本，幫忙別人看家這種機會，會不會早就消失殆盡了呢？

但是在歐美地區，情況就有所不同了。因為歐美國家擁有聘僱保姆的傳統。這樣的工作場合並不只是面對小嬰兒，從幼兒到小學生為止的小孩也都包含在服務的範圍之內。父母若是有要事外出，必須到深夜才能返家時，就會臨時雇用高中生或大學生，在孩子雙親不在家的這段期間負責看顧他們，這就是所謂的保母工作。

從父母的立場來看，可以花費較少的金錢就達到效果，對高中生或大學生而言也是很棒的打工機會。雖然幫忙照顧別人家的小孩相當辛苦，但是只要孩子年紀越小，上床睡覺的時間也越早。總之先把他們哄睡了，剩下的就是自己的自由時間。如果碰到了不必多費心照顧的孩子，應該就沒有比這個更輕鬆的打工了吧。

因此，在這些接下保姆打工的人之中，也是會出現趕緊把小孩哄上床睡覺，接著偷偷把男朋友或女朋友叫進來的人。像這種認為只要別讓雇主知道，不管做什麼都是自己自由的人，是不分海內外都會出現的類型。當然如果被雇主發現的話，就有被趕出去或是拿不到打工費的風險。不過比起這些，若是負評被傳開的話，今後就別奢望還會有保姆的打工機會上門了。但就是有人明知道這點還照樣為所欲為，或許是因為他們多半都是十多歲的孩子。

有好幾部恐怖驚悚電影都活用了這項設定。內容呈現也是千變萬化，但基本的部分大致上都沒有變動。

擔任主角的學生與看顧的孩子們所在的家，正面臨著被殺人魔或是怪物等恐怖威脅步步進逼的危機。主角因為做了虧心事，心理萌生了罪惡感，因此即使發生了一些奇怪的事件，也不會立刻聯絡雇主或警察。就算屋子外頭傳來可疑的聲響，也被他們認為是偷偷前來的男朋友或女朋友。也就是說，這種後知後覺的警覺所導致的致命危機，就是有著保姆設定的作品必然會存在的要素。

之後，主角才終於感受到危險的東西找上門來了。但是他們不能馬上逃走，因為一定要幫助還在二樓房間沉沉睡去的孩子們。一定要保護比自己更加弱小的人……像這樣加諸於主角身上的箝制，不管怎麼說都還是能強化作品的懸疑感。

這種手法的嚆矢之作，就是約翰・卡本特（John Carpenter）所執導的《月光光心慌慌》（Halloween，1978）了。這部電影最傑出的地方，應該就是在保姆題材的設定上增添了萬聖節這個背景舞台吧。拜這些要素所賜，令人毛骨悚然的白色面具殺人魔——麥克・邁爾斯就這樣誕生了。這樣的詮釋也讓業界群起效法。而這部作品後來也開展出系列作以及直接銜接首作的續篇，至今仍擁有極高的人氣。

——雖然到這邊為止我寫了一堆，但接下來要告訴各位的，並不是和保姆相關的故事。真要形容的話，這是一個大學生在某個由日本式看家與西方式保姆結合的打工中所經歷的事。而且，過程相當讓人不舒服……

這是十多年前，我還在一般公司任職時的往事。某一天，我和幾個後輩們一邊喝酒、一邊大聊特聊學生時代的打工經驗。雖然辛苦但收穫極佳的打工、薪資高但是工作慘烈的打工、有機會品嚐好料的打工等等，大家持續聊著各式各樣的打工話題。這時，有個在大學時代和我一起待過文藝社團的後輩，提起了某位學姊的一次詭異打工經驗。

在後續的記述中，就是這位後輩在學生時代，從他的學姊霜月麻衣子那裡聽來的體驗談。因為我沒有親自採訪過本人，所以還有很多不清楚的地方，但是我當時用放在包包中的ＭＤ錄下了後輩的轉述，現場也用筆記本寫下了一些東西。回家後，我以筆記作為錄音的補充資料，希望盡可能為大家呈現這個故事的面貌。

＊

「如果有個雖然必須留宿，但是工作內容很輕鬆，盤算一下就知道超划算的打工，你會有興趣嗎？」

霜月麻衣子從某個已經畢業的大學社團學姊那裡接下這份打工的時候，是再過幾天就要迎接五月連假的時期。

她在大學入學後，就立刻加入了文藝社。社團中的前輩們大多都喜愛推理懸疑作品，接著就是少數科幻與冒險小說的愛好者，這就是文藝社的生態。

入社後經過了幾個禮拜，她才終於習慣了社團活動的步調。她在這裡認識了同樣喜愛閱讀的學長姊，也結交了同年級的朋友，霜月麻衣子的大學生活可說是一帆風順。

因此，在某次社團活動結束後，一位突然來露露臉、有著美麗長髮的畢業學姊向她搭話、提出打工邀約的時候，她便如此回答。

「有，我有興趣。」

這對個性保守的麻衣子來說，是相當罕見的果斷答覆。

「你真的幫了我一個大忙。」

「我姓小田切。」這位學姊像是麻衣子已經答應接下工作那樣，面露笑容，同時突然報上自己的姓名。

「我來說得更詳細點吧。」

接著學姊邀她前往學生食堂。說了「我請客」之後，買了兩罐罐裝咖啡，領著仍感到一頭霧水的麻衣子迅速地找了個角落位子坐下。

「請問，學姊為什麼會找我呢？」

「你身材修長，一眼望過去超醒目的啊。」

高挑又配上修長的手腳，這正是麻衣子相當介意的點，被小田切學姊如此直接地說了出來，她頓時覺得心靈有點受創。不過，也是拜修長身材所賜，才因此得到了這個被引薦打工爽缺的機會，換個角度來想，這樣也不壞啦。

「當然這也是因為原本的人選突然不方便接這工作，我才回來母校找人的。」

然後小田切回到文藝社這個老地方看看時，剛好碰到有新社員在場。所以才向其中條件最適合的麻衣子攀談，這就是事情的原委。

確實，麻衣子在五月連假的期間還沒有任何計畫。為了讀東京的大學，她和父母大吵一架後便離開了老家，所以暫時還沒有考慮關於返鄉的事情。幸好家裡還會提供生活費給她，但麻衣子還是很擔心會不會有一天就斷炊了。所以有這麼划算的打工機會送上門時，她當然求之不得。話雖如此，當小田切說到她很適合這份工作的時候，麻衣子內心有一股不安的感受湧現。

「學姊是認為，我很適合這份打工嗎？」

看到擺出半戒備狀態的麻衣子，小田切一邊撩著自己的長髮、一邊用認真的口吻向她說明。

「工作很輕鬆這一點是相當肯定的。雖然這樣說的話，似乎會讓人覺得誰都可以勝任吧。但是，也因為如此，才更不能把這工作委託給靠不住的人。如果不是擁有堅定的責任感且個性認真的人選，怎麼能放心地把工作交給他呢？」

「不過這樣聽起來，感覺好像很困難呢……」

看到麻衣子意外卻步之後，小田切掛起滿面的笑容回答。

「不會喔，非常的簡單呢。只要在某戶人家家裡待一晚，幫忙他們看家就可以了。」

「要照顧那家人的孩子嗎？」

這時在麻衣子腦海中所浮現的，是電影《月光光心慌慌》的場面。

「他們沒有小孩喔。但是家裡有一位老人家，不過也不必去照顧她。只是讓一個老人家待在家裡，總是會讓人感到憂心，所以對方才希望能找到一個人來留宿。」

「那這家人是……」

「哦哦，這個學長和我一樣都是已經畢業的社員。我剛入學的時候，他就已經畢業了。我也是透過別的學姊介紹才認識的。」

把小田切的說明稍作整理後，這戶人家的訊息如下。

這位學長從學校畢業之後，就進入一家知名企業服務，多年後他認識了某個資產家的千金，便離職入贅。接著就進入妻子娘家所經營的企業集團公司，但具體來說是從事什麼樣的工作，小田切似乎也不太清楚。

說到不清楚的事，就連這位妻子的雙親是否健在、妻子娘家擁有宗教法人與學校法人的事業實際狀況為何，這些事情也都近乎一無所知。

但能夠確定的，就是學長夫婦住在橫濱啄器山的一戶豪宅內。明明是很寬廣的宅邸，但是只住了夫婦和妻子的一位伯母。能獲知的也就這麼多了。

「這是我的猜測啦……」

小田切以耐人尋味的口吻說出自己的想法。

「這位伯母，其實是這個家的一家之長，在幕後指揮著所有家族事業的人物，說不定就是她呢。」

在工作說明的最後，小田切補上了這番推論。不過，她究竟想表達些什麼，麻衣子直到後來也還是無法理解。

即使是這樣，麻衣子最後還是接下了這個不太一樣的看家打工。既不必照顧這位伯母，還只要留意門窗是否有關好，之後在就寢之前還能自由自在地看電視或讀書，打工費還意外地高。重點是留宿的地方還是豪宅。這對充滿謎團的學長夫婦所洋溢出的神祕感，並沒有在麻衣子心中造成負面印象，反倒還勾起了她對這個家的好奇心。

「對方那裡我會事先聯絡好，然後當天下午五點，你再到他們家裡去就可以了。還有，請你務必不要遲到喔。」

小田切說完後，就交給麻衣子一張上頭寫著「袴谷光史 雛子」等學長夫婦姓名、住處地址、電話等資訊的便條，上頭還畫有從鄰近車站前往目的地的簡易地圖。

在約定當天的下午，麻衣子把換洗衣物、梳洗用品、文庫本等東西塞進包包裡，在三點左右離開了自己租屋的公寓。

因為是位於橫濱的豪宅，麻衣子擅自想像這棟宅邸是蓋在港見丘上，但其實啄器山完全是位於市內偏內陸的位置。而且這裡就像是正在開發中的新興住宅地那樣，盡是些醒目的巨大大樓式公寓及豪華的新建透天宅，但商店之類的都看不到半間。地鐵也是幾年前才開通到這裡，就算從最近的疊千彬車站走過來都要花上三十多分鐘。

明明這麼有錢，為什麼還住在這種地方？

麻衣子從疊千彬車站走出來，看著地圖想了一下，接著立刻了解到是這裡的環境舒適到足以讓人點頭。

這一帶是開發山林地後形成的區域，綠意盎然。而且不只是保留了大自然原始的面貌，在主要地點也設置了公園、涼亭、長椅等設施，並開闢了漫遊步道，將這些東西連結在一起。但並非所有的場所都有步道通過，在某些地方還是原本的泥土地，實在是別有一番風味。維持既有風貌的自然山林與人工設施，毫無衝突地融合在一起，也成為這個區域相當出色的亮點。

在建築物還很少的新興住宅區中，通常都能見到在眼前開展出的寬廣景致，並可從中感受到散發出的蕭瑟氛圍。但是，拜這裡擁有許多丘陵、地貌富含起伏變化所賜，讓人有種置身於深山之中的感受。儘管如此，突然出現的小公園、涼亭、長椅等等，又迅速地讓這種感覺消退。說是鄉下也不為過的風景，卻意外地流露出高雅的意境。如果在主要道路上開車駛過，應該還能看到截然不同的景致，但至少經由漫遊步道走過去的時候，所得到的就是這樣的感受。

有錢人住的地方果然就是不一樣啊。

麻衣子現在能夠理解了。在疊千彬車站的周邊聳立著開設有各式各樣商店的高樓，如果開車的話，和啄器山之間應該只要七、八分鐘的車程。

會覺得這個地方不方便的，應該只有像我這種將徒步作為移動方式考量的人吧。

麻衣子不禁苦笑了起來。不管是鄉下老家還是現在租屋處所在的東京下町老街，到了現在這個時間點，街上應該就會開始出現提著菜籃、出來採購晚餐食材的家庭主婦們。幾乎所有的女性都是走路或騎腳踏車，幾乎沒有開車出門的人。

不過，這個地方完全看不到用步行或騎腳踏車從漫遊步道前往疊千彬車站的人。不對，話說回來，麻衣子突然發現，打從剛剛開始就沒有跟任何一個人擦身而過。

這時她猛然回頭，果然身後的路上也沒有任何人。好像是從踏出疊千彬車站之後，朝著啄器山走去的，就只有麻衣子一個人。

小孩子呢……

才剛想著「怎麼沒有小孩在路上玩耍呢？」，但隨即又想到在這個少子化的時代，似乎是很正常的。而且還是在這種處於開發進行式的新興住宅區，就更不可能隨時看到小孩子了。

首先就該想到，這裡實在太寬廣了。

此處的情景並非是住宅街和公寓大樓座落於山林或公園附近，而是在自然與人工物共處、廣闊且富含高低起伏的綠意地帶上，有人類居住的建築物分布在其中。應該是基於這個原因，才會在某些時間點出現這種大白天也絲毫不見半個人影的冷清場景。

嗯，不對。說不定這個地方可能一整天都是像這個樣子……

如果真的是這樣的話，父母也就不會想讓孩子到外面來玩了吧。因為，若是孩子發生了什麼事情需要大聲呼救的話，這一帶根本找不到能立刻出手幫忙的大人。

就在思考這些事情的同時，麻衣子走著走著，內心突然感到有些害怕。雖然已經設置了完善的基礎建設，卻依然保有自然風貌的山林地區……自己一個人獨自走在這片未知的土地上，這種狀況總讓人感到畏懼。

在被一片新綠覆蓋的山丘另一頭，就能看到豪華的公寓大樓，也能見到氣派透天宅邸的屋頂，還隱隱約約聽到汽車駛過的聲音。但是，現在身在此處的，就只有麻衣子一個人而已……

眼前這條漫遊步道，彎彎曲曲地消逝在一片樹林之中。因此這條路會通往何處，也完全看不清，這也讓麻衣子更加覺得不安了。今天打從一大早開始，天氣就灰濛濛的。整片天空都被大範圍的濃灰色所包覆，也讓人的心情更顯陰鬱。而且還有風在吹拂著，讓人感到一陣寒意。

麻衣子突然打了個冷顫，就在這個時候，她突然覺得身後有人靠近，於是立刻轉頭。

沒有人……

只有毫無人煙的泥土地，朝著遠處繼續延伸下去。

光是這樣回頭看一眼，就已經讓她感受到壓力了。麻衣子不禁覺得，在這條曲折蜿蜒的道路的另一頭，感覺就像是會出現某種東西，一直緊追著她不放。

在邊走邊回頭張望的過程中，麻衣子不知不覺地加快了自己的腳步。總之只要提早一秒都行，希望能趕快離開這個地方，現在她的腦海中只想著這件事。

就在走到全身有些出汗的時候，前方出現了一座小公園，麻衣子頓時放心了。但看到在公園內玩的只有一個年輕的母親和兩個孩子，反倒感受到一種寂寥感。

而那位母親察覺到麻衣子出現時所投射過來的目光，也顯露出些微的膽怯，與其說是源自於憤怒，不如說是恐懼所導致。

麻衣子用小跑步的速度穿越了公園，接著就全力向前奔跑。她一邊奔馳、一邊留意身後的情況。但是，現在她已經失去了把頭轉回去看的勇氣了。如果自己一轉頭，就發現後面有個什麼東西正在追趕著自己的話……光是用想像的就讓麻衣子渾身發抖。

因為麻衣子跑得氣喘吁吁，因此速度自然而然地就慢了下來。在前方山丘上那片蒼鬱茂密的樹林之中，可以見到一座尖塔孤零零地從中竄出。根據從小田切那裡拿到的地圖顯示，那正是顯示袴谷家宅邸所在之處的標記。

麻衣子從這裡開始繞過山丘，一邊向前走、一邊抬頭仰望宛如飯店一般的袴谷家宅邸。剛剛在樹林中所經歷的那種莫名的恐懼感，也已經煙消雲散，她的注意力已經完全被眼前的豪宅所擄獲。

來到能夠看到袴谷家宅邸正面的地點，可見到車道、人行步道、樓梯從這裡一路延伸到別具特色的拱門。走階梯的話路程是最短的，但因為剛剛才拚盡全力跑了一段路，為了多少緩和一下膝蓋的負擔，麻衣子選擇從坡度較緩的人行步道慢慢地走過去。

越看就越覺得這棟宅邸非常驚人呢。

光是從外觀來判斷，應該能住上十多人都沒有問題。只不過，實際在這裡生活的只有袴谷夫婦以及夫人的伯母共三個人而已。好像也不能說他們的日子過得很奢華呢。

這種建築形式是什麼呢？

因為對建築不太了解，所以也不是很清楚，但感覺是由各式各樣的時代風格相互交織在一起的。而且，明明整體建築給人的印象就是西式宅邸風格，但不知道為什麼還是從中感受到一種和風的韻味。其中的不平衡感，不可思議地令人在意。當然這並不單純是房子外觀好看與否的問題，就正面意義而言，這是棟結構相當具有個性的宅邸。但是直盯著房子一段時間之後，卻又浮現出似乎有哪裡不對勁的感受。總覺得矗立於眼前的這棟宅邸，正在癱軟變形著。

就在麻衣子內心有股衝動，想要立刻往右轉、從先前過來的路折返回去的時候，回過神來，她已經走到了奇特拱門的前面。

乾脆別按門鈴了，就這樣直接回去吧……

就在她這麼思考的瞬間，她猛然將頭抬起。

在像是瞭望台的尖塔旁邊，有個像是從二樓屋頂上冒出來那樣的區域，就是袴谷家的三樓。在三樓的房間裡，好像有什麼人正從那裡打量著麻衣子。

那個人……是袴谷家的伯母嗎？

麻衣子一邊這麼想著、一邊按下門鈴，接著報出了自己的姓名。

穿過拱門之後，外觀相似的拱形物一直延續到玄關，從下方通過時，總覺得這個形狀有點眼熟，但到底是什麼，麻衣子還是無法聯想起來。在接連不斷的拱形物左右側，是以爭奇鬥艷的春季花種為特徵的美麗庭園。但是她的視線卻一直盯著三樓那個人影的所在處。不，或許應該要說，即使麻衣子想將自己的視線從那裡移開，卻無法做到吧。

「你來啦，歡迎。」

在玄關處迎接麻衣子的，是這個宅邸的主人光史。他是個年紀在三十五歲左右，中等身材的男性，全身上下並沒有什麼突出的特徵，這讓麻衣子感到有些訝異。當然人不能只憑外表來判斷價值，但是說到擄獲資產家千金的男人形象，光史可是一點相符之處都沒有。

「你是從疊千彬車站走過來的嗎？」

兩人經過走廊往屋子內前進時，光史這麼問道。當麻衣子回答「是的」之後，光史將頭湊過來、態度耐人尋味地繼續問。

「你覺得那條漫遊步道怎麼樣？」

順帶一提，就連這條走廊也裝設了和拱門形狀類似的拱形物裝飾。因此他們兩個人走在這裡時，也持續地從這些拱形物下方穿過。

「真的很漂亮。」

麻衣子用無可挑剔的標準答案來回答，但這時光史又湊了過來。

「有一種寂寥凄涼的氣氛對吧。」

「一個人走在那裡的話，確實會讓人覺得有點害怕呢……」

在光史的詢問下，麻衣子也在無意間吐露了真心話。聽到她這麼回答，光史立刻露出了「我猜中了吧」的表情。

「其實就在去年的秋天，那條漫遊步道附近的一個公園裡，發現了被分屍後的屍體喔。」

「……咦!?」

這個出乎預料之外的話題，讓麻衣子頓時說不出話來。而光史又像是要繼續揭露其中秘密般地接著說下去。

「雖然說是被分屍的屍體，但其實被切斷的只有兩條手臂。只不過，據說死者的雙腳張開，兩條手臂還被橫擺在死者的肚子上。」

那幅詭異的棄屍景象，在麻衣子的腦海中瞬間浮現。

「其實就在屍體被發現的前一個晚上，那天剛好颱風登陸了。有人曾目擊一個穿著雨衣、拖著大型行李箱的可疑人士，在強烈的風雨中朝著公園走去。」

「那個人就是犯人嗎？」

「大概就是那個人吧。或許是因為整具屍體塞不進行李箱，才另外把手臂切下來的。不過因為頭部還在，所以死者的身分有被查明了。但是現在還沒有抓到犯人。你到車站的時候沒有看到那個嗎？」

根據光史的說法，警方似乎在疊千彬車站裡設置了看板，上面標示有根據目擊者證詞所描繪出的簡單人像畫，以及遺留在事件現場的行李箱特徵。

「在那種颱風夜裡，而且目擊證人還是從車子內看到的，說是犯人的人像畫啦，但其實根本是派不上用場的東西。」

當時在那條漫遊步道上所感受到的陰鬱氣氛，會不會就和公園的那起事件有關呢……湧現這種恐怖想像的麻衣子，慌亂地甩了甩頭。

話說回來，才剛見面認識就提起這種話題，這個學長還在學校社團的時候，肯定都是負責恐怖驚悚之類的題材吧。

就在麻衣子這麼猜測時，她已經被帶進了接待室。在沙發上入座後，殺人分屍案的話題依然還在持續著，這時有一名三十歲左右的女性、端著盛放紅茶的托盤走了進來。

「你好，我是光史的妻子雛子。」

麻衣子連忙起身問候，就在寒暄的過程中，也對雛子的美貌感到驚艷。這樣的人嫁給相貌平平的光史，實在是太可惜了。

但是，當雛子在自己的面前坐下後，麻衣子再次端詳了她的容貌，卻發現接續在標緻美人這種第一印象之後所浮現的，是一種奇怪的感受。

確實，雛子的容貌非常端整。不管是頭髮、額頭、眉毛、眼睫毛、眼睛、鼻梁、臉頰、雙耳、嘴唇、下巴、頸子等處，看上去都無可挑惕。但是如果以整體的角度去看眼前這個人，總覺得好像有哪裡不太對勁。

扭曲嗎……

腦海中突然浮現出這個詞彙。她在正門前觀看袴谷宅邸時所感受到那種扭曲、變形，為什麼也會在面前的雛子身上感受到呢？

她有整形嗎？

如果是這樣的話就說得通了。但是麻衣子的本能卻告訴自己並非如此。那麼，到底是因為什麼原因呢？不管麻衣子怎麼觀察雛子，都找不到答案。

雛子泡好紅茶，稍微和大家聊了幾句，表示「還得做些出門的準備」後，便離席走出房間。

「兩位是要到哪裡去呢？」

覺得他們應該是要去旅行，才隨口問問，沒想到卻得到光史「要去工作」的答案，而且夫妻兩個人還是去不同的地方。

「像這種兩個人同時出門的狀況，其實不太常發生啦。」

接著光史終於把話題帶進了找人幫忙看家這個主題。

「你應該也聽說了，我妻子的伯母也住在這裡。」

「是的，我知道這件事。」

「我和雛子結婚之前，也就是從我們還在交往的階段，這位伯母就非常照顧我。我能夠擁有現在這份工作，也是拜伯母的推薦所賜，一路努力到現在，也是多虧伯母給我各式各樣的建言。就是因為這樣，我非常敬重伯母，這一點雛子也是一樣，可是……」

光史在這時略微停頓了一下，然後用相當為難的神情繼續說。

「可是，我妻子的狀況，有點超過了吧。」

正當麻衣子因為不知道該做出什麼反應而感到困擾時，光史又接著說。

「她對伯母已經不只是敬重的程度了。真的要說已經是到了崇拜、甚至是近似信奉的狀態。」

此時此刻，麻衣子回想起小田切所說的那句話——這位伯母，其實是這個家的一家之長，在幕後指揮著所有家族事業的人物，說不定就是她呢。

「雖然這次是我們夫妻倆都不在家，但伯母既不是小孩、也不是行動不方便的老人，我是認為實在沒有必要特地安排個人來幫忙看家。」

覺得情勢似乎有些不對，麻衣子因而緊閉著雙唇。

「比起這些，隨便就讓一個外人住進家裡，這種事還是——啊，不，我並沒有埋怨霜月小姐的意思。」

光史的手在面前揮了揮，對麻衣子解釋。

「拜託人幫忙看家這種事，就算是再怎麼信得過的人，以伯母的角度來看，畢竟還是讓個不認識的人待在家裡，我覺得這不知道這對伯母會不會形成罣礙。」

「您的顧慮確實也有可能。」

麻衣子還是回答了一個標準答案。應該是覺得有人站在自己這一邊了，光史的臉上流露出喜色。

「因此，雖然你聽起來可能會覺得奇怪，但我想麻煩你盡可能不要和伯母接觸到。但這不是什麼困難的事，因為伯母住在三樓，平時很少會下來的。」

麻衣子心想，所以那個在三樓窗邊出現的身影，確實是那位伯母啊。

「三樓有廚房、冰箱、浴室、洗手間，各種生活必須的設備都相當齊全。就設備面來看，比起一般單身人士的房間還更加充實，不是嗎？」

先前在外面仰望三樓的時候，還感覺不出來那裡的空間有這麼寬，外觀跟實際的空間果然有差異呢。

「總而言之，只要別上去三樓，這個家裡的任何地方都可以讓霜月小姐自由活動。如果有想要使用的東西也請不要客氣，儘管用沒有關係。」

「那個……如果伯母下來的話，我應該……」

「我覺得不必擔心，但如果真的碰上了，麻煩你不要跟她撞見就好了。你喜歡看電影嗎？我這裡有家庭劇院空間，如果是那裡的話，伯母絕對不會走進去的。所以只要霜月小姐別上三樓就好，這樣可以嗎？」

「我明白了。我絕對不會上到三樓。」

和光史約定好之後，麻衣子突然在意起那座尖塔，於是詢問是否能過去那邊看看。

「喔，那裡你可以上去沒關係。只是通往尖塔的樓梯剛好在伯母房間的旁邊，只要靜悄悄地經過那裡，我想就沒問題了。這一帶在入夜之後就會變得一片漆黑，不過賀來澤那個方向的公寓大樓群會呈現很漂亮的夜景呢。」

接下來，光史又帶著麻衣子前往家庭劇院和圖書室。

光是家庭劇院內那台鑲嵌在壁面上的巨大電視就已經讓麻衣子嘆為觀止了，其他三面牆上都被誇谷家收藏的影音光碟填滿，這點也讓她極為震撼。稍微瀏覽了一下，就發現很多都是懸疑或恐怖驚悚類型的片子。圖書室也是相同的情景，書架上擠滿了各式懸疑和恐怖驚悚小說。

就在兩人於圖書室中聊著彼得・史超伯（Peter Straub）的小說《Julia》以及由此改編的電影《Full Circle》（1978，又名 The Haunting of Julia）時，雛子從外面走了進來。

「老公，你的行李都準備好了嗎？」

「還沒有，整理到一半呢。那接下來就請你陪陪霜月小姐吧。」

看著光史匆忙離去的身影，雛子先若無其事地請麻衣子在圖書室裡用來讀書的沙發上坐下，接著突然換了另一種口吻開口。

「關於伯母的事情，我有些話想跟你說。」

麻衣子還心想，雛子肯定是要和剛才的光史一樣，要把相關注意事項再囑咐自己一次。

「其實我也非常猶豫到底該不該跟你說……但是，萬一發生火災的話，可能會演變成無法挽回的結果……我想了一下之後，認為還是應該跟你說清楚會比較好。」

在雛子預先幫她建立的心理建設後，麻衣子接下來聽到的竟然是一段讓人難以想像的內容。

「其實，我的伯母已經過世了。」

「啊？」

雛子現在在說什麼啊？完全無法理解。在那一瞬間，麻衣子真的擔心起雛子的精神狀況應該沒問題吧。

但是，雛子對於麻衣子的反應無動於衷，她盯著麻衣子、用細心的語調繼續說下去。

「伯母是在去年夏天結束的時候辭世的。因為她的身體本來就有問題，加上去年的夏天又特別熱，原本以為她只是得了感冒，沒想到人突然就這麼離開了。」

「府上有為她舉辦喪禮吧？」

雖然知道自己問了一個很蠢的問題，但麻衣子就是忍不住想確認。

「有的，雖然只有家人參加，但已經入土為安了。」

雛子這麼說，大概是想讓麻衣子知道，伯母過世的事情是真的，而且也是可以去驗證確認的事情。

「但……但是……」

「就是這樣。對我丈夫光史來說，伯母還活在這個世上。說得更精確點，光史只是不想承認這個事實而已。過去我所交往的對象中，沒有其他像光史這樣讓伯母如此中意的人了。在我們結婚之前就已經是如此，當光史成為袴谷家的人之後，伯母就更加寵愛他了。」

「也就是說，您先生因為這樣，才無法接受伯母已經過世的這個哀痛現實嗎？」

看到雛子點了點頭，麻衣子突然想問得更深入一些。

光史究竟是明知道伯母已經過世、卻還裝作她還在這個家中，或是真的堅信伯母依然活在這個世界上呢……

但是，這實在恐怖到讓人難以啟齒。如果是後者的話，感覺一定會對光史的精神狀態造成很大的影響。

「關於這個問題就先談到這吧，現在沒有詳細說明的時間了。」

雛子的視線朝圖書室的門稍微瞄了一眼。

「總之，你就配合光史所說的就好。其實本來就沒有什麼要做的事情，他應該有叫你別去管伯母，你就照他說的去做就可以了。其實在伯母離開之後，我跟他都不曾踏進伯母的房間，所以房間裡都還保持著當時的樣子。所以霜月小姐只要在這家裡住一晚，看看電影讀讀書，做你想做的事情度過一晚就好——」

就在這時，光史回來了。他們帶著麻衣子去看看一樓的廚房和餐廳，接著到了二樓的寢室，至此要囑咐麻衣子的事情就告一段落了。

但是有一點讓麻衣子覺得很奇怪，她發現光史上下樓梯的時候，都是貼著樓梯的側邊走，就算或許是為了抓住扶手，但也貼得太靠近了。一想到這裡，才發覺光史在走廊上行走時，好像也是貼著側邊走的。是因為習慣嗎？可是在某些地方，他又會走在走廊的中間。莫非是因為地點不同的關係嗎？

就在麻衣子感到疑惑的時候，卻察覺到雛子也是用相同的方式走路的，這景象不禁讓人覺得氛圍詭譎。

「明天中午之前我們就會回來了，一起吃個中飯吧，到時候再把打工費算給你。」

麻衣子將袴谷夫婦送到玄關後，光史這麼對她說。

「那麼一切就拜託你了。」

雛子面帶笑容，向麻衣子道別，但那個眼神就明白地充斥著「伯母根本不存在，你就放輕鬆地住下吧」這樣的訊息

夫婦倆一人開著一台車出發了，這棟宅邸頓時陷入一片寧靜。因為只有麻衣子一個人在這，所以也是理所當然的。但是這突然到來的寂靜，卻讓她感到有點不舒服。

麻衣子平時是一個人住在大學附近的便宜出租公寓，生活中經常充滿著從周遭環境傳來的聲響。隔壁或樓上住戶發出的聲音、外頭店家的叫賣攬客聲、附近小孩子嬉鬧玩耍的聲音等等，就連晚上的時候，只要時間還早就根本安靜不下來。不，就連深夜的時候也會出現車輛駛過的聲音。就這層意義來說，她所住的地方就是個雜音不會停止的環境。

然而，袴谷家卻安靜得令人害怕。日文中用來表現寂靜的狀聲詞，此時好像真的能在耳邊聽見詞彙呈現的那種情境，真的是一點聲音都沒有。

屋外傳來「嘎啊～嘎啊」的烏鴉鳴叫聲，這也讓屋內更增一股落寞哀戚，讓人聞而生厭。原本昏暗的天空，突然迅速地被一片黑暗所覆蓋。經過數十分鐘，這棟宅邸已經完全被夜幕所籠罩。

早點吃晚餐吧。

麻衣子前往廚房，打開冰箱的冷凍庫。雖然袴谷夫婦說裡面的東西可以隨意拿來做晚餐，但裡面的食材種類真是豐富到讓她吃驚。其中還出現了會讓人訝異「這種東西也能做成冷凍食品啊？」的食材。

因為不想太冒險，所以最後她選了感覺最安全的披薩，放進微波爐裡加熱。之後將放著披薩的盤子和裝了柳橙汁的玻璃杯放在餐廳桌上的餐墊上。準備要開始吃的時候，她瞬間遲疑了。因為麻衣子再次在意起宅邸內的寂靜無聲，覺得這裡不適合吃飯。

無可奈何之下，她只好把餐點端到客廳，打算一邊看電視一邊吃。她選擇的是平時絕對不會轉來看的綜藝節目。但是那些有點愚蠢的內容在此時反倒成了她的救贖。總之只要夠熱鬧的話，不管是什麼節目都很好。

不過在晚餐吃完後，注意力又只能轉到電視節目上時，她又再次在意起宅邸內的寂靜。電視節目越是顯得熱鬧喧囂，就更加強調出包圍著麻衣子的那種靜謐。要去除落在袴谷宅邸的那股沉重寂寥，光以電視綜藝節目的熱鬧程度，簡直是杯水車薪，而且或許還會造成反效果。

雖然是這樣，但她還是沒有把電視關掉的勇氣。或許是微弱無力的抵抗，但是現在麻衣子能做到的，就只有把電視音量調大聲而已。

咚！

這時樓上突然傳出聲響。那個聲音聽起來，就好像是在抱怨樓下的電視音量太大了。

但是在這個家裡，現在就只有麻衣子一個人才對啊。因為雛子的伯母人已經不在了……

可能是屋子本身的聲響吧。

不管是多麼氣派的宅邸，也可能會出現一些奇怪的聲音。所以過去的人，都會把這種現象歸咎於「家鳴」這種妖怪的惡作劇。麻衣子小的時候，就曾從鄉下的祖母那裡聽說過這件事。

但是麻衣子還是立刻把電視關掉。至於爲什麼會這麼做，她自己也無法理解。如果真的要找出一個理由的話，應該就是她不想再聽到那種怪聲音了。如果聲音再次出現的話，她就不得不接受剛剛的聲音，或許是真的有什麼東西在表達抗議……

麻衣子自己帶了本湯瑪士・哈代（Thomas Hardy）作品《魔女的詛咒》的文庫本，但她沒有把它從包包中拿出來，走向了圖書室。雖然在收拾行李時，她曾猶豫過是不是該帶一本長篇小說，但覺得即便袴谷家的伯母不需要她多費心，埋首讀書也不太好，所以最後才選了短篇集作品。

但現在這種情況，麻衣子只想讓自己沉浸在一個晚上無法看完的長篇世界之中。她希望能這樣看上一陣子，等到回過神來就會發現夜已經深了，之後只要倒頭大睡度過剩下的時間就好。當然這個時候就不會選什麼恐怖怪奇類的小說了。

在圖書室的書架上發現一本看起來很有趣的本格推理長篇小說後，她就坐在沙發上讀了起來。這個家中所洋溢的那種安靜到氣氛陰森的環境，倒是很適合看書，讓人能夠輕易地進入作品中的世界。這樣一來，時間肯定一轉眼就會過去了。

然而，越是沉浸在小說中，突然回到現實時所感受到的寂靜感，就更加顯得不尋常。那股可以用無聲的壓迫感來形容的寂靜，逐漸地向麻衣子進逼過來。那些剛剛看得入迷、充滿魅力的故事情節，在她的意識稍微回歸現實之後，就無法再重新進入了。宅邸內飄蕩的寂寥空氣，此刻鮮明到宛如能刺痛全身肌膚。

盡可能試著再讀下去，但注意力卻依然無法回到書本上。不管是什麼樣的傑作，在這種環境下要讀完真的比登天還難。

這一夜還很漫長啊……

麻衣子無計可施了。如果沒辦法看書的話，接下來該做些什麼才好呢？

啊！我可以去看電影呀。

此時在她腦海中浮現的，是家庭劇院中那數量驚人的影音收藏品。相較於需要觀看者主動參與的讀書，能夠被動地讓感官接受的電影觀賞應該會更能在現在這種場合派上用場，不會錯的。

於是麻衣子走出圖書室，前往家庭劇院的所在處。

……嘶噠、嘶噠、嘶噠。

感覺好像是有誰正在二樓走動那樣。

應該只是屋子本身的聲響吧。

雖然麻衣子想讓自己朝這個方向去想，但是她心裡也明白，一般來說由房子本身發出的聲響，多半都是些嘎吱嘎吱之類的聲音，並不會出現剛剛聽到的那種聲音。但她還是努力地說服自己相信，一路朝家庭劇院快速奔去。

她像是用衝刺的姿態跑進了家庭劇院後，馬上開始瀏覽那堆填滿三面牆壁的大量影音收藏。但是麻衣子馬上就後悔了，因為接連映入眼簾的，都是些看起來很可怕的作品標題。

待在這棟附近毫無人煙的大宅邸中，而且還是除了自己之外一個人都沒有的夜晚，如果現在還要看恐怖電影的話，根本就是自殺般的行為。如果是平時的情況，搞不好還會相當享受當下的情境也說不定。但是，現在這個時間點很明顯地並不是那種情況，麻衣子毫無可以悠閒享受這種氛圍的餘裕。

因此，麻衣子開始看起影音外盒背後所寫的劇情介紹，準備挑選一些以解謎為主題的推理懸疑類型作品。如果是像觀眾傳達知性思考的內容，在這種環境下應該還是能看下去吧。

首先看了 1959 年的法國電影《Marie-Octobre》，接著是 1973 年的美國電影《The Last of

Sheila》。看電影的過程中，她只有去廚房倒果汁的時候暫時離開，其餘時間都專注在螢幕上。多虧這兩部作品，等到看完時，時間已經過了十一點了。

就在猶豫著要不要繼續看第三部片的時候，麻衣子突然覺得有些疲倦。接下來沖個澡之後，應該就可以去睡覺了吧。

宅邸內的浴室寬敞又美麗，麻衣子有點後悔沒預先在浴缸裡放滿水，像這樣可以奢侈地在浴缸裡泡澡的機會可不是經常能碰到的。光是沖個澡就結束，感覺太可惜了。

麻衣子走出浴室，將身體擦乾之後，換上了自己帶來的睡衣。就在她還想走去廚房拿點什麼的時候。

啪噹！

從樓上傳出了像是把門關上的聲音。彷彿像是有人為了確認她是不是進了浴室而走出來，現在又重回房間那樣。

該不會……

麻衣子瞬間愣了一下，接著慌慌張張地跑向廚房，從冰箱中拿出冰水，倒出一杯後一口氣喝下。

就在吐出長長的一口氣後，麻衣子抬頭看了看天花板，關於先前放棄思考的那個問題，現在終於可以開始好好想想了。

那位伯母是真的過世了，還是其實仍然活著呢……

光史的說法是正確的，還是雛子偷偷告訴自己的才是事實……

話說，雛子都說喪禮已經舉辦過了，連墓地都有。不管調查哪一個方向。都能立刻知道事實為何。她會有必要說這種馬上就會被拆穿的謊言嗎？

而且她還說了如果發生火災之類的話，那是在擔心萬一真的發生什麼意外時，麻衣子會因為救這個根本不存在的伯母而延誤逃生時機，這一點應該是不會錯的。

這個伯母應該確實是過世了吧，先前出現的，不過就是屋子本身發出的聲響之類的聲音而已。

但是思考到這裡，麻衣子又突然想起剛來到這個宅邸時，看到那個在三樓窗戶出現的人影。

所以，**那個**到底是……

根據雛子的說法，在伯母過世之後，三樓的房間就再也沒有人進去過了。如果真是這樣的話，那個人影到底是誰呢？

即使可以確認那個伯母的喪禮和墓地之類的，對現在的麻衣子來說也不可能辦到。她現在能夠做的，就只有去三樓的房間實際確認看看而已吧。

就在她走出廚房，正準備上樓時。

不可以上去……

麻衣子被自己內心響起的聲音制止了。可是，又感覺自己實在無法裝作什麼都沒發生過那樣，直接上床睡覺。促使她採取行動的並非是好奇心，很顯然地是來自於恐懼感。

而且光史在帶她四處看看環境時，當時自己並沒有發現樓梯這裡也設置了和其他地方相同的拱形物裝飾，而且就連二樓的走廊也是如此。看來這種拱形物應該是從外頭拱門開始一路延伸到家中的。

當麻衣子來到二樓走廊的盡頭，站在通往三樓的樓梯前時，她不禁感到遲疑了。

不管這個伯母到底存不存在，她都跟袴谷夫婦約定好絕不上去三樓。一但爬上了這段樓梯，就等於是糟蹋了兩人對自己的信任。自己可是來幫人看家的，這種行為肯定是不該出現的吧。

因為麻衣子天性認真，所以對現在的糾結相當苦惱。但是，她突然萌生一個絕妙的想法。

只要我是要去那座尖塔不就行了嗎。

光史曾應允自己可以爬上那座眺望用的尖塔看看。而且要上去那裡的話，就不得不經過三樓了，這不就是個名正言順的理由嗎？

麻衣子一階、一階地慢慢走上通往三樓的樓梯。

這棟宅邸內的一樓和二樓，不管是樓梯、走廊還是房間內都有裝設燈具。但唯有這段通往三樓的樓梯是一片漆黑無光。

麻衣子一邊豎起自己的耳朵、一邊戰戰兢兢地爬著樓梯。如果突然聽到樓上發出什麼聲響，至少還能隨即感受到，並且馬上往回走，再一路跑過走廊回到一樓。她就這樣維持著小心翼翼的預備動作，持續前進。

當她的上半身陷入三樓的那片黑暗中時，眼睛也瞬間無法辨識環境了。麻衣子反射性地想撤退，但最後還是忍住了。她等待自己的雙眼習慣黑暗之後，才繼續走完剩下的樓梯，並且急忙找出開關所在的位置，把電燈打開。

從樓梯處往走廊看去，可以看到盡頭處有一扇厚重的門，門的對面則是鐵製的樓梯。當然，這條走廊的壁面和天花板，也都裝設有麻衣子很熟悉的拱形物裝飾。

看到這條走廊的設計，也讓麻衣子察覺到一件事。在一樓和二樓的走廊，還是有沒裝設拱形物的地方。但是位於現在所在處與鐵樓梯之間的三樓走廊，其拱形物是以連續的形式配置的。

莫非這一連串的拱形物裝飾，是為了將來訪者從外面的拱門一路引導到三樓的伯母房間才設置的？還是說正好相反，其用途是從伯母房間延伸到袴谷家宅邸外頭的路標？設置的目的可能就在這些答案之中。

到底是為了什麼目的才……

麻衣子當然完全無法釐清這些拱形物裝飾的真正用途。但這些拱形物也開始讓她感到介意。不過，即便想到了這一點，卻也不代表能揭開一切的謎團，意識到自己忽略關鍵事物的麻衣子，也不禁感到沮喪。

就在她思考這些事情的同時，人已經來到那扇門的前面了。那扇比樓下任何房間都還更加豪華的房門，現在就矗立在麻衣子的面前。

麻衣子把耳朵貼在門上，瞬間就有一股冰涼感傳到她的臉頰，身子不自覺地打了個冷顫。即便如此，她還是繼續忍耐，同時也豎起耳朵，試圖探聽房間內的狀況。

……一點動靜都沒有。

那位伯母確實已經不在了吧。看來真的是房子本身發出的聲響。

但是當自己的手放到門把上時，麻衣子又感到遲疑了。如果要偷看這間房間的話，感覺實在太超過了。首先，這間房應該有上鎖吧。一想到這裡，麻衣子就把手縮了回來，但就在下一個瞬間，她竟然又抓起手把轉動起來。

咖洽咖洽。

果然打不開。這門真的有上鎖。與其說是遺憾，現在這個結果反倒讓人安心，麻衣子也因此感到喜悅。

轉身回到走廊，麻衣子心裡又想，人都已經上到三樓了，乾脆就真的爬上去尖塔看看吧。

她踏上鐵製的台階，在轉角平台繞了一下之後，打開了出現在眼前的那扇門，接著再往上走一小段，就到了尖塔的瞭望台。在這裡可以360度環視宅邸所在之處的環境景緻。

而且就像光史說的那樣，位於北方的賀來澤夜景真的非常漂亮。數座聳立的巨大公寓，其燈火在澄澈的夜空襯托下顯得更加輝煌閃耀。因為旁邊沒有其他的高層建築，這番情景看起來就更為美麗了。

但是相較之下，袴谷家宅邸的周圍幾乎是陷入一片黑暗。雖然公園和漫遊步道這些地方還有幾盞路燈亮著，但因為是每隔一段距離才設置一盞，整體數量並沒有很多。這也使得路燈不但沒有發揮原本驅逐黑暗的功能，反而還讓黑暗更加明顯。光是用眼睛眺望，就足以讓人萌生害怕的感覺。

再次理解到自己現在是身在什麼樣的處境，麻衣子內心涼了一大截，現在她只想要趕快回到二樓的寢室裡休息。

她從尖塔下到樓梯，打開門、來到轉角平台。就在她正要把一隻腳踏上鐵樓梯的時候，不禁瞬間屏住了氣息。

走廊的燈都被關掉了……

要爬上尖塔之前，她確實把燈都打開了啊。開關都是自己按下的，而且並沒有把它關掉的記憶。明明應該是這樣才對，但現在的三樓卻是漆黑一片。

幸虧剛剛有段時間待在室外，所以眼睛已經習慣了黑暗的空間。但即便如此，麻衣子還是留心腳邊的狀況，慢慢步下樓梯。但是在這個過程中，她的視線卻無法從三樓的那扇門上移開。燈被關掉的原因，會不會就藏在那扇門的後面呢……麻衣子因此陷入了不安。

就在一邊凝視著黑暗中的那扇門、一邊走下鐵樓梯的時候，一件難以置信的情景竟然映入她的眼簾。

那扇門正在一點一點地被打開……

感覺室內也亮著燈，因為那道從門縫中露出的細長縱向光源，竟然越來越粗大。在這同時，好像能在逆光中看到一個詭異的黑色人影站在那裡。

那個垂著一頭蓬亂的長髮，像是在睡衣上再披了件長袍的女性人影，一點一點地從門的背後出現了。

就在門已經快要開到一半了、人影的全貌也即將要出現的時候，麻衣子剛好來到離三樓只剩下三階台階的地方。

那個瞬間，應該只是一、兩秒左右的時間而已，但麻衣子卻覺得像是有好幾分鐘那麼久。就在下一步，**雙方**突然都開始行動了。

麻衣子從距離三樓還有三階的地方跳了下去，一溜煙地拔腿就往下去二樓的階梯狂奔。這時在她的身後，**那個東西**也追上來了。雖然麻衣子沒有回頭，但是光憑感覺就足以了解現在的危機。

到了樓梯口，麻衣子就像是連滾帶爬般地衝下樓梯。因為身體太往前傾，她差點就要用頭朝地的姿態一路滾落，她趕緊抓著旁邊的扶手，但也嚇出了一身冷汗。光是腦海中閃過自己倒在下方樓層、頭還扭向不自然方向的慘狀，背脊便發涼到顫抖不止。但另一方面，她腦袋中的東西頓

時也瞬息萬變地動了起來，

那個東西到底是什麼？

我該往哪邊逃才對？

現在已經沒有時間思考第一個問題了，至於後者，她首先浮現的就是圖書室和家庭劇院。雖然想著要隨便衝入一間，再把門鎖上，但萬一**那個東西**有鑰匙的話，一切就結束了。既然**那個東西**能待在伯母的寢室，手上有鑰匙的可能性應該不小吧。

就在這個時候，從身後傳來了咚咚咚的下樓腳步聲，也讓麻衣子的腦袋瞬間一片空白。現在除了安然走完剩下的階梯這件事，她已經無暇顧及其他的問題了。

跑到二樓的走廊後，她開始穿越那些奇妙的拱形物裝飾，朝著通往一樓的樓梯奔去。偶然間，麻衣子發現這些拱形物真的就像是路標那樣的東西。

只能往外面逃了。

躲在宅邸內就有被抓住的危險。但繼續思考這個問題，她又擔心起行李該怎麼處理這件事了。包包還放在客廳，換下的衣服也扔在更衣間的洗衣籃裡。不過現在不管是哪一個，都已經沒時間去拿了。雖然還有在這個家中邊躲邊取回行李這一招，但是當耳邊又響起咚咚咚的追趕腳步聲，她又感受到**那個東西**就要追上來了，看來只好放棄行李。麻衣子和**那個東西**的距離，很明顯地已經縮短了。

當麻衣子開始跑下樓梯前往一樓時，又感受到**那個東西**的氣息已經逼近自己，兩者之間的距離，可能只有二、三階台階的空間而已。

要被追上了！

就在她驚呼的瞬間，右肩膀突然就被人抓住。

「走開！」

麻衣子一邊尖叫、一邊甩動身子，就在她準備加快腳步的同時，腳下卻打滑了。

啪噠咖噠啪噠。她從樓梯上滾下去，臀部和背部都受了不少撞擊。因為恐懼和痛楚，讓麻衣子放聲大叫，但是就在這個時間點，她突然覺得或許這個危機可以成為逃走的機會。

但是滾落到一樓的麻衣子，現在卻全身痛到無法馬上起身。光是這樣浪費了一小段時間，因為摔下來而意外拉開的距離，在轉眼之間又要被拉近了。

焦急的麻衣子，這時又聽見了啪噠咖噠啪噠的聲響，**那個東西**也下來了嗎？不過似乎也跟她一樣失足摔了下來。

麻衣子趕緊慌張地把身子一轉，躲到其他地方，這時又看到**那個東西**真的滾下來了。不過和她不同的是，**那個東西**好像因為是正面著地的關係，現在就趴在那邊，毫無動靜。

麻衣子的呼吸慌亂急促，但視線卻沒有離開眼前的**那個東西**。明明應該趕快趁機逃離這個地方，但她實在相當在意倒在地上的**那個東西**。心裡想著現在非走不可了，但不管怎麼做，腳步都難以邁開。

這時，**那個東西**突然把頭揚起。從垂掛在臉前的那頭披散長髮的縫隙間，透出了閃爍的視線，正直直盯著麻衣子不放。

和**那個東西**對上眼的瞬間，麻衣子的後頸馬上起了雞皮疙瘩。顧不得害怕到發顫的身子，她立刻爬起來準備逃開。就算全身上下疼痛不已，但是在面臨這種壓倒性恐懼場面的情況之下，好像一切都算不上什麼了。

但是後方好像也有類似的動靜，麻衣子感受到**那個東西**正在爬起來。促使**那個東西**行動的，到底是什麼樣的情感呢？

邁著跌跌撞撞的步伐，麻衣子努力朝著玄關前進。總而言之，必須先逃出這個家才行。關於其他的事情，等過了這一關再去想就好。

後面好像又有陣雜亂的腳步聲追過來了。只是聲音聽上去，感覺對方那一摔也摔得不輕。現在就是一口氣拉開彼此距離，徹底逃離的機會。

麻衣子終於來到玄關，穿上鞋子準備打開門。但此時此刻，她卻發出了絕望般的哀號聲。

這扇大門的內側有兩道鎖，再加上一條防盜鍊。把這三道鎖確實鎖好的不是別人，正是麻衣子自己。在袴谷夫婦離開之後，她立刻就把這些鎖都鎖上了。

猛然一回頭，**那個東西**已經從走廊的轉角處現身。

麻衣子雙手並用，幾乎以同步的速度打開了兩道鎖。就在她接著要用右手拉防盜鍊的時候，突然感受到**那個東西**一口氣朝她全速奔來，因此趕緊拉開鍊子，終於打開了大門。然後她一跑出宅邸，就使勁把大門關上。

她隨即聽見一聲沉重的「砰！」從背後傳來，便使出全力從門那邊跑開，順著樓梯而下、跑出了袴谷家的範圍，接著全心全力朝著疊千彬車站奔跑。

雖然腳步匆促不穩，但她還是隨時留意著身後的動靜。因為還是擔心著**那個東西**會不會正通過漫遊步道持續追趕她，麻衣子的內心仍無法平靜。

就在她疲憊到快要倒下時，車站終於出現在眼前了。雖然周遭沒有什麼行人，但大家都對身穿睡衣的她投以好奇的目光。

麻衣子上了車站前唯一的那台計程車，告訴對方回到自己的租屋處就有錢可以付車資。雖然司機猶豫了一下，但最後還是發動了車子。雖然已經做好了會被對方詢問情況的心理準備，所幸司機在這趟車程中一直保持沉默。如果真的被問了，麻衣子覺得自己真的無法好好回答。

計程車行駛了相當長的距離，里程計費表上的金額也跳了不少，這時麻衣子才終於被送到自己租屋的公寓。為了預防萬一，她在信箱的內側用膠帶黏貼了備用的鑰匙。信箱門也用數字鎖保護，所以不必擔心會被人拿走。

麻衣子在付了計程車資後回到了自己的房間，立刻就癱倒在床鋪上。因為這一夜的經歷太過駭人，使得她精神亢奮到無法入睡，就這樣持續到了天亮。隔天，麻衣子一步都沒有踏出自己的房門。

又經過了一天，麻衣子突然收到了袴谷家寄來的宅配箱，除了驚訝之外，伴隨而來的還有恐懼。她小心翼翼地拆開箱子，裡面放的是她留在宅邸中的包包、衣服，以及打工費，而且金額是小田切告訴她的十倍之多。

連假結束後，大學的課程也開始了。麻衣子跟社團的學長姊們打聽小田切這名畢業的學姊，但卻因此知道了一個驚人的事實。其實這個社團根本沒有人認識小田切。因為小田切跟大家提起多年前畢業的一位前社長名字，所以大家都以為雖然自己不認識、但這個人應該是跟自己之外的某個社員有交情，最後導致每一個學長姊都對她抱持這樣的看法。巧妙地使出這種伎倆的小田切，就在一間跟自己毫無關聯的大學內找尋目標。

這位假的畢業學姊曾向社團中的其他學長姊們打聽，有沒有離家背井一個人前來求學、而且還是獨居的人。接著補上理由，宣稱有個條件優渥的連假期間臨時工，因為原本找到的人因故無法前往，所以要找一個代替的人。此外，在查了過去的名冊之後，麻衣子發現光史的確就是文藝社的畢業學長。但她最後能確認到的，也只有這個而已。

結果，關於那一夜的遭遇，麻衣子經歷了很長的一段時間，都從未向任何人說起。一方面是行李都被送回來了，還拿到了相當高的打工費。但更重要的因素，就是她自己完全不想再回想起那個駭人的夜晚。

之後這件事重新在腦海中復甦，是因為她和朋友在該年夏天到某個地方出遊時，因為參拜了某間神社，才讓廂衣子閃過一個想法。

袴谷家宅邸的那扇特殊的門和接連出現的拱形物裝飾，莫非就是像鳥居一樣的東西嗎？擔綱連接伯母房間與室外某處職責的，會不會就是那些宛如鳥居般的拱形物呢？而且也是基於這個原因，不管是光史還是雛子，他們在通過裝設拱形物的走廊或樓梯時，才會緊靠著一側行走。這是因為，從鳥居開始延伸到神社的參道，正中間的位置是神明通行的道路。廂衣子在以前曾經聽祖母提起過這件事。

當然，就算這個解釋是正確的，也無法改變對整件事仍一無所知的事實。思考這個又想想那個，感覺都是徒勞無功的。

不過在那個夜晚，自己的身邊到底是發生了什麼事呢？一想起這個，廂衣子再次感受到睽違數個月的恐懼。但也是在這個階段，她好像覺得自己突然明白了疊千彬公園那具分屍遺體所代表的意義。

在張開雙腳的屍體肚子上，橫向擺上兩條被切下的手臂，那副景象……

那具遺體所呈現的樣子，會不會就是在象徵鳥居呢？

此外，廂衣子的身形，也是長手長腳的修長身材……

雖然完全搞不清楚犯案的動機，但關於犯人本身，麻衣子算是心理有數了。

她無法忘記，從臉前垂下的蓬亂長假髮縫隙中所射出的，是光史那流露狂性的眼神。那起分屍案，會不會就是光史犯下的呢？

但是，如果深入去思考這一點的話，還是相當奇怪。因為在她按下門鈴，接著光史來玄關迎接她的時候，那個三樓房間的人影還一直矗立在那裡。

所以，那個人影到底是……

幕間（一）

再次跟時任美南海碰面，時間已經是2013年的9月上旬了。不過我在見面的三個月前，就收到了她寄來的電子郵件。因為當時我正在幫同年的《小說昴》8月號誌寫一篇「特別料理」的專欄稿子。

這次我們再度碰面，是《小說昴》將委託我寫一篇怪奇短篇。但是這一次並非是收錄在上次那樣的恐怖特輯，而是2014年1月號的「新春人氣作家豪華競演號」。絕對不是什麼「人氣作家」的我，雖然對這次的邀稿感到難為情，但最後當然還是開心地接受了邀約。

在和時任閒聊了一段時間之後。

「那麼，我就冒昧請教老師了，關於第二篇作品有沒有什麼想法呢？」

時任這麼一問，頓時讓我聯想起上一篇作品，接著就突然意識到自己手邊有一些錄音帶和MD。

「其實我還在當編輯的時候，因為興趣的關係，曾經進行一些現實怪談的採訪喔。」

「是的，我知道這件事。在老師的著作中，也曾經提到跟這個興趣相關的事對吧。」

「啊，沒錯。」

「老師會不會把當時採訪的內容，拿來當作撰寫第二篇作品的參考基礎呢？」

她對我投射了滿是期待的視線，我連忙揮了揮手。

「可是，具體而言能不能派上用場也不知道。我只是在聽體驗者聊起他們的經驗時，盡可能取得他們的許可，然後用錄音帶或ＭＤ把過程錄下來而已——」

我這麼回答，但時任突然打斷我。

「那、那麼關於那些錄音帶或ＭＤ之類的，您還留在手邊嗎？」

「這個嘛，嗯……我想應該是放在老家……」

望著眼神都變了的時任，我不安地這麼回答。

「第一篇的《死者的錄音帶聽打》的主題，就是這樣的內容對吧。感覺上，老師您會在無意之中聯想到那些錄音帶和ＭＤ的存在，冥冥之中也是有某種緣分呢。」

「是這樣嗎？」

「我認為是的。所以接下來的作品，也希望您能依據那些錄下的怪談為基礎來撰寫，不知道您意下如何？讀者們當然是不會知道這層關係的，說穿了就是只有我們才清楚的事情。」

「你的意思是，要從那些錄音帶和ＭＤ錄下的奇怪體驗中發掘第二篇作品的題材嗎？」

「就是這樣沒錯。」

「事情會這麼順利嗎？雖然數量上確實是很多啦，但我覺得幾乎都是派不上用場的故事。」

和時任的熱情相反，我則是給予冷靜的意見回覆。

「對當事人而言或許是駭人的體驗，但是聽在第三者的耳裡可能一點都不可怕。很遺憾的，類似這樣的內容真的很多。真要從裡面找出可以當作小說題材的體驗，我覺得相當困難。」

「是這樣啊。」

時任露出了一臉失落的表情，但她隨即又立刻重振精神。

「可是，我覺得機會很難得，老師是不是可以讓我聽聽那些錄音帶和ＭＤ呢？」

真是個讓人驚訝的提議。

「所幸距離稿件的截稿日還有一點時間。我想想，如果老師下個禮拜可以把錄音帶和ＭＤ寄給我，雖然全部應該是不可能，但是我想應該能確認內容到一定的程度。然後在我聽帶子的時候，老師也可以同步在這段時間內構思第二篇作品的內容。」

「這是要作為找不到可用題材時的保險方案嗎？」

「如果這麼做的話，就不必擔心會浪費老師的寶貴時間了。」

「但是，這對你來說太勞心費力了……」

「沒問題的。這種事也算是編輯的工作範圍嘛。」

時任相當認真地回答之後，突然浮現一抹笑意。

「而且，老實跟您說，我自己也對這些帶子很感興趣。」

「那些錄下怪談的錄音帶和ＭＤ嗎？」

「是的。不管怎麼說，都是出自體驗者的親身經歷嘛。能夠直接聽到這種分享，類似的機會可不是說有就有的呢。」

這時她的表情，已經不是編輯的面孔了。無論怎麼看，都是一個怪談愛好者的神情。

起初我感到有些猶豫，但因為時任的這個提議並不是個壞主意，最後我還是接受了她的意見。我和老家聯絡，請家人把錄音帶和MD都寄過來，確認還可以放出來聽後，再轉寄給時任。在這段過程中，不知道爲什麼，我心中那股微微的不安遲遲無法散去。但是怎麼想都找不出原因。

是不是該阻止時任這麼做比較好呢？

我發現自己的心中開始浮現這樣的細語。但是我完全不明所以，內心也不禁漸漸變得焦躁起來。和時任的這種合作模式，雖然對我而言並沒有什麼風險，但或許在這之中我有錯估了什麼也說不定。

後來治癒我那些不安與焦躁的，是一封時任寄來的電子郵件，裡面寫著「我發現裡面有好幾個有趣的體驗呢」。讓人訝異的是，時任還真的將那些內容聽打成文字稿，以夾帶檔的方式跟著郵件一起寄給我。看完那些內容後，我立刻就判斷某個故事可以拿來當作這次怪奇短篇的題材，同時也對時任的應對感到敬佩。

以這種方式完成的，就是內容感覺不太適合出現在刊物新春號、於《小說昴》2014年1月號發表的〈那一個幫人看家的夜晚〉。

因為第一次和第二次邀稿之間隔了一段時間，因此我想如果有第三次的邀稿，應該也會是如此吧。但不久後時任竟然就聯絡我，約好在2014年5月下旬再碰個面。我記得這次不像前兩次都約在義大利料理店，而是某間家庭餐廳。這次的委託還是跟先前一樣，都是希望我寫怪奇短篇。不過，時任這次提出了希望寫成連作短篇集的想法。也就是說，雖然每一篇都是獨立的故事，但是集結成單行本、再一次讀完之後，就能讓所有的故事串連起來的構成方式。

這當然是個令人高興的邀約，當時我正在為《梅菲斯特》寫同類型的怪奇短篇，然後又幫《Mystery Magazine》寫《犯罪亂步幻想》這部連作短篇。此外也累積了很多待處理的長篇故事邀稿。而《小說昴》上的作品已經發表兩篇了，所以也有必須得以連作形式進行的考量。

話說回來，對我而言，相較於其他類型作品，不管是類別還是型態，怪奇短篇都是我更想寫的小說領域，因此即便多少有點勉強，我還是有很強烈的意願想接下來。

和時任討論的結果，我們決定要和其他兩本刊物的截稿日錯開，同時確保刊登時要有相同的週期，最後拍板定案，每四個月要在《小說昴》推出一篇作品。插畫和前兩篇作品一樣，都請到了我很喜愛的樹喜八老師繼續負責。

關於如何構成連作短篇集這個難題，我也想出了運用〈死者的錄音帶聽打〉來當作幕後設定。我把這個想法告知時任之後，她馬上表示「感覺很有意思」。但是，如果只是依照在刊物上的發表順序收錄，最後就只會變成一本普通的短篇集而已，無法將連作的意義傳達給讀者。因此，後來決定在單行本發售之際，要由我來簡單寫篇「前言」。在這裡也想跟大家事先說明，所有的作品題材，都源自於許久以前從遭遇怪談的人士那裡所錄下的體驗經歷。

「接下來，我對繼續聽那些錄音帶和 MD 也感到更有幹勁了。」

就如同她所說的那樣，時任竭盡心力地把那些感覺可以採用的體驗整理成逐字稿，再持續用電子郵件寄給我。托時任的福，我完成了收錄在《小說昴》2014 年 9 月號的〈聚在一起的四個人〉。

然而，在夏天結束的時候，那個努力認真的時任，竟開始在寄來的電子郵件裡夾雜一些奇怪的句子。一開始，我還認為應該是哪裡出了差錯吧，但後來覺得似乎並不是這樣。那些東西，好像是要寫給我看的。不對，因為她也沒跟我解釋過，所以其實也無法斷定，不過那些內容就是讓我有這樣的感受。

說到那些內容，就像是——

我正要喝紅茶的時候，總覺得茶水表面照出了奇怪的東西。

自動販賣機裡面，好像有著什麼東西呢。

我在沖澡的時候，明明還是大晴天，可是耳邊卻聽見了雨聲。

這些內容出現得很突兀，而且跟前後文一點關係都沒有，就突然插入一段毫無脈絡可循的句子。所以根本不知道這些文字出現在這裡的意義。當然字面上的意思是都看得懂，但完全無法理解時任想表達什麼。

因為真的很讓人在意，所以我撥了通電話給時任。一開始我兜著圈子提起這件事，但話題很難進展，於是我就直接了當地問了。可是時任沉默了一段時間，才開始回話。

「老師的意思是說，我寄出的信件裡出現了那些奇怪的句子……是這樣沒錯嗎？」

「嗯，而且是很突兀地出現，感覺就像是突然被插入文章中一樣。」

在我肯定的同時，也感覺到時任似乎在斟酌自己的措辭。

「你對我這通電話感到驚訝，意思就是你其實沒寫下那些內容嗎？」

「……是的。」

「但是，不知道是不是我多心了，總覺得這些東西會出現應該是有理由的。」

我說完之後，電話那頭的時任又是一陣沉默。

「……老師，您真的很敏銳呢。」

「你的意思是？」

「關於那些奇怪的內容，其實都是這幾個月間我實際經歷過的體驗。」

「咦!?」

這次換我啞口無言了。

「但是我寄信給老師的時候，完全沒有寫到一句相關的事情。我每次寫完一封郵件後，一定會重新再檢查過。所以如果真的在字裡行間穿插了那些內容，我在寄出之前肯定會發現的。」

「這也太奇怪了。」

總之，那些奇怪的文字所言不假。但是時任完全不記得自己曾寫過這些東西。一般來說，可能會覺得這是她在惡作劇，不過怎麼想都不覺得時任會這麼做。雖然我跟她不過就見過三次面，但這一點我還是能判斷的。

「時任小姐，你可以具體地把那些體驗告訴我嗎？」

將時任在電話中告訴我的事情總結之後，內容大致如下所述。

時任每天早上都有喝紅茶的習慣。她會用不放砂糖也不加牛奶的紅茶，搭配早餐的麵包或水果一起吃。某一天早上，她一如往常地準備喝紅茶，卻在茶水的表面看到奇怪的東西。

半圓形的影子……

這個小小的影子，就出現在她杯緣就口處對側、接近琥珀色的紅茶水面上。一開始她還以為是蟲子掉進去了，可是家裡從未出現過這種東西。似乎也不是光源所造成的。雖然時任還沒搞清楚原因，但上班已經快遲到了。她沒有多想，就出門前往公司。

在那之後，她就不時會看到那個奇怪的影子。並不是每天都會看到，總是會在不注意的時候就出現了。而且外觀還會一點一點地發生變化。

影子從一開始的半圓形，變得像是咖啡豆那樣的形狀……

而這個咖啡豆外型的一端又開始變窄，有點像是往兩邊伸展的感覺……

接下來微微伸展的部分又朝著左右邊拓寬，大小已經超過咖啡豆的一倍了。

說真的，她完全不想注意這個奇怪的東西，但是不知不覺間，時任已經陷入了無法將視線從變化中的怪東西上移開的心理狀態。但是在某一天早上，當時任發現這個影子的真面目時，不禁感到背脊發寒。

那是一個人影，宛如妖精大小、肩膀以上已經長成人形的的影子，就在紅茶的水面上飄蕩。影子感覺像是貼在杯壁，一點一點地往上爬。

據說時任因此停止了早餐喝紅茶的習慣。

第二件事，是在她去投公司附近的自動販賣機時發生的，是個讓人感到疑惑的事件。她曾多次在這台自動販賣機買過茶或礦泉水等東西，在此之前並沒有發生什麼問題。但不知道爲什麼，某一天她就突然對此感到不安。

這台機器裡面好像有某種東西存在，不管時任選買什麼飲料，最後從取物口掉出來的都不是她選擇的商品。

這種想法突然在她的腦海中浮現。因為這簡直是毫無理由的妄想，她也覺得會不會是因為天氣太熱，才導致腦袋變得有些奇怪了，自己也因而感到焦躁。但是只要一進入陰影處，心情也會跟著平撫，剛剛的奇怪想法也被逐漸淡化，果真是天氣過熱的緣故吧。

然而，當她再次回到那台自動販賣機前，這時同樣的恐怖感又會向她襲來。在那之後，聽說時任就會刻意避開這台自動販賣機的所在地通行了。

第三件事，是在她下班後回到家裡，很晚才進浴室沖澡時所發生的經歷。

耳邊突然出現了「嘩啦啦啦啦……」這樣的聲音。回家的路上天氣都還很好，感覺好像是突然降下的傾盆大雨。應該是這幾年經常出現的集中性暴雨吧。時任一邊想著、一邊關上了蓮蓬頭，沒想到暴雨聲就在這一瞬間也隨即消失無蹤。

……這是偶然嗎？

但是這也太不自然了。她再次打開蓮蓬頭，「嘩啦啦啦啦……」的雨聲又再次響起。只要關掉蓮蓬頭，聲音就停止了。那個聲音絕對不是淋浴時造成的回音，過去從來沒有發生過類似現在這種現象。那個奇怪的聲音，和蓮蓬頭開啟或停止的時間點還是有些微的差異，有時候比較快、有時候又比較慢。

因為這個奇怪的聲音總是會突如其來地出現在耳際，所以時任也變得很討厭沖澡了。雖然比較麻煩，但她改為放滿一整缸的水，再用那些水來洗頭和身體。

「老師有什麼想法？」

在結束一連串的體驗談之後，時任這麼問我。

「身為一個恐怖驚悚作家，我應該會告訴你，這是因為你用那些帶有緣由的錄音帶或ＭＤ製作了聽打逐字稿的關係，才因此引發了靈障——或許我這麼說應該會比較好，但坦白說可能性很低。」

「果然還是我搞錯了，是我多慮了吧？」

「嗯，我想應該是這樣沒錯。不過你提到的每一個現象，它們都詭異得很具體呢……」

「咦？那麼，果然是因為那些錄音帶和MD嗎？」

「好像真的能認為是它們產生了某種影響，但是——」

我對此表示肯定，接著點出其中的關鍵。

「但是，如果真的是因為那樣才引發怪事的話，你碰到的事情應該會更接近《那一個看家的夜晚》或《聚在一起的四個人》的原型體驗才對吧？」

「啊，確實是這樣呢。」

時任的聲調突然出現了變化，於是我接著舉出幾個具體事例。

「如果至今為止的作品中曾描寫過小妖精般的怪物，或者是跟自動販賣機或沖澡相關的奇怪體驗，你的經歷和這些故事都有共通點了。若是這樣還能理解，但實際上並非如此，對吧？」

「但就像老師您經常在作品中提到的，有很多不明所以的奇聞怪事，實際上都還是藏有某些規律法則。現在我只能想到這條真理了。」

「沒有啦，像那種東西再怎麼樣都還不至於被提升到能蔚為真理的程度。」

「是這樣嗎？但是在老師以真實怪談體驗為題材的諸多創作之中，已經不只一次證明過這一點了，不是嗎？」

「嗯……關於這個……」

我被問到詞窮了。時任所提到的那幾篇拙作，都是因為知道能運用這種解釋，所以才寫成作品的。而且，那些再怎麼樣都只是我所創作的小說而已。

不過直到最後，我還是什麼都沒有說出口。如果時任能接受剛剛對話中的論點，認為發生在自己身上的奇怪現象全都是自己多心了，然後能因此放心的話，我覺得就維持這種狀態應該是最好的選擇。

話說回來，我也覺得應該不要再跟那些錄音帶和ＭＤ扯上太深的關係了。所以就告訴時任不必再製作那些錄音的逐字稿了，接下來我會自己去找下一篇《小說昴》刊登作品的題材。雖然她回答「我知道了」，但事件卻沒有因此停歇。只能說，我的想法還是太過天真了。

聚在一起的四個人

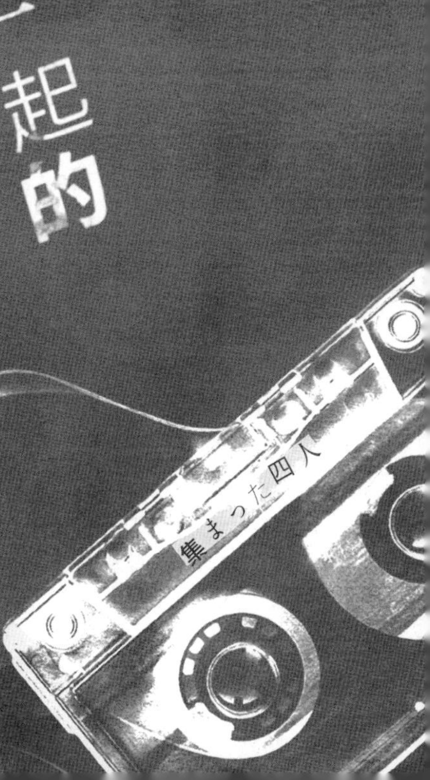

大概五、六個到十個左右，彼此互不相識的一群人，在偶然的狀況下，亦或是被招待到一座位於深山中的古城或孤島上的城館。在大家聚集在此的時候，詭異的事件就這樣發生了……

類似這樣的故事在推理懸疑類型的小說或電影作品中，從很久以前開始就是非常受到青睞的背景設定。因為大家都不知道彼此的來歷，如果發生了什麼事件，也不知道究竟還能相信誰，最後只能陷入相互疑心猜忌的局面。因為能夠輕易地營造出富含懸疑性的環境空間，應該也是這項設定受到歡迎的理由之一吧。

如果要率先舉出一個這類型作品的代表作，應該沒有人會對阿嘉莎・克莉絲蒂（Agatha Christie）的《一個都不留》（1939）有異議吧？

這本作品講述了不論年齡、職業、經歷都各有不同的十名男女，收到了一位自稱U・N・歐文的謎之人物所寄來的邀請函，來到了位於英國德文郡外海的戰士島（因為不管是初版的黑人島或是修訂版的印第安島後來都被視為帶有歧視的表現，才更動為這個版本）。邀請他們前來的主人並沒有在眾人齊聚的餐桌上現身，只有以現場播放出的鵝媽媽童謠，來揭露這十名賓客在過去犯下的罪行。在那之後，先是一個、然後又一個，十名賓客最後都接連在仿照童謠歌詞的意境中被殺害了……

因為這種深具魅力的奇特設定，也讓本作多次被改編成舞台劇、電影、電視劇等形式。將素昧平生、互不相識的一群人聚集在同一個地點，不論是場景還是劇情構成，肯定就屬這部作品最為成功了。

將這本作品改成電影的，一共有《And Then There Were None》（美國／1945）、《Ten Little Indians》（英國／1965）、《And Then There Were None》（義大利・法國・西班牙・西德／1974）、《Ten Little Indians》（蘇聯／1987）、《Ten Little Indians》（英國／1989）等五部作品。其中最忠於原著的是蘇聯推出的版本，其他作品都是以阿嘉莎・克莉絲蒂在本作改編成舞台劇時所執筆的腳本為基準，再分別進行不同的改編，因此故事構成上也各異其趣。

附帶一提，知道第六度改編本作品的電影，竟然是由阿諾・史瓦辛格（Arnold Schwarzenegger）主演的動作片《震撼殺戮》（美國／2014）時，我真的相當震驚。和原作相關的元素到底還能被保留多少呢？相信對此感到極度不安的應該不會只有我一個人吧。

接下來，雖然在開頭部分就鋪陳了這麼一大串，但我要透過這篇作品與各位分享的詭異體驗談，絕對不是和《一個都不留》相似的故事。只不過，考慮到體驗者在當時的心情，就覺得應該沒有比這個作品的意境更相符的了。這就是為什麼我會在一開始就先提起那部經典作品的緣故。

此外，接下來所記述的這篇詭異故事，將會由奧山勝也這位體驗者當事人來推展故事，但我並非是直接從本人那裡獲知這件事的。某位過去和我有互動往來、任職於經手許多某類型專業書籍的出版社編輯，在某場飯局上提到了這件事，當時我只是用錄音機將內容錄下來而已。原本我是希望他能引薦我認識這位當事人，我再直接進行採訪，但是因為和該編輯久未聯絡，因此不管怎麼找都找不到人。

下面要和各位分享的故事，是基於事件體驗者——奧山勝也的視點再進行構成、改寫而成的。以防萬一，我想預先在這裡說明，關於本篇故事中出現的專有名詞，有很多都是假名。若是後續依然出現了什麼問題，其責任皆由作者承擔，特此聲明。

＊

奧山勝也擦去額頭的汗水，在超過約定時間三分鐘後，他終於來到作為集合地點的S車站南口。某些人可能會認為「不過就是三分鐘嘛」，但是對他相約的對象岳將宣來說，絕對不是如此。

只不過看看周遭，不管怎麼找，都沒有發現岳將宣的身影。

莫非他也還沒到嗎？

勝也頓時感到心安，但隨即又歪起頭思索起來。

那個不管什麼事情都很認真講究的岳將宣，即使打工也總是嚴格遵守時間。相約之後卻又遲到什麼的，還真不像是會發生在他身上的事。

話雖如此，勝也現在也沒輒，只好繼續等下去了。

勝也一邊想、一邊將視線掃過票閘口周圍，目光立刻停留在很明顯像是一夥的三人小團體。他們背著登山背包，又一身一看就知道要去登山的服裝，腳上踩的也是登山鞋。全身都是這樣的打扮，看來就是他們不會錯了。

就像是要印證勝也的推測那樣，這三個人每個都悄悄打量了對方幾眼。他們好像都很內向怕生，沒有一個人想自己先站出來行動。而勝也本人其實也屬於這種類型。所以這總計四個人就在原地一心等待岳將宣的到來。

之所以會這樣，是因為籌辦本次到雨知地區的音碑山健行的人，正是岳將宣，只不過，除了每個參加者都是他的朋友這一個共通點之外，彼此之間根本素不相識。也就是說，如果岳將宣沒到的話，這次的活動根本無法展開。

只是距離他們約定的時間已經超過十分鐘了，但岳將宣還是沒有出現。

是不是發生了什麼呢？

像是跟正在擔心的勝也同步一般，應該是這次同行夥伴的那三個人，也都將目光看向自己的手錶，或是環顧周遭環境的人群，再不然就是確認手機的訊息，但也逐漸地變得浮躁起來。

對了，手機……

勝也想起在他朝這裡跑來的時候，手機曾經收到了訊息。莫非是岳將宣想通知大家「我會晚一點到」嗎？

他連忙拿出手機，如同他的猜想，有一通語音信箱的紀錄。是因為訊號狀況很差嗎？這通語音留言夾雜了「嗡嗡嗡」這種相當吵雜的雜音，所以很難聽懂對方要說什麼。

勝也努力地豎起耳朵專心聽著，奮力到連臉龐都漸漸拉扯變形了。

「因為……山……我今天不能去了……但是讓勝也來帶隊……就照預定……可以嗎……車票……在……白峰……有……關於……岬……玩得開……就麻煩你了。」

雖然還是聽不出來理由，但重點就是他無法參加了，要讓勝也擔任領隊來帶隊，和其他三個人一起按照原定計畫去登山。岳將宣想說的大概就是這樣吧。

怎麼這樣，我沒辦法啦。

就在勝也傷透腦筋的時候，就發現另外三人不知從什麼時候開始就直盯著他看。或許他們每個人都有猜到，眼前這個人應該是在聽岳將宣的留言吧。

勝也下定決心後，開始走向他們，而原本站在各處的三個人，也很自然地朝著自己這邊聚集過來，但沒有任何一個人先開口。其中還有一個人只是低著頭、看都不看人一眼。

「是說，那個……大家會不會是……岳學長的……」

他吞吞吐吐地說著，最後才終於擠出「岳」這個姓氏，三人則是點了點頭。接著勝也按了按還拿在右手的手機，把岳將宣的語音留言放給大家聽。

「裡面提到的岬，就是我。」

一個將長長的黑髮紮在後腦勺、容貌清新的女生，先跟大家自我介紹她就是「岬麻里」。好像是大學二年級的學生。

「那個白峰是我喔。」

接著是一個體格不賴，但總覺得動作舉止有些遲鈍的男生，自稱是「白峰亞希彥」。這個人則是大學三年級的學生。

這兩個人都是因為打工的機緣結識岳將宣的，似乎也受到岳很多的關照。就這一點來說，勝也自己也是如此，所以就接著自我介紹。

「奧山學長和岳學長都是大四的學生，兩位是讀同一所大學嗎？」

麻里這麼一問，勝也便搖搖頭說。

「我和岳學長也是在打工的地方認識的。雖然都是大四生，但我聽學長說好像是三次……應該是吧？他留過三次級。」

「啊！是這樣嗎？」

麻里的微笑中帶有困惑的神色，這也讓勝也有些尷尬。

「在我們之中，岳學長的年紀應該是最長的吧，而且大家和他認識的打工地點、讀的大學也都不一樣呢——」

勝也說著說著，突然想起在場有一個人還沒有開口，所以語調頓時含糊了起來。

「那麼，請問你是？」

勝也向這個小個子加上纖瘦身材，還長著一副娃娃臉，外表可能會讓人誤以為是國中生的男生搭話。

「……我是山居章三。」

他依然沒有和大家對上視線，也只報了自己的名字就結束。勝也又問了他幾個問題，才知道他是大一生，一年前因為登山的關係才認識了岳將宣。

這時勝也頓時感到欣喜，但是山居看起來個性內向，感覺怎麼想都不太適合當這次的領隊。而且他還是這次成員中最年輕的。

「時間緊迫囉。」

這時，白峰亞希彥小聲地提醒。看看手錶，他們預定搭乘的那班特急列車，確實就快要發車了。

「啊，對了。車票是在……」

「岳學長叫我先買好了。」

亞希彥從上衣口袋拿出了包含乘車券在內的特急券，勝也從他那裡接過來，再分發給眾人。

「總之我們先上車吧！」

接著他帶著三人走向票閘口。就這樣，結果勝也還是接下了音碑山健行小隊的領隊一職。

他們在這班特急列車上的指定席，剛好是前後相連的兩人座位。而且前方的座椅還能旋轉一百八十度，讓大家可以面對面坐著。

「岬同學就坐在順向的窗邊位子吧。」

因為是隊伍中唯一的女生，也成為勝也率先關照的對象，但本人顯得有些不好意思。就在半推半就之下讓她入座後，勝也便開始思考男生該怎麼分配，這時白峰亞希彥默默上前，接著露出似乎有點猶豫的樣子，然後就突然在麻里的對側坐下了。

在這種時候動作倒是挺快的嘛。

與其說是不爽，倒不如說勝也是整個傻住了。剛剛亞希彥露出那種遲疑的神情，應該只是煩惱該坐在麻里的旁邊還是對面吧。

勝也也在盤算著，既然這樣，那自己當然要坐在麻里隔壁囉。

「白峰同學塊頭大，那山居同學坐旁邊是不是剛剛好呢？」

因為是不管是誰來看都很自然的搭配，所以勝也也不會覺得對不起自己的良心。話說，山居章三倒是很坦率地接受了這個提議，讓勝也也鬆了一口氣。

宛如在等待四人都就座一般，列車在這時就立刻駛出了月台。有一段時間，他們四個人都將視線投向車窗外的風景，過程中洋溢著尷尬的氛圍。因為這裡面好像沒有人擅於帶動話題。

接下來還有一個半小時的車程，要一直維持這種狀態嗎……

一想到這裡，勝也也不得不感到喪氣了。

適逢秋天出遊的時期，雖然他們乘坐的也是通往觀光景點的列車，但因為今天是平日的關係，車廂內並沒有坐滿。即便是這樣，還是能看到有一組看起來六十多歲左右的女性團體客，以及幾對上了年紀的夫妻，而且不管哪一邊都是充滿談笑聲。只有勝也他們這個全車廂中最年輕的一組人馬，好像被厚重的沉默所籠罩著。

你這傢伙特地坐到人家前面，至少也說點什麼吧！

勝也真的很想對亞希彥這麼說，當然最後他還是沒說出口。因為麻里和亞希彥似乎也沒有關係變好的跡象，所以不如說勝也內心還比較希望維持現在這種狀況。

但即便如此，只有自己這團所在的座位一直維持著毫無變化的寧靜，也讓他開始覺得不管是誰都好，拜託開口說點什麼吧。

「話說……」

結果，第一個打破沉默的還是勝也自己。既然被岳將宣委託擔任領隊這個職務——不對，是被「強迫」擔任這個職務，所以也無可奈何。

「大家都是第一次去爬音碑山嗎？」

麻里回答「是的」，亞希彥則是揚起頭來點了點頭，章三則像是打瞌睡一般微微點了一下頭。

「聽岳學長說，與其說是登山，去那座山還比較像是健行，所以即便對不熟悉爬山的我們來說應該也不會造成負擔。但是岳學長沒有來，我們手邊除了收錄在雨知地區導覽書中的小小地圖之外，什麼也沒有。雖然到山頂的路線只有一條，感覺上應該是沒有問題啦，但其實我還是有點不安——」

勝也說到一半，就看到章三拿出一張摺起來的紙張。

「這個是？」

勝也接過來再將紙張攤開，原來是音碑山附近的手繪地圖。

「這是岳學長自己畫的嗎？真是幫了大忙了。」

雖然還是抱持感謝，但他心中也埋怨著章三帶了這種好東西，怎麼不趕快拿出來。

「其他兩位，岳學長有沒有交給你們什麼東西呢？」

一邊想著「有的話拜託快點拿出來吧」，勝也將眼神投向其他兩個人。

「要說有是有啦，只是不是那種具體的物品——」

麻里拿出手機，接著說出一個讓人意外的消息。

「其實就在三天前，岳學長寄了電子郵件給我，說他人現在就在音碑山。」

「咦？怎麼回事啊？」

感到驚訝的不是只有勝也，麻里現在所說的事情，也讓亞希彥探出了他龐大的身軀。

「我也嚇了一跳呢。照學長的說法，因為在那之前的週末，雨知地區下了一場集中性的大豪雨，他很擔心沿途的情況，就先跑去探探路。」

「就是今天我們要去的地方嗎？他三天前就跑去了？」

「因為我們都是登山初學者吧，所以岳學長為了確認安全與否，才會特地先跑去調查的。」

聽到這裡，勝也就覺得這真的很像是岳將宣的風格。就連普通人都能感受得到，岳將宣真的不討厭提前到山上探路這種前置作業呢。

然後，似乎就像是要印證這一點那樣，章三也小小聲地回應了。

「因為音碑山是他以前很喜歡的一座山……」

雖然兩人只在某處的山碰過面，但章三似乎很了解岳將宣的喜好。

「我先前曾聽學長提過音碑山的事情。」

「我也是。」

麻里和亞希彥都異口同聲，這也讓勝也回想起來了。

「所以對岳學長來說，即使是連續爬這座山，應該完全不會覺得辛苦吧。」

「說不定還會覺得很高興呢。」

聽到麻里這麼回答，勝也望向她，兩人相視而笑。

「信中還有提到什麼嗎？」

亞希彥煞風景地插入一句話，這也讓勝也有些鬱悶。麻里則是連忙再次確認手機中的電子郵件內容。

「預定要走的路現在有點泥濘，但走起來沒有問題。學長是這麼判斷的。」

「地圖上也標記了『注意腳邊狀況』的提醒喔。」

勝也先把地圖遞向麻里，再遞給章三和亞希彥，並且用手指了指標記的位置。岳將宣在信中所提到的其他注意事項，幾乎也毫無遺漏地標註在地圖上了。確認過這點之後，勝也也覺得比較安心了。

「真不愧是岳學長啊。」

當他再次對岳將宣感到欽佩的同時，卻注意到麻里的神色有點奇怪。

「你怎麼啦？」

「那個……」

她慢慢地把手機螢幕轉向勝也，然後說。

「這封信，我在三天前並沒有看到啊……」

心中還想著發生了什麼事，接著就看到下面這段文字。

〈遇到山友了。發現了新的登山路線。還找到了美麗的石頭，能夠分給每一個人。當天應該會是愉快的一天吧。〉

第一眼看下來，其實並沒有特別讓人覺得奇怪的地方。但是，為什麼還是會讓人有點介意呢？勝也也搞不懂原因為何，但就是覺得有哪裡怪怪的……

因此他直接說出了自己的感想。

「可是在三天前的那封信之後，根本就沒有收到這些內容啊！」

比起內文，原來麻里在意的是這個部分啊。

「這封郵件是什麼時候收到的？」

「……三天前。收到其他郵件後，立刻就收到了這封。但是，如果真的是這樣的話，我想我一定會有印象的。」

也是啦。電子郵件有時候也會出現收到的時間大大延遲的情況，這封信或許也是類似的問題。」

「而且還是在山上發送的嘛。」

嘴上這麼說，但感覺麻里就是完全無法相信的語調。

「這裡說的山友是誰啊？」

「會不會是像山居同學這樣的人呢？」

回過神來的麻里回應了一句，接著又喃喃自語起來。

「可是，如果是這樣的話，依照岳學長的風格，一定會邀請那個人加入今天的活動，不是嗎？」

「山居同學有什麼看法呢？」

她轉向同為岳將宣登山朋友的山居章三問道。但章三還是低著頭、左右晃著。

「即使如此，這封信也真奇怪啊。可是要說哪裡怪，又很難解釋。」

「突兀感。」

對於勝也的疑問，亞希彥用很有他風格的方式突兀地插話。

「你是說這封電子郵件？」

「是內容。」

勝也內心有點不滿，心想你不能用好一點的態度來說明嗎？但考量到自己身為領隊的立場，他還是忍下來了。

「確實是這樣呢。明明多加一點說明就會更清楚的。」

「似乎是覺得『只要傳達必要資訊就可以了』的感覺。」

麻里在回應勝也的想法後，又再次打起精神說。

「但是，一想到他準備了美麗的石頭當禮物，就讓人覺得有些期待呢。」

這段非常女孩子風格的發言，也為電子郵件的話題暫時劃下句點。

能夠和麻里愉快地交談當然很好，但那兩個男生卻讓人頭痛，勝也的內心正在發起一頓牢騷。

「明明都準備到這個階段了，岳學長卻來不了，真的很遺憾呢。」

麻里的這番話，也讓勝也想起一件被自己遺忘的事。突然從語音留言得知岳將宣不能來，還臨時被他交辦了領隊的職責，使得勝也一路暈頭轉向，直到現在才想到要事。

「我去打個電話。」

對著三人說完，勝也就離開位子，走到車廂的銜接處空間，撥了岳將宣的電話。

然而，他只聽到「您所撥的電話未開機，或是不在訊號接收範圍內……」那段熟悉的語音，接著就切換成語音留言模式了。勝也無可奈何，只好寫了封電子郵件給岳將宣，告知自己等四人已經搭上原定的列車，還有關心他是不是突然生病了等事情。

因為想說岳將宣不知道會不會立刻回信給自己，所以還在原地等了一陣子。但不管是電話還是電子郵件都沒有回音。此時，勝也也感受到一股難以言喻的不安。

他該不會是碰到什麼意外了吧？

勝也不禁聯想到一些最壞的狀況。但換個角度來思考，如果真是這種情況，他應該就無法留言了吧？雖然內容還是很難聽懂，但感覺得出來岳將宣說話時還是很正常。

所以應該是突然有急事嗎？

在出發當天的集合時間前一刻才打電話告知自己要缺席，這實在不像是那個岳將宣的作風。所以只能認為他是真的遇上突如其來的狀況了。

勝也回到座位，告訴其他三人，自己還是聯絡不到岳將宣，看來他肯定是碰到了無法脫身的要事。

「這種應對方式一點都不像是學長。看來他真的另有要務得處理吧。」

麻里對此表示理解。

「對啊。」

亞希彥隨即跟著附和。只不過，這句話並不是在回應勝也，而是麻里。

章三依然沒有把目光迎向大家，只是靜靜地點了頭。

在眾人有一搭沒一搭的交談中，列車已經到了雨知車站。在這趟搭車過程中，勝也很擔心要一路忍受這種低氣壓的沉默，但最後的結果讓人意外，或許是自己杞人憂天了。其中最積極參與話題的，就是他和岬麻里兩個人，不過勝也倒覺得這樣相當滿足。因為藉由搭車時的交談，也讓他感到兩人的距離有所縮短了。

眾人在雨知車站轉搭稚鳴線後，全身很明顯就是一副要去爬山健行打扮的人也一口氣增加了。即便如此，年輕人好像也只有勝也他們幾個而已，其他就盡是中高齡、甚至年紀還要更長的遊客。

因為距離他們接下來要下車的愿粥車站還有二十多分鐘才會抵達，勝也才剛坐定，就在大家面前攤開了岳將宣畫下的那張地圖，開始確認路線。原本應該要先影印幾分再分給大家的，但是這地圖也是章三在上了特急列車後才拿出來的。以防萬一，原本勝也想在下車後趕快找間便利商店來影印，但是光是眺望著車窗外的風景，就知道接下來要找到便利商店的機會應該微乎其微了。

到達感覺會讓人誤以為是無人站、站體很小的愿粥車站後，除了勝也等人之外也有好幾組遊客下車。根本還用不著環顧四周，就知道這附近別說便利商店，就連一間賣東西的店家都沒有。只有幾戶民宅稀疏地矗立在那。

像是要跟著先行下車的那個女性長輩團那樣，勝也一行人也朝位於音碑山山腳處的黑日神社前進。根據勝也先前讀過的導覽書所述，這裡是黑日神社的里宮，奥宮則是位在山頂處。因此相較於可以開車或搭乘巴士前往的奥宮，里宮周邊的道路因為太過狹窄，車輛無法駛入，所以必須從最近的車站徒步走過去才行。這似乎也減少了前去里宮的參拜者。但是要爬音碑山的話，就一定要來參拜里宮才行。因為根據當地的一個可怕傳說，如果疏忽了這個步驟，走在這座山裡就可能碰到獨眼獨腳的妖怪。

當然這個妖怪傳說並不是導覽書上的資訊，而是來自於一個網路上的怪談論壇所刊登的體驗談。因為不只一個人跟著分享了類似的經驗，所以就連喜歡這類故事的勝也都覺得心裡有疙瘩。如果當作怪談故事來聽聽看當然很有趣，不過換成是自己實際要到那個地方去的話，那就另當別論了。而且自己之所以還會參加這次的活動，全都是因為原本還有岳將宣可以依靠的關係。

沒想到……

參拜黑日神社的里宮時，勝也也向神明祈求著，希望這次的行程能一路平安順遂。現在岳將宣不在這裡，那麼就只能跟老天祈禱了。

結束參拜後，勝也回過頭，只見岬麻里和白峰亞希彥也虔誠地合掌祈求。

姑且先不談麻里，就連這個傢伙也……

就在勝也對此感到意外的同時，卻發現亞希彥微微張眼，偷偷瞄向麻里那一邊，這時他馬上就了然於心了。

這個傢伙是希望參拜得比麻里更久一些，好讓她覺得自己很誠心吧。

但這麼做到底會有什麼效果，勝也當然也搞不懂。但是亞希彥抱著想用這招來引起麻里注意的盤算，肯定是不會錯的。

對了，還有一個人呢？

勝也因為不知道章三跑去哪裡了，焦急地四處尋找，最後在神社鳥居前方的石碑旁看到他正在等候大家的身影。

他的行動，和至今表現出來的消極態度截然不同。真不愧是岳將宣會結交的登山朋友啊。

勝也對此感到訝異卻又佩服。原本還覺得這個人雖然有登山經驗，但看起來就是很靠不住的感覺，或許自己對山居章三的第一印象太過輕率了。

附帶一提，章三身旁的這塊石碑，是將登山客從神社參道導往音碑山山道、作為標示用的起點碑。只要從這裡再往下走一段路，就會進到山林裡面了。

勝也提醒了還在參拜中的兩人，大家一起往山道的起點碑走去。就在這個時候，章三突然開口。

「請奧山學長帶頭、岬學姊排第二、接下來是白峰學長，最後是我。就照這個順序出發吧。」

「啊，這……這樣排嗎？」

對於章三突來的一段話，勝也有點吃驚，連講話都吃螺絲了。

「讓比較熟悉山路的山居同學來帶頭會比較好吧？」

麻里替勝也說出了他心中原本想表達的想法。

「比較習慣爬山的，確實好像只有我一個人呢。」

先前的沉默彷彿像是偽裝，山居章三突然變得多話起來。

「正是因為如此，我才更要殿後，這樣可以留意到全部的人。就是要擔綱注意有沒有人累到放慢腳步，並且避免讓他們意外脫隊的工作。奧山學長是領隊，所以請走第一個。岬學姊是女生，所以跟在領隊後面比較妥當。接下來白峰學長自然就排在第三個了。我想這是最合適的隊形了。」

真不愧是有經驗者的判斷，非常具有說服力。但是他原本那種不看著別人眼睛說話的方式，還是沒有改變呢。

「原來是這樣啊。」

因為麻里和亞希彥都沒有提出反對意見，雖然自己不太想走在第一個位置帶隊，但勝也最後還是接受了章三的提案。

自起點碑走入山林之中後，先前鋪設的柏油路就一下子全變成泥土道路了。而且路寬也變得狹窄，隊伍不排成一列的話根本無法前進。行進的順序就如同先前的提案，依序是奧山勝也、岬麻里、白峰亞希彥、山居章三。

一開始還是坡度比較平緩的坡道階段，接著就突然出現了陡峭的斜坡。夏日生長繁盛的草木所散發出的強烈氣味，也瞬間包圍了勝也一行人。

在剛出發的時候，勝也還有餘裕提醒麻里要注意腳下等狀況，但後來他也漸漸地自顧不暇了。

亞希彥沒有多說什麼，但碰到坡度非常陡峭的地方時，他就會從身後推著麻里前進。勝也對此相當不悅，覺得亞希彥是不是想趁亂偷摸麻里的臀部。但大家走了一陣子後，感覺亞希彥似乎也無法分神獻殷勤了。即使麻里好像快要摔倒了，他還是裝作一臉渾然不知的感覺。

不過即使沒有勝也的提醒或是亞希彥多餘的關心，麻里似乎也沒有大礙。她沒有被走在最前面的勝也拉開距離，確實地跟上腳步了。原先剛入山的時候，還能聽到她把「那種花好漂亮喔！」

掛在嘴邊，但現在已經一句話也不說了。
到後來，這三個不習慣登山的三人，光是顧好自己就已經費盡全力了。
「不只是雨知地區，這座山自古也被稚鳴地區人們所信仰。」
唯一例外的只有山居章三，他又接著說。
「這是因為人們相信，死去的人們都會回到這座山來。」
先前的那種內向已經消失了，章三好像越往前走就更加起勁，還一邊走一邊說話。
「如果想要見到已經死去的親人，就要去參拜剛剛那個黑日神社，然後再爬到山頂去。」
明明沒有任何人發問，章三突然就自顧自地解說起音碑山的事情，這也讓勝也相當驚訝。
「音碑山也有賽河原這種地方，但不是真的有一條河流過。這名字的由來，是因為那裡遍地都是石頭，從遠方望過去，就像是一條像帶子般的長河流經那樣。」
這些話題並不會讓人覺得厭煩，因為其他三個人已經累到連話都說不出來了，所以章三的話匣子開得剛剛好。
「相傳在山頂一邊呼喚死去親人的名字、一邊敲打石頭，那位親人的靈魂就會現身了。」
從他口中說出的話題，是關於這座山的導覽解說。或許三人應該要感謝他才是。
「進行這個儀式的時候，有一個必須注意的要點，就是不能持續地敲打石頭。這樣會讓其他無關的死者靈魂也跟著出現，然後就這樣逗留在山林中。」

但是，這個話題的內容好像有些問題。

「另外還有一點，就是不能讓同一個人一直敲打某塊石頭。如果這麼做的話，死者的意念就會留在這塊石頭上。」

與其說是和這座山有關的文化傳承，不如說更像是怪談之類的故事。

「當然，在賽河原之外的地方敲打石頭也是絕對不行的。因為這樣會把亡者呼喚過來……」

光是想到自己一行人竟然來到了這麼可怕的場所，勝也的情緒就變得難以平靜了。而且章三說的並不是普通的怪談，而是歷經數百年歷史驗證過的怪異風俗啊，在這種場合提這個真的是太過了。

「在這座山中，如果你碰到某個人、向他說『您好』，但是對方卻是回答『喂～』這種好像是在呼喚遠方人的回覆，一定要趕快離開那個地方。絕對不要跟對方有什麼對話。如果和他交談，人就會被**那個**帶走了……」

即便不想聽卻還是豎起了耳朵，因為章三談這話題的技巧太棒了，勝也總覺得如果這時不聽的話，之後可能會後悔。

可是麻里和亞希彥卻都顯得心不在焉的樣子。特別是亞希彥，看起來很有體力、卻只是虛有其表，很快就露出疲態了。那副樣子怎麼看都不像是有在認真聽章三在說些什麼。

起初勝也還覺得，他們很快就會追上先出發的那些高齡組遊客。但是亞希彥拖累大家的能力真的超乎想像。不知不覺中，他們已經連那群老人家的背影都看不到了。

從音碑山的起點碑一直到山頂之間，沿途會等距離供奉一尊宛如路標般的石佛。在導覽書中也提到，建議大家每經過二到三尊石佛就可以稍微休息一下，所以亞希彥每次看到石佛就想休息。

「如果停下來的次數太頻繁，反而會更疲倦吧。」

亞希彥在休息時坐下來，一邊用毛巾擦著如瀑布一般的汗水、一邊大口灌著水壺中的茶，勝也因此婉轉地提醒他，但亞希彥卻悶不吭聲。感覺應該是連回應勝也的力氣都沒有了。

眾人用蝸牛般的速度，才終於走到岳將宣手繪地圖上的七合目位置，這時已經是他們原本預計要在山頂吃午餐的時間了。

「已經中午了呢，現在要怎麼辦？要在這裡吃嗎……」

被視為路標的石佛旁邊，有塊可以容納兩人坐下的空地，其他地方都只有陡峭的傾斜山道。附帶一提，亞希彥已經理所當然地坐下，補充已經喝得太多的水分。

「如果勉強繼續往上爬，應該也都是類似這樣的地方吧。」

和困擾地環顧四周的勝也相同，麻里也是一臉茫然的表情。

「我肚子餓了……但是卻沒什麼食慾呢。」

勝也聽見成為大幅拖累行程主因的亞希彥，正在一旁小聲碎唸著。

你這傢伙，也不想想是誰的問題啊——

在勝也壓抑著自己想怒吼的情緒時，章三卻說出了令人意外的話。

「莫非那裡還有一條路嗎？」

他用手指著石佛背後那片生長茂密的草叢。

「在哪裡呀？」

不管勝也怎麼瞇起眼睛，都只看到整片蒼鬱生長的草木。

「啊！真的有呢。」

先發現的是麻里。亞希彥也在意了起來，轉頭看看草叢。「有耶。」也很快地找到了大家討論的那條路。

勝也覺得自己好像被排除在外了，趕緊走進草叢去看。結果發現那些看似自然生長的茂密草叢實際上是一塊用草木編成的人工板。

「這塊讓人以為是草叢的偽裝板，把這個地方遮起來了。」

如果只瞄過一眼，肯定不會發現的。把這塊製作精巧的板子移開之後，突然就出現了一條路。

「這個，會不會就是岳學長信件中提到的那條新發現的山道啊？」

麻里興奮地說著。

「肯定就是這裡。這是捷徑吧。」

現實的亞希彥像是突然打起精神一般地接話。但勝也對此卻一點都開心不起來。

「這裡有顆石頭喔。」

正確來說是一大塊厚重的岩石，就這樣躺在眼前出現的山道正中間。

「你們不覺得，這看起來就像是為了不讓人通過才擺在這裡的。」

勝也覺得這石頭就像是敬告來者禁止通行的標誌。

「是不是誰特地擺在這裡的啊？」

相對於麻里思考的語調，亞希彥則是用隨便的態度說道。

「是本來就在這裡的吧。」

「是這樣嗎？」

勝也馬上以懷疑的口吻回問。

「不管是這塊擋住去路的石頭、還是剛剛用來遮掩山道的板子，感覺是有人為了不要讓登山客誤闖這裡，才特地準備好的。」

「你多心了吧。」

已經充分恢復精神的亞希彥，立刻否定了勝也的說法。

「可是啊——」

「那個。」勝也正想反駁，但章三卻像小學生要發問時那樣舉起了一隻手。

「在這裡也沒辦法吃午餐，就這樣繼續往上爬也不一定能找到好的休息場所。這條新路好像就是岳學長走過的那條，我們要不要試著往前走看看呢？另外，只要有一個人覺得危險，我們就馬上折返回來，大家覺得怎麼樣？」

勝也把視線轉向麻里，她看起來也像是贊成章三的提議，所以勝也也只好不情願地同意去探這條山道。

在這條隱密山道的左右叢生著茂密的樹木與草木。都已經快完全覆蓋整個頭頂了。因此，走在這裡就好像是踏入一條昏暗隧道中行進的感覺。因為陽光幾乎照不進來，所以腳下的山道顯得相當泥濘難走，也讓人不禁聯想到地下洞窟。因為前方的環境也非常昏暗，完全搞不清楚這裡的路況。

最抗拒走這條路的，應該就是勝也了。但是因為他肩負領隊的重任，所以必須走在最前面開路，想想真是諷刺。

果真是提不起幹勁啊。

一行人繞過了大岩石，雖然時間是正午，但是在這條視線很差的山道必須更聚精會神，慎重地慢慢前進，此時勝也心中也不禁叨念起喪氣話。

再怎麼說是茂密的樹木枝葉遮掩了陽光，但這條隱密山道路程上瀰漫的氣氛也太陰冷了。那種異樣的寒冷空氣，如果能讓汗流浹背的身體感到舒適一點就太好了，但實際上剛好相反，就連些微程度都無法感受到那種汗水乾了之後的爽快感。反而像是冷空氣鑽入皮膚，直接從皮膚內側冰鎮的感覺。因此雖然身體表面感到悶熱，但內部卻有一股惡寒在流動著，令人覺得不快。

真想趕快離開這裡。

在這種想法驅使下，勝也也加快了腳步。

「這會不會是岳學長的腳印啊？」

麻里的聲音從身後傳來。

勝也的視線瞬間移到腳下的泥土路上，就在眾人行進路線的旁邊，確實留下了像是足跡的點點印記。

「果然這條山道就是岳學長發現的那條路呢。」

麻里因為放下了心中大石而流露出喜悅，但是她的聲音聽在勝也耳裡，卻有種奇怪的違和感。

在陽光無法充分照進來的這個路段，雖說土壤的狀況一直很潮濕，但是三天前的腳印還能像這樣留下來嗎？

這是勝也首先意識到的問題。他仔細地盯著腳印看了又看，這些腳印還很新，更加深了他的疑慮。

但是，在這條路上不可能出現這麼新的腳印吧？

不只是因為濕氣重這個理由，被禁閉在這個細長空間內的那股不祥的空氣，應該也是促使他懷疑的原因。

話說回來，雖然勝也最後也和大家一起走了這條路，但心中那種奇怪的異樣感卻一直無法揮散。而且他還越來越在意起這些腳印了。

我到底是在擔心什麼呢？

就在勝也稍微放慢了腳步，頻頻觀察著留在泥土上的腳印時，他赫然察覺到一件奇怪的事。

這些腳印的左右平衡太奇怪了。

一般而言，不管你是正常行走、加快腳步、奔跑，左右腳之間的距離通常都會保持一定的間隔。但這裡的腳印怎麼看都覺得不對勁。而且，讓人察覺異狀的地方還不只這一處。

比起左邊，右邊的腳印好像比較新一點？

剛剛才判斷這些腳印是新留下來的，但繼續仔細觀察後，應該說只有右邊的是新的。相較之下，左邊的腳印很明顯地比較舊。

總結來說，左邊的腳印是先留下來的，隔了幾天之後右邊的腳印才又踩下去。而且看起來，左邊的腳印是呈現往深處前進、右側則是從深處走回來的樣子。也就是說留下這些腳印的人，是用單腳在行走的。**這個**只有一隻腳的……應該是先踏進這條隱密的泥濘山道，然後再從裡面走出來的吧？

獨眼獨腳的妖怪……

先前在網路上讀到的那些和這座山相關的怪談，剎那間在勝也的腦海中甦醒。

該不會……

雖不至於深信不疑，但也不知為什麼，就是無法對那些內容一笑置之。如果接下來還要再走上一段這宛如隧道般的泥濘道路，勝也覺得自己肯定會哇哇大叫出來，然後用驚人的速度拔腿狂奔。

眼前的光景瞬間變得寬廣起來，原來眾人已經穿過隱密山道，來到一處範圍不大的草地。在這塊草地的一側，是一處被叢生芒草圍住、讓人覺得不可思議的空間。如果他們忘了自己是一路爬到音碑山的七合目的話，可能還會誤以為自己走到某個河岸邊了。

「那裡有塊很適合用來吃午餐的岩石喔。」

就像麻里所說的，可以看到草地的對側有一塊寬廣又平坦的岩石。剛好是可以讓四個人坐下來用餐的大小。

一行人的腳步都很自然地朝著岩石走去。明明還沒有到達山頂，但是大家的腳步都變得輕盈起來。一想到能好好休息一下，任誰都會覺得開心對吧。

先前因為那些詭異腳印的關係，勝也覺得心中瀰漫著一股讓人厭惡的不安，但現在心情已經有所平復了。像現在這樣置身於能仰望藍天的草地，就會突然覺得剛剛思緒被束縛在那條泥濘道路上，實在是有點愚蠢。

先填飽肚子，好好休息一下，接著再朝著山頂這個目的地前進。

勝也連心態也變得正向積極了。他作為領隊的自覺，也再次復甦了過來。但即便如此，當他一靠近那塊岩石，難以用言語形容的不安又再次竄出。

好像哪裡怪怪的。

在此之前還感覺就是塊類似長方形桌子的岩石，但是當目光焦點完整地捕捉到全貌的時候，他瞬間覺得這看起來好像是某種祭壇。

感覺真不舒服。

明明是塊天然的岩石，但不知為何就是從中感受到一種人工感。不過，這到底是在什麼時候、是誰、又是為了什麼才做了這個東西呢？但是想到這些問題，勝也又覺得自己只是多慮了。不過他的內心卻仍然在意著某些東西。

勝也的思緒陷入一片朦朧混亂之中。

「啊！在這裡呢！」

麻里開心地喊著。

「這一定是岳學長要給我們的禮物。」

在她小跑步到達那塊平坦岩石之後，接著又轉身回到勝也他們這邊，伸出了自己的右手。

躺在她手掌上的，是一顆雞蛋大小、美麗非凡的石頭。特別是它極為光滑的表面，這點更像雞蛋。白、灰、黑三色混合的配色並沒有顯得黯淡，反倒是孕育出奇異的沉穩感。

「真是漂亮啊！」

亞希彥不知在何時已經來到麻里的身旁，手上也捧著另一顆石頭。

「好像寶石一樣。」

而且還冒出一句跟他形象完全不搭的台詞，沒想到麻里竟然也和他相視而笑了。

「這裡也有奧山學長的份喔！」

聽到麻里這麼說，勝也才看到岩石上確實還剩下一顆石頭。

「沒關係，我就……」

因為石頭的外觀真的很棒，勝也在無意間湧現一股想伸手去拿的衝動，但最後總算克制了這個念頭。

……超不舒服的。

剛才從平坦岩石所感受到的厭惡感，同樣也從這顆石頭上出現了。

為什麼這石頭會這麼像是雞蛋呢？

要怎麼做才能呈現如此光滑美麗的表面呢？

話說這到底是自然的產物，還是說……

就在勝也陷入思索時，麻里開口了。

「學長不要客氣呀。」

麻里應該是大大誤解勝也的態度，才這麼說的。

「這是岳學長準備好要送給我們的東西嘛。」

「不，可是……」

就在他苦思該怎麼拒絕的時候，勝也突然意識到剩下的石頭只剩一顆這件事。

「只剩一個了，那就給山居同學好了。」

「咦？聽你這麼一說，還真的只有三顆而已呢。」

麻里看遍了岩石的各個角落，四處都沒有看到其他類似這種卵石的東西。

「我就不必了。」

山居章三站在離三人有些距離的地方，又像先前一樣低著頭說話。

「你不要客氣嘛。」

剛剛麻里才這麼說過，現在勝也也用同樣的話回應章三。但這時章三卻搖了搖頭。

「同樣的東西，我已經有了。」

聽到章三這麼說，勝也實在無計可施了，但是他無論如何都不想去碰觸那顆石頭。

「等一下我們要離開這裡的時候，還要再整理一次隨身物品吧？到時候我再把石頭收進背包裡面好了。大家先吃便當吧！」

最後還是辛苦地硬擠出一個藉口了，勝也總算把現在的危機糊弄過去。

吃飯的時候，麻里和亞希彥的心思還是聚焦在那些石頭上。他們一下彼此交換石頭、一下又表示想跟勝也的交換，最後又覺得還是自己的好，因此又換了回來，總而言之三句話不離這幾顆石頭。

如果章三不拿的話，讓他們其中一個人拿兩顆不就成了？照這個情形看來，不管是誰拿到都一定會很開心的吧。

但是，當眾人吃完午餐也稍作歇息，準備再次啟程的時候，那兩個人卻把第三顆石頭忘在岩石上了。

勝也心裡明白了，那顆石頭最後還是得跟著他。

不管是麻里還是亞希彥，兩人臉上都掛著興高采烈的神情。但是為什麼他們對第三顆石頭就一點都提不起興趣呢？

就這樣裝傻，直接離開吧。

勝也一邊偷偷瞄著那兩人的樣子，心中暗自決定。

「距離山頂只差一點點了。當然過程中我們還會再休息，但是就休息一次吧！接下來就一口氣爬上去囉！」

面對勝也的激勵，不只是麻里，就連亞希彥也很罕見地喊出了充滿活力的一聲「了解」。

「那麼，我們就出發囉。」

勝也迅速地遠離那塊岩石，想盡快離開這個地方。現在他的心中就只有這一個願望。

然後，就在他還沒往前走幾步路時，卻從身後傳來一個聲音。

「請拿去吧。」

勝也轉頭一看，只見章三長長地伸出一隻手，手掌上就躺著那顆石頭。

「啊，這個……」

勝也頓時說不出拒絕的詞語，而章三又再次開口。

「請拿去吧。」

章三又把捧著石頭的手伸了過來。

「……我就……不必了。」

勝也用無法讓其他兩人聽到的音量小聲說著，並且用只有章三能看見的姿態，一隻手偷偷地在胸前揮動著。

「請拿去吧。」

但是章三依然把石頭遞了過來。

「不，所以我剛剛已經說……我就不必了……」

「請拿去吧。」

章三一邊重複低語，接著慢慢把頭抬了起來。

……這是第一次跟章三對上眼。

他一隻眼睛的瞳孔，也就是黑眼球的部分，異常地巨大。其周圍的虹膜和外層鞏膜，總之就是眼白的部分幾乎都不見了。只有漆黑的瞳孔大大地延展開來。而另一隻眼睛則是剛好相反，瞳孔加上虹膜大概只有一個小點這麼大，其他部分都是只有鞏膜的全白眼白。

只有一隻眼睛異常的漆黑……

確實是這樣沒錯，但到底所謂的只有一隻眼，是左眼還是右眼，根本無法釐清。因為看起來幾乎全白的那隻眼，其實也跟單眼是一樣的。

「請拿去吧。」

勝也硬逼著自己，想將視線從章三遞向這邊的那顆石頭上移開。接著那宛如敞開隧道口的隱密山道、擴展到平坦岩石的草地都映入了眼簾。草地上留有勝也等人走過來的痕跡，其中三人份都很正常，唯有一個人的明顯與眾不同。

就好像是用一隻腳走過來那樣……

「請拿去吧。」

就在視線又落到突然遞過來的那顆石頭時，勝也的腦袋開始感到混亂不清了。各式各樣的疑問接連浮現，卻又不斷地一一消逝。

岳將宣為什麼要把當作禮物的石頭放在這條隱密山道的途中呢？為什麼他還能知道我們肯定會踏上這條路呢？

那個在新路線碰見的山友，為什麼沒被岳將宣邀請參加這次的活動呢？

而且如果岳將宣真的照原定計畫參加這次的登山活動，那麼特急列車的車票不就會少一張了嗎？

還是說，岳將宣其實邀請了那個朋友？

而且那個朋友還代替他前來參加了？

這個朋友，就是山居章三嗎？

在大家提到這是岳將宣喜愛的登山地點之一時，山居章三確實用了「因為音碑山是他『以前』很喜歡的一座山」這種過去時態的說法對吧？

大家穿過鳥居去參拜黑日神社時，章三也沒有跟上，而是從一開始就站在起點碑的旁邊不是嗎？

岳將宣現在人到底在哪裡呢？

「請拿去吧。」

勝也現在一心只想脫離進逼眼前的恐懼，於是他終於接下了章三執著地遞來的那顆石頭。只不過，在那之後的記憶相當朦朧迷離，完全記不清後來究竟發生了些什麼。

他只記得，一行人到達山頂時，已經比預定的時間大幅延後了。他們先參拜了黑日神社的奧宮，就在此時，勝也才察覺山居章三已經不見人影了。

然而奇怪的是，麻里和亞希彥都堅決否定這個人的存在。他們說因為岳將宣臨時不能參加，所以他們才會三個人一起來爬這座山的。能夠當作證據的，就是亞希彥曾對於就這樣浪費一張特急列車車票而感到愕然。

怎麼可能……

簡直教人難以置信，但眼前的這兩人絲毫沒有在說謊的感覺。如果只有亞希彥一個也就算了，就連麻里也說著同樣的話。

接著勝也突然想起，就問了那些石頭的事，結果兩人也一臉得意地秀出自己的石頭，感覺很享受地在手掌上翻看著。就在這時，勝也馬上搶了他們的石頭，然後連同自己的那顆一起朝遠方丟出去。

「喂！」

「你到底在幹嘛啊！」

兩人的憤怒如烈火般竄起，然後就要跑去找自己的石頭。勝也拚了命地阻止他們，此時開往山下的巴士也按了喇叭準備開動了，他使出渾身解數才硬把麻里和亞希彥拖上了車。當然勝也自己也在他們之後跟著上車了。

因為時間還是下午的前段，所以搭巴士的人並沒有很多，但這兩人卻坐得離勝也遠遠的，看來是真的打從心底覺得不爽了。隨他們去吧，總之只要能先離開這座山就好了。

話說，那傢伙到底是怎麼回事啊？

勝也又開始思考起關於山居章三這個人的事情。但是一想到雖然上了巴士，但車子目前還是開在這座山中，內心頓時又害怕了起來。

在巴士駛離這座山之前，就先讓大腦放空一陣子吧。

只不過，若是什麼都不去想，其實也讓人覺得無所適從。因此，就在勝也看到山腳一帶的情景時，在那個鬆了一口氣的瞬間，伴隨而來的還有相當強的疲憊感。

就在這一刻，勝也的心思突然又混亂了起來。他自己也不知道原因為何，只是隨著巴士越往前開，那種不安感也逐漸加劇。明明已經脫離那座不祥的山了，不知為何還是無法從那種感受中逃脫。

該不會是……

他匆忙地翻了翻自己的口袋，接著又打開背包檢查，結果赫然發現那顆石頭就在裡面。明明剛剛已經和另外兩人的份一起丟得遠遠的石頭，竟然出現在背包的最底層。

勝也連忙打開車窗，把石頭抛向窗外。就在他想要提醒其他兩人的同時，突然察覺到巴士已經離開了山區。當然並不能看到一條很明確的分界線，但應該已經離開那座山了沒錯。

他和這兩個人一起走到S車站，但沿途不管怎麼向他們搭話，麻里和亞希彥卻一句話也不回。這應該也表示，他們都沒有發現石頭已經回到自己身邊了吧。

隔週，勝也幾乎是在同一個時間收到了來自兩人的電子郵件。內容都是要邀約他再一起去爬音碑山。

〈山居章三同學會幫我們帶路的〉

勝也沒有回信，直接把這兩個人設定成拒收信件。因此，最後這兩個人究竟又發生了什麼事情，他也不得而知。只是他不禁感到擔心，不知道會不會有另一個人被邀去代替不肯露面的自己，然後又四個人一起去爬那座山呢？

他試著聯絡岳將宣好多次，但是手機都沒有接通。他努力地跟打工處問到了岳將宣所住的集合住宅地址，可是不管上門幾次都沒有人在家。信箱裡塞滿了報紙，比較新的還滿到信箱外了。這也表示岳將宣已經很長一段時間沒有回家了吧。他又向打工處詢問岳將宣老家的地址，但是都沒有人知道得這麼詳細。

後來勝也從大學畢業，在東京工作。從那起事件之後，不管是誰來用盡各種方式邀他爬山，他也絕對不接近山以及山腳一帶。

「在爬山的過程中，會不會突然碰上什麼人啊……」

就像這樣，勝也似乎已經害怕到無法再靠近山了。

＊

在這篇故事完成之後，我曾和責任編輯通了一次電話。當時我在電話中提到，關於在這篇故事中登場的山居章三，他的名字設定其實有某種意涵。然後編輯覺得這很有趣，拜託我一定要把這一段加進刊載的文章之中。我知道這有點畫蛇添足，但關於名字的解釋，就如同以下所述。

山居章三的姓氏「山居」（やまい），可轉成日文讀音相同的「病」，然後將之以「疒」來表示，再加上「章」，就會組合成「瘴」這個字。而名字中的「三」，可視為日文讀音相同的「山」，最後將兩個字放在一起，就會出現「山瘴」這個詞彙。

所謂的山瘴，就是指瀰漫在山中的毒氣或窒礙的空氣。

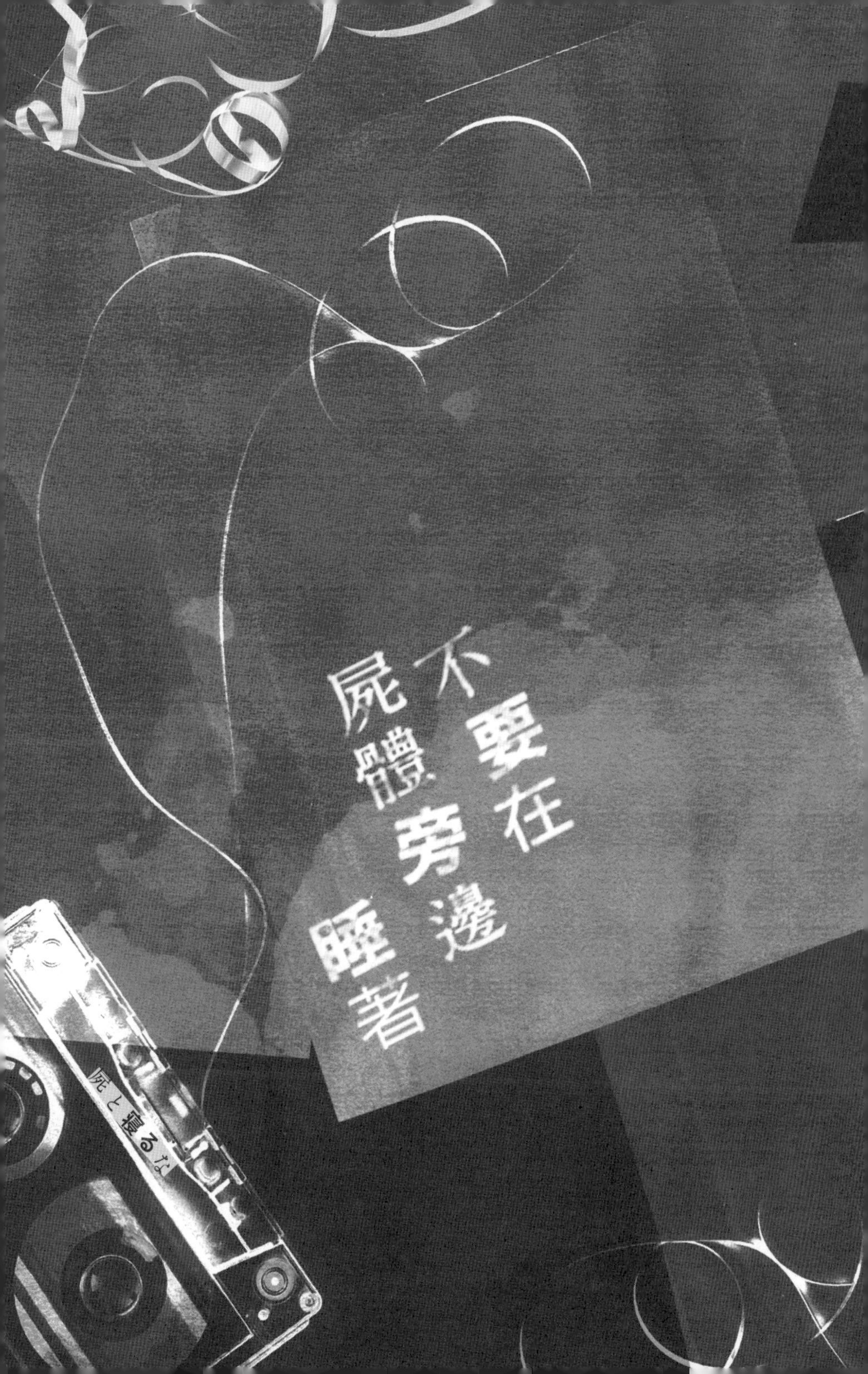
不要在屍體旁邊睡著
屍と寝るな

二十五歲左右的時候，我還是一個編輯界的菜鳥。但當時就負責了名為《醫療與宗教思考叢書》的系列書籍。因為不是自己的企劃，所以我手邊並沒有留下這套書，再加上也沒有保留當時使用的資料，所以其實我自己也不太確定了，但是在我的記憶中，那個故事大概就是以下要和各位分享的內容。

某次有個會議召開，從彼此互動交流淡薄的日本醫學界與宗教界第一線，邀請了許多專家學者與會、進行演講，其宗旨是以寬廣的視野來討論器官移植或終末期醫療等艱深困難的問題。至於將該次演講紀錄書籍化的任務，就交由我所任職的D出版社負責，而我也被指派為負責人。每次在選擇新主題的時候，我都會評估演講者的組成，然後將四次演講彙整成一冊。我所經手的是第一到第四冊，原本應該是由其他人來負責第五和第六冊，但後續的情況我也不清楚。不知道是會議的舉辦越來越消極化，還是D出版社中途撤出這個企劃，無論如何，我想相關的運作應該都沉寂下來了。

製作過程中，我並不會只看演講的聽打逐字稿，自己也會親自跑一趟會議現場。而諷刺的是，我在會議中也強烈地感受到醫學界和宗教界之間存在的那種「隔閡」。但原本就是因為至今的交流互動相當地少，所以才會催生出這種會議的吧。就發起的意義面來看仍然是相當正面的，我到現在都還是這麼認為。

但是，在醫院的第一線，醫療從業人員是每天都要接觸人們的生與死，而宗教相關人士大多是在人們逝世後才產生比較多的關聯性。這兩類人的言談分量是截然不同的。相對醫療人員能夠舉出實際的病症進行具體論述，但宗教人士則是在闡述自己信奉的宗教思想，是比較抽象的事物。大家可能會認為這本來就是理所當然的，但如果各位交互聽著雙方的演講內容，就會感受到後者的言談實在是相當空虛。

附帶一提，這個系列會議並沒有限制講者要屬於某些特定宗教。話雖如此，他們邀請的大多還是佛教、基督教的各派人士為主。在那之中聽起來最為空洞的，就是那幾位佛教相關人士的演講了。

在被人揶揄為「葬儀佛教」的世態之中，這些相關人士靠著檀家制度的基礎不思進取，所以也不是不能理解的事。

在這個醫療與宗教思考的系列會議中，要他們突然就對現實面的議題進行討論，應該也是強人所難吧。但是在這個層面，基督教領域的演講者就有所不同了，因為在他們的信仰中擁有「安寧醫療設施」的歷史。

關於安寧醫療設施的起源，可以追溯到中世紀歐洲兼具旅宿機能的地方小教會。據說是源自對旅居該處、但因為生病而無法繼續旅行的旅人予以照護的行為。像這樣的設施，就被稱為「hospice」，而神職人員懷抱無私精神給予照護的行為則是稱作「hospitality」，據說也是從這裡衍生出「hospital」（醫院）這個詞彙。而現今也把進行臨終關懷照護的設施，或是在家進行的臨終前安寧看護，都以「hospice」來稱呼。

因為存在這樣的實績，在基督教領域的人士進行演講時，自然會將他們的宗教思想與這些實際的案例來加以結合。不管教義聽起來有多觸動人心，相較之下，這種方式會更具說服力。正因為他們屬於身處人們生死現場的那種宗教人士，才更能擁有相關的苦惱與自豪吧。

我還記得，過去曾聽過佛教界人士跟我抱怨安寧醫療設施的事。如果是神父或牧師出入醫院的話，沒有人會多說些什麼。但是只要留著僧侶頭、穿著僧袍的僧侶進出，就會出現「是不是有誰過世了啊？」這種騷動，讓他們覺得很困擾。但是，促成現今這種局面的，不就是漸漸變成葬儀佛教的佛教界自身責任嗎？原本所謂的寺院，就應該是隨時敞開門戶，不管來訪者是誰都歡迎他們進入，並且傾聽他們煩惱的場域。但現在許多寺院都是關上大門，唯有要舉辦喪禮時才會打開。就像這樣，這些佛教界人士在這個思考醫療與宗教相關議題的系列會議中，也無法說出什麼讓人聽了有所收穫的內容。

為了避免誤會，我還是要特此聲明。在基督教的信仰中，他們將「神」視為絕對的存在。但是對於闡述人也能「成佛」的佛教這一邊，我個人還是覺得較為親切。只不過，這和本篇故事所討論的問題是屬於不同領域的。

其實在佛教界的相關人士中，也有人在思考著能為這個令人憂慮的現狀付出點什麼，然後也展開了實際行動，而「vihāra」就是其中的一環。所謂的「vihāra」，在梵文的意涵中是意指「僧院」或「休養的場所」，也用來指稱佛教系統的安寧醫療設施。這種設施是於醫療與宗教思考會議召開的三年前才開辦的，發展的時間點恰到好處。除此之外，我記得還有一些年輕的僧侶們，也在思索著該如何讓信仰與第一線的醫療現場更加緊密連結。

只不過，關於「vihāra」在佛教界的發展，在那之後很遺憾地也沒有推廣成功。印象中，當時有一本系列書籍因為將主題定為臨終照護，然後副標題是「『hospice』與『vihāra』的探尋」，結果遭受到基督教界人士的強烈反彈。他們似乎是主張「兩者不管在歷史還是實績上都相差太遠了」。那時我還覺得這些人「氣度也太小了」，但現在再回過頭去看這件事，我也覺得能夠理解了。

我之所以會用這段內容來作為本篇故事的開場，其實是有原因的。在今年春天，我的母校奈良市立若草中學舉辦了同學會。不過那不是班級的同學會，而是一整個學年的同學會。當時我看到了許多讓人懷念的面孔。附帶一提，在拙作《作者不詳》中，我將母校改名為「綠葉中學」，讓它作為被怪異事件纏身的主角所逃進的場所登場。

對離開關西已經有一段時間的我來說，在這次同學會中碰到的，很多都是幾十年不見的人，我也和大夥度過了一段愉快的時光。但最讓我印象深刻的，是三年級的同班同學K的對話。

當時身材圓滾滾，現在變得纖細的她，到今天才知道我成為了作家。

「果然沒錯呢！我就覺得三津田同學有一天一定會當上作家。」

因為她說得自信十足，反倒讓我有些驚訝。

「這話怎麼說？」

我訝異地回問她。她才說是因為我寫在班級留言本中的話題，全都是跟推理懸疑有關的事情。

這裡提到的班級留言本，就像是那種會在同班的五、六個人之間傳遞的交換日記，以一個禮拜的週期來傳閱。不管想在上面寫什麼都可以，但必須先遵守除了班上同學，包含老師在內的其他人都不可翻閱的規則。說穿了就是增進同學間情誼的一種方式。

我在班級留言本中不厭其煩地談論著推理懸疑的話題，還曾在上面熱情地連載過自己人生中的第一部作品《綠館殺人事件》。雖然K只是因為這樣就覺得我會成為作家，似乎有點太單純了。但看到欣喜地對我說著「真是太好了」的K，我也跟著開心了起來。這也是因為我感受到她這番話是由衷發出的肺腑之言吧。

在我們聊起彼此在畢業後所經歷的事情時，知道了K曾擔任過護理師，所以話題也由此延伸到了《醫療與宗教思考叢書》上面。

就在同學會接近尾聲的時候，K說起了她母親住院療養的同間病房裡，有一個奇怪的老人，而這件事也引發了我的好奇心。

K的母親住進市內S醫院的復康療養大樓。但母親的狀況卻與這棟建築的名稱相反，毫無康復並且回家休養的可能性，處於除了能吃少量的流質食物之外，就得靠點滴來維持生命的狀態。去探望時，母親大多都在熟睡著，但是當K叫醒她之後，好像還能再稍微聊個幾句。不過隨著日子過去，完全搞不懂母親在說些什麼的情況也與日俱增了。後來，母親漸漸地無法吃下流質食物、也沒辦法出聲、就算眼睛睜開也認不出自己的女兒，之後總是處於熟睡的狀態，到了家屬必須考慮是不是要拔管的階段了。說到這些時，K的神情還是瀰漫一片愁雲慘霧。

S醫院座落在過去曾經盛極一時，現在已經荒廢的商店街中。因此建築物和其他商店一樣，都非常老舊，各處都散發著孤寂的氛圍。加上院長的個性桀驁不遜，更讓人覺得這家醫院非常不可靠。

原先K的母親住在市立醫院，那裡不管是設備、醫生、護理師都很不錯，因此可以放心地把母親交給他們照顧。然而，決定讓母親轉院到S醫院的，也是市立醫院的醫生。對此，K的心境也相當複雜。

聽K這麼說，我也回想起小學時代的一件往事。有個住在商店街附近的小學生，在S醫院接受盲腸炎手術之後卻不幸過世了。某一天，這個消息傳到了學校，雖然不知道實際的死因，也不能隨便亂講話，但是「連個盲腸炎手術也能把患者醫死，S醫院的醫生真是草包啊。」這種流言蜚語，也開始在小朋友間廣為流傳。當然，我也不能跟K提起腦海中浮現的這些事。雖然當時的醫生應該也不在這間醫院裡了，但光是從人們對現任院長的評價，也知道這間醫院的狀況似乎沒有太大的改變。所以如果還對已經不信任 S 醫院的 K 提起這些，讓她因此增加更多的不安，她也實在太可憐了。

不知道是不是 S 醫院的復康療養大樓裡有很多類似的患者，每當 K 前去探望母親的時候，都覺得那裡鴉雀無聲。一開始，那間雙人病房內只有母親入住。有時 K 坐在母親的床邊時，就覺得這棟建築內好像就只有她們母女兩人，心中突然湧現一股恐懼。而且，某些時候還會出現不知道是從哪邊傳來的聲音，更讓人覺得害怕。

「……救我……救我……快救我……拜託。」

某一夜，有個微弱的女性聲音，持續呼喊了一陣子。

「……可惡。那東西來了……明明不能碰到，那東西還是來了。」

另一個晚上，則是一個男人在耳邊嘟囔著，讓人感到不寒而慄。

因為 K 曾經也是護理師，所以不會因為小小的事情就躁動。只是不知為何，她就是覺得這一次狀況不同了。而且她認為那種不對勁的感覺，是來自於自己的母親。雖然自己當過護理師，但如果住院的是自己的血親，感受就完全不同了。冷靜地思考了一下，也覺得這次應該只是自己太過敏感了。

探視病人的時間是下午一點到晚上八點，但所幸醫院基本上不太會過問，所以 K 都會在中午前和晚上過去，也就是一天會去探望兩次。

K現在是家庭主婦，兩個孩子也已經長到不需要多去操心的年紀了。在市公所服務的先生，也對她去探望母親這件事很諒解。因此K在某種程度上，可以自由地運用自己的時間。

有一天晚上，當她一如往常地前去探視的時候，發現母親病房的名牌旁邊，多了一個「鹿羽洋右」（ROKUBA HIROU）的名字。應該是有新的患者入住這間了吧。一般來說，大家可能都會覺得原本還能當成單人房來使用，真是太可惜了，沒錯吧？但K的想法卻不一樣。母親喜歡動物，而其中最喜愛的，就是奈良公園中最有名的「鹿」。所以名字中有個「鹿」字的人住進同間房，也讓她覺得這是個好兆頭。

她輕輕將門推開，走了進去，看到昨天還空著的右方病床上，躺著一個八十歲左右的老人家。因為老人的雙眼是張開的，K馬上跟他打招呼。

「晚安，我是您隔壁床那個人的女兒。日後還請您多多關照。」

然而，老人卻一點反應都沒有。他雖然張開雙眼，但是應該也無法理解眼前到底有沒有K這個人。只是默默地凝視著一片虛空。

症狀比媽媽還嚴重呢。

想到這裡，K趕緊把目光轉走。看著眼前的老人，就不禁將母親未來的身影和他重疊，內心突然為之心酸。

這間病房內的兩張床，都是側面靠著左右邊的牆，在床頭和窗戶之間，放有收納架和圓椅。

K用來收納那些得經常補充的成人紙尿布和紙巾的箱子，就擺在這個架子上。至於那張圓椅，當然就是給來訪的探病者坐的。

在這兩張床之間，只有側身才能讓兩個人勉強擦身而過的空間。在老人進來之前，其實還不太能感覺到什麼問題，但現在卻突然感受到這裡的空間有多狹窄。為了盡可能靠近母親的病床一點，K還調整了好幾次椅子的位置。

不久之後，她的注意力也開始從身後的老人，轉往面前的母親了。那個晚上，從K進來開始，母親就一直在睡覺。在此之前，她總是能感受到女兒的氣息，不管早或晚，通常都會醒來，但這次卻一直沒有要醒來的感覺。不僅如此，看起來好像還在做惡夢，表情扭曲，感覺十分痛苦的樣子。

難道是身體出了什麼狀況嗎？

因為是至今沒有發生過的情況，K不禁感到擔心。但是從她過往從事護理工作的角度來看，好像也並非那麼嚴重。或許真的只是做惡夢的關係吧。

「媽，你還好嗎？我在這裡喔。」

K的手貼在母親纖細的肩膀上，輕輕地搖晃著。就在她安撫母親的過程中，母親的表情也逐漸平復下來，這時K才鬆了一口氣。

這麼說來，在她小時候做了惡夢時，母親總是會隔著棉被輕柔地拍著，並且說著「媽媽在這裡喔，已經沒事了。」K的思緒中突然冒出了這段記憶，而現在則是反了過來。就在她為此感受到難以言喻的複雜情緒時，不知道從哪邊傳出了細碎的說話聲。

又是別間病房的患者嗎？

一開始是這麼想，但是K後來察覺到，那個聲音似乎是來自自己的背後，所以嚇了一跳。她慢慢地回過身，發現隔壁床的老人，已經將頭轉向這邊、雙眼還直盯著K看。

老人現在的目光，並不是先前那種呆滯無神的視線。從雙眸中透出的光彩，很明顯地是意識到他的面前有K的存在。

「……晚、晚安。」

K連忙向對方打招呼，但是老人卻無視她的問候，繼續在嘟囔著什麼。看來真的是在跟自己說話沒錯，不過內容卻很難理解。確實也是因為老人的口齒不清晰，但絕不是完全聽不清楚的程度。而且為什麼要對素不相識的自己說這些呢？K也無法明白。

是失智症嗎？

這個老人大概是把K誤認成誰了吧，這種情況下只能這麼推想了。無論如何，老人肯定以為自己是認識的某某某，所以才會開口的吧。

但是，即便用這個方向去解釋，K還是覺得有點難以說服自己。老人一邊凝視著這邊、一邊說著話，這副情景，越看越叫人坐立難安。那種奇怪的感覺到底是什麼？K不禁低頭深思了起來。

……不對勁。

她突然領悟到了。雖然還是無法釐清全貌，但是從眼前這個持續嘟囔不停的老人身上，確實感受到一種不對勁的感覺。

這時老人可能以為K對自己說的事情感興趣了，所以開始越說越起勁，話也越來越多。他好像是想告訴自己什麼訊息，但諷刺的是因為太起勁，讓他越說越快，使得旁人根本無法聽懂他吐出的話。

「您放鬆點，慢慢地說。」

她還是回話了，畢竟過去也曾是個護理師。

事已至此，K也只好繼續聽著老人說下去。雖然探望與照顧母親依然是最優先的工作，但除此之外，她在接下來的日子裡還得持續聽這個隔壁床的老人說話。因為老人會自己說個不停，所以K也無可奈何。雖然母親清醒的時間越來越短，但是她待在病房內的時間卻相反地日漸增長，也是推波助瀾促成這種奇妙「傾聽」形式的原因。

老人到底在說什麼呢——內容是可以理解——但整體來說還是狀況不明。完全就是沒有時間順序，瑣碎地叨念著一些事情的片段部分，感覺上就是這樣。

話雖如此，就在K接連往返醫院、從老人那邊一再聽到重複的內容後，她也開始稍微能掌握到一些大致輪廓。

這個人一直在說些自己孩提時代的事，也就是他過去的經歷。

雖然還不清楚到底是幾歲時發生的事情，總之大概能猜測會不會是十歲左右呢？從他說出的內容來判斷，年紀可能還要再大一點。總而言之，老人應該是回到了七十年前左右的孩提時代，以第一人稱「我」說起當時的體驗談。

先前K之所以無法察覺這麼簡單的事實，也是因為她一開始就沒搞清楚那些內容所說的全都是他小時候發生的經歷，而不是面前這個八十歲左右的老人現在的事。

那種不對勁的感覺，就是因為這個嗎？

才剛接受了這個理由，K卻又突然出現一絲奇怪的感受。先前的那種不對勁，非但沒有消失、反而更加強烈。

不對……

不知道從什麼時候開始，她開始覺得面前的老人越來越詭異。況且，除了他的名字之外，K對這個人其實一無所知。一直以來，她明明每天都會早晚各一次來到醫院探望母親，但是她卻從未看到老人的家人或是其他人來探病，這也太奇怪了吧！K自己也不是每天都在同樣的時間前來看母親的，依日子不同、早到晚到差個一、兩小時的情況也是有的。即便是這樣，不管她什麼時候過來，都碰不到來看老人的人，這不是很奇怪嗎？還是說這個老人是孑然一身、孤獨度日的呢？

K旁敲側擊式地向一位認識的護理師詢問，但對方也僅是含糊其辭，什麼都沒有告訴她。雖然說確實是不能隨意透露個人資料，但護理師的態度卻讓K覺得這其中肯定有什麼蹊蹺。

說到其他讓人覺得不舒服的地方，這個老人注射點滴的速度也是快到詭異的程度。同樣是五百c.c的點滴，依患者狀況不同，滴下的速度也會進行調整。這點知識K當然能理解，但即便是這樣，那個速度也快得太異常了。當護理師來幫老人更換點滴時，她也曾向對方問過這件事，但護理師依然話題一轉、糊弄過去了。

而且最為可怕的，就是老人那些不斷重複嘟囔的內容。為什麼他只會不斷說著那些經歷呢？而且還是對先前素不相識，根本就是外人的K說。自己也不過只是剛好住在同間房、隔壁床患者的女兒而已。

不過，有時候老人看起來又彷彿像是完全感受不到K的存在。說得更精確點，說不定他可能連自己躺在S醫院的病床上這件事都搞不清楚。即使是這種狀況還無法停止說話，或許是因為在他半混亂狀態的腦袋中，還是接連不斷地重演孩提時代所遭遇的恐怖事件吧。能證明這一點的，就是那些屢次從老人口中吐出的求救話語。也因為這樣，才會讓K更加感到不吉利。

可是，不管K對這個老人有多忌諱，也不能把他從這間病房趕出去。至於要讓母親換到別間病房，因為沒有恰當的理由，所以也無法辦到。而且也不到讓母親立刻轉院的程度，因為覺得老人詭異的並不是母親，而是K自己。

……該不會真的是這樣吧？

在這個充滿謎團的老人住進這間病房之後，母親的身體狀況明顯地惡化了。一開始是清醒的時間減少。就算偶爾醒過來，大多數的場合都很難進行溝通。而且母親看起來好像是在害怕著什麼的樣子。就算睡著了，感覺也像是持續地做著惡夢。這種突如其來的變化，和這個老人之間會不會有什麼關聯性呢？

K內心的不安日漸加劇。但畢竟曾從事護理師的工作，面對自己的懷疑，有時也會以「怎麼可能有這種事……」的心態來自我解嘲。只不過，也正是因為她曾經是護理師，關於那些人類理性無法評斷的不可思議經驗，其實也沒有少經歷過。而且不管怎麼說，這個老人都太可疑、太奇怪了。

我在同學會見到K的時候，她正陷於這種極為不安的精神狀態。

我表示想去探望她的母親，而且也直接了當地表明自己對那個同病房的老人抱持興趣。原本以為K會因此生氣，沒想到她反而露出了安心的表情。

「我曾和我先生商量過一次，但他卻不理我。還說什麼『幹嘛把那種可憐的老人說得像是死神一樣』，把我訓了一頓呢。」

「這也算是合乎情理的反應啦。」

聽到我這麼說，K不禁露出苦笑。但是，她隨即提出了一個讓我驚訝的提案。

「如果這可以當作小說題材的話，我可以把那個老人說的內容講得更詳細一點，你覺得怎樣？」

我這邊當然是沒有異議。可是因為同學會結束後，我們兩個在時間上都不太方便，所以就約好之後先用電子郵件聯絡。

在那之後過了一個禮拜左右，我收到了K寄來的電子郵件。和簡單的問候文字一起寄來的，是一個文字資料的夾帶檔。打開來之後，就知道她將自己從老人那邊聽來的內容，依照時間順序整理了一次。不過，光是這樣還是會出現前後部分難以銜接的地方，所以她也適度地寫下了一些補充，這也讓我對她感到欽佩。在她當了老人幾十個小時的故事聽眾之後，似乎就能以自己的想像，去補足老人沒有談及的部分了。

以K整理的文字稿為基礎，我們透過電子郵件進行了多次的討論。其中最讓人感到疑惑的，就是老人當時的年齡了。她認為老人是十歲，但總覺得太年少了一點。因為故事中的少年肩負了相當重要的事情，從這一點來看，應該至少也要有十四、五歲左右吧？但如果是這個前提，反而又出現了矛盾，因為故事中的少年言行比較稚氣。最後我們還是無法確定實際的年齡，但考量到當時——大概是昭和十多年左右——的十歲孩子，和現在的同齡小孩相比，在精神面上是比較成熟的。從這個層面思考，假定他當時十歲，應該也不是太勉強的推測。

只是老人語焉不詳的部分，不管K怎麼補充，要把這些統整成一個完整的故事，還是相當困難。就在我怨嘆這一點的時候，馬上收到了她的回信。

〈關於那些地方，靠著作家的豐富想像力，應該大多能迎刃而解，沒錯吧？〉

關於自己是不是擁有豐富的想像力這點尚有疑問，但我還是這麼做了。即便是他人的實際體驗，但作家在將之改編成小說的時候，多少都會在其中增添架空創作的成分。

而最後留下的問題，就是那些不管怎麼思考都無法理解的詞彙，到底該怎麼去處理。即使刪除了老人說得不明確的部分，還是有好幾個不管認真聽幾次都無法理解的的地方。

在那之中最讓人在意的，就是「KEITAI」（けいたい）這個詞彙。而且不管將這個讀音轉換成「形態」、「敬體」、「攜帶」，無論哪組漢字都無法搭進去。在這個詞的前後有出現「沒帶」、「沒有」之類的話，讓人覺得應該是隨身攜帶的意思，但老人到底沒帶什麼？這個最關鍵的部分依然成謎。而且一個小孩子沒帶到什麼的時候，會讓他說出「沒有攜帶」這樣的口語表現呢？這個部分是老人在意識回到兒時的狀態下說出的，這點肯定沒錯。但這樣一來，不管是「形態」、「敬體」、「攜帶」，感覺都搭不上邊了。

還是說，其實是將「結滯」（KETTAI，けったい）或「懈怠」（KETAI，けたい）聽成不同的詞彙呢？但不管是前者意指脈搏不規律、導致時而停止狀況的「結滯」，還是形容怠惰的「懈怠」，感覺都不是小孩子會使用的詞彙。

可能性最高的選項，就是關西方言中表示奇怪意涵的「KETTAI」（けったい）。關西方言會用這個詞彙來形容奇怪的表情、奇怪的行為舉止、奇怪的言語等等。雖然不知道老人出身何地，但是從他住進奈良的醫院這點來判斷，他是關西人的可能性還滿高的。

只不過，即便是這個解釋，關於老人在過去到底沒帶到什麼——「奇怪的某物」，這個核心謎團還是無法破解。

這樣一來，我能提出的假設，就是這個詞彙會不會是特定地方流傳的風俗習慣之類的用語呢？從少年被囑咐任務，以及他祖母的言行來推測，這個解釋是相當有力的。但很遺憾的，在我調查所及的範圍內，並沒有找到相符的詞彙。若是至少能知道老人來自何處的話，還能透過別的方式調查，但是在老人所說的話之中，好像完全都沒有提到具體的地名。

不對，其實有一個讓人覺得可能是地名的詞彙。

NYURUUSU（にゅるうす）。

當然，我也不知道發音和平假名標示的方式是否正確。但根據K聽起來的感覺，大概就像是這樣。我也試著調查了一下這個詞彙，但完全是束手無策，甚至連相似的地名都找不到。因此我一度懷疑這個地方會不會是在國外，但是從少年被交辦的工作來看，這個想法應該是不可能的。

和K討論後的結果，最後決定刪去那些無論如何都無法抓到意涵的詞彙和表現。因為根據我們的判斷，即使無視這些部分，對重新建構老人的故事也不會造成影響。

像這樣繞著老人的體驗談進行各種研討是非常刺激的，也讓我覺得相當興奮。只不過，我也體認到差不多該為這篇故事進行收尾了。K也回覆我，認為光是以至今彙整完成的內容為基礎，再改編成小說，就已經能寫出相當奇詭的故事了。

因此在接下來的部分，我想向各位呈現我將老人的奇特經歷改寫成的故事。

我在實際執筆的過程中，內心突然浮現一個假說……不過我把它放在後面再談。因為這個解釋相當荒誕無稽，我很擔心K會不會難以接受。

這個少年究竟經歷了什麼事件呢？我想請各位讀者朋友一起來思考。

＊

少年一覺醒來，就看到母親和祖母的神色有異。好像是在他睡午覺的時候，傳來了訃報，據說是遠房親戚家中有誰過世了。

不過少年能理解的，也只有這些了。不管是遭逢不幸的親戚家還是那一位往生者，他完全都不熟悉。多少因為他還是個孩子，加上父母和祖母平日也不喜歡跟親戚來往的關係。如果真的發生了什麼要事，總是都由各家自己來處理。因此，少年也幾乎不曉得自家親戚的事情。

當他跟朋友提到這件事時，很多人都驚訝地睜大了眼睛。他們對於平時和親戚較少互動往來這件事還能理解，但是連親戚中都有些什麼人也不知道，這就有點奇怪了。不過在少年的家中，一直以來都是理所當然的。也因為這樣，他對這種事至今也絲毫不感在意。這次收到訃報，反正也會是由父母親來處理的。

然而，父親正在出差，沒有辦法馬上趕回來。母親因為感冒的關係，正在發高燒。祖母在幾天前外出時，因為摔倒扭傷了右腳踝，目前還沒有完全恢復。也就是說，現在完全沒有一個大人是可以去參加喪禮或是守夜的狀態。

只要把家裡的狀況告訴對方就好了嘛。少年回想了一下自家至今和親戚們的相處模式，覺得會這麼做也是理所當然的。

然而，結果卻超乎他的預料。母親和祖母悄悄地商量了一下後，接著說出了令人意想不到的答案。

「你可以把奠儀送過去親戚那裡嗎？」

對少年來說，這可是他長這麼大第一次知道這家親戚的存在。而且除了學校的遠足之外，他根本還沒出過遠門。

可是母親完全沒有把少年的不安放在心上。

「我會寫一封信，把祖母和爸媽無法前往參加的理由寫在上面，你再和奠儀一起交給對方就好。」

「你把這兩樣東西一起寄過去就可以啦。」

一個完全不認識的家、還位在遠方、而且是自己一個人去，光是想像這些事情，少年不禁這麼回覆。

「那是因為……」

母親說到一半，突然轉身望向後方的祖母。少年看到母親和祖母像是用眼神進行了一段對話那樣。

「不可以這麼做喔。」

到最後什麼都無法改變。而且感覺就像少年察覺了這其中有大人無法告訴小孩的隱情，讓祖母和母親陷入窘境。

「雖然距離有點遠，但這種程度的事情你還是可以辦到的。」

看到少年無力地將頭垂了下去，母親就像是當作他答應了一樣，趕緊把信寫好了。

……這下麻煩了。

看到少年一副心情沉重的樣子，祖母在他耳邊細聲低語。

「來一下祖母的房間。」

少年照祖母的意思走進房間，看到祖母正在不疾不徐地準備召喚狐狗狸大人的儀式，不禁感到訝異。

祖母在白紙的中央畫上簡單的鳥居，在左右分別寫上「是」和「否」。接著從左上方開始，以順時針的順序寫下五十音。最後在鳥居的圖案上擺上一枚硬幣，準備工作就算到此完成了。

在人生的各階段或重大節日儀式之前，祖母一定會進行召喚狐狗狸大人的儀式。據說拜狐狗狸大人的指點所賜，得到許多幫助。關於這類不可思議的事情，少年已經聽過很多遍了，其中最讓他印象深刻的，就是父親在小學時代前往九州校外教學時得到的神秘指引。

ねことのるな（NE KO TO NO RU NA）。

直接說得簡單點，就是「不要和貓一起搭乘」的意思。父親學校的校外教學，預計是搭乘電車到九州，然後轉乘當地的巴士。不過巴士是學校包車，上面不可能會出現貓吧？但如果是電車的話，一般乘客就有可能帶著貓上車。

因此，一上了電車，父親就開始觀察整節車廂，但是也完全沒有發現可能會裝著貓的寵物籠。眾人到了九州所搭的巴士，好像也沒有什麼奇怪的地方。

這次狐狗狸大人的指示會不準嗎？

在此之前一直繃緊神經的父親，現在終於能稍微安心了一些。接著在大家換乘第二台巴士的時候，他的視線突然停留在司機的名牌上。

根子勝之。

「請、請問您的姓氏怎麼讀呢?」

父親顫抖著聲音,向司機詢問。司機則是笑著回答。

「寫成植物的根和小孩子的子,所以讀音是跟貓同音的『NEKO』(ねこ)喔。」

父親的樣子突然變得驚恐,不管老師們怎麼安撫,他就是怎麼樣都不肯上那台車。結果,只好讓他搭上後面出發的其他班級的巴士。

結果那台先出發、父親班級所搭的巴士,因為駕駛失當墜下懸崖,導致很多學生受了輕重傷。如果父親也上了那台車,以他要坐的位子來判斷肯定會受重傷的——最壞的情況搞不好還會死掉——據說是這樣。

這段經歷也將「狐狗狸大人很可怕」這種強烈意識深植在少年的心中。照理說狐狗狸大人救了父親的性命,他本該因此更崇敬才對,但他無論如何就是無法抱持這樣的想法。

會賜予恐怖指引的狐狗狸大人。

對少年來說,這就是他心目中的狐狗狸大人。是一個如果可以選擇,就盡可能不想扯上關係的存在。

明明自己就不是很想親近狐狗狸大人,那為什麼祖母還要為了孫子進行儀式呢?因為不知道其中原因,這也讓少年感到不安。就只是要帶著信和奠儀前去遭遇不幸的親戚家,這是有必要特地請求狐狗狸大人降下指引的大事嗎?

當然這對少年而言的確是一件要事，可以的話他真的不想跑這一趟。但祖母和母親卻沒有意識到自己的想法，她們可能都認為這雖然是件要事，但這種程度的話，這孩子應該還是能做好吧。

但是，如果是這樣的話，這和祖母召喚狐狗狸大人的舉動又相互矛盾了。

祖母將食指按在放在鳥居圖案上的硬幣上，接著也催促少年把手指放上去。因為是第一次進行這個儀式，少年顯得有些遲疑，這時一旁又出現祖母「動作快一點！」的催促聲。少年無可奈何，只好抱著覺悟、戰戰兢兢地把手指按上硬幣。接著房間內馬上響起祖母呼喚狐狗狸大人的呼請詞。

在祖母多次詢問「您是否降臨了呢？」之後，硬幣終於開始緩慢地移動到紙上寫有「是」的位置。這個景象讓少年相當震撼，不自覺地想要起身。

「別動！」

祖母突來的喝斥，再次讓少年嚇了一跳。

「在狐狗狸大人歸位到鳥居之前，不管發生什麼事情都不能讓手指離開硬幣，知道了嗎？聽清楚了嗎？」

祖母等到少年充分理解這個告誡後，又繼續唸下去。

「狐狗狸大人、狐狗狸大人，恭請您降下指引給我的孫子。」

相同的一段話，在祖母口中宛如詠唱咒語那般持續著。

然而，不管祖母怎麼請求，那枚硬幣還是一動也不動。這也讓祖母相當驚訝，露出了一臉無法置信的表情。但她還是持續地呼喚狐狗狸大人，這次硬幣終於動了，只是給出了奇怪的答案。

こ……わ……い（可怕）。

硬幣移動到平假名上，拼出了這個詞，接著又停止動靜了。

「您說可怕，是指有讓人畏懼的東西嗎？」

對於祖母的提問，這次硬幣很快就移動到「是」的上面。

「請問那個可怕的東西到底是什麼呢？」

祖母很有耐心地一再重複這個問題之後，硬幣又再次移動，還是呈現出「可怕」這個詞。但祖母還是不放棄，繼續問著同樣的問題。在這時，少年也感受到，比起狐狗狸大人，眼前的祖母開始變得更可怕了。

這個過程不知道僵持了多久，就像是自認輸給祖母的執著那樣，硬幣又開始移動、指出了新的詞。

し……か……ば……ね……と……ね……る……な（不要在SHI KA BA NE旁邊睡著）。

「您這裡提到的『SHI KA BA NE』，是指往生者屍首的那個屍（しかばね）嗎？」

只是不管祖母怎麼追問，或是改換其他問法，狐狗狸大人都不再回答了。最後硬幣再次動起來，已經是祖母說出「請您歸位吧」的時候。

結束召喚狐狗狸大人的儀式後，祖母陷入了一片長考，接著嘴裡不斷小聲嘟囔著。

「說到屍體，就只有那個過世的親戚了。但即使是這樣，也不可能發生讓這孩子跟大體一起睡覺的事情吧。」

祖母一邊說著這些，接著雙眼直盯著少年的臉，突然開口。

「不、不，不可能……」

她看起來像是很害怕似地，甩了甩自己的頭。然後開始告訴少年鄉下喪禮的一些儀式規則。其中最讓他毛骨悚然的，就是「湯灌」這個儀式。

關於這個儀式，在大部分的鄉下地區都是用布擦拭往生者的身體，而葬儀社也會負責這項工作。不過，在一些還保留傳統風俗習慣的地方，很多都還必須進行各式各樣的儀式。舉例來說，在守夜的那個晚上，家人和親戚要一起睡在大體的旁邊。這次少年要前往的親戚家，應該是沒有這樣的習慣。就算真的還保留這個儀式，少年也不必照做，所以祖母也要少年不必擔心。雖然祖母這樣安撫他，但狐狗狸大人的指引又是怎麼回事呢？

少年依然相當憂心。

「總而言之，在你向這個過世親戚上完香之後，接下來就盡可能不要靠近。」

祖母神情嚴肅地告誡著他。

「守夜的晚上，因為不能讓線香燒完，會有人守在親戚的大體旁邊，但那是他們家的工作，和你沒有關係。所以我想不會有問題的。如果他們拜託你幫忙做這件事，絕對要拒絕，知道了嗎？」

在屍體旁邊睡著……

祖母大概認為若是演變成這種狀況，孫子應該就是被指派去顧香吧。

這時，母親拿著幫他準備的背包出現了。包包裡面裝有住宿一晚要用的換洗衣物，以及信和奠儀。

「電車要在哪裡換車，還有到那邊的車站後該怎麼走的地圖，我都寫在這上面了。」

母親一邊說著、一邊將車資和一張紙交給少年。

「路上要小心喔。」

祖母和母親目送著腳步沉重的少年步出家門。

原本就已經是一件重要任務了，而且對少年來說還是首次的一人旅行。更別說還被狐狗狸大人賜予了讓人害怕的指引。基於這些原因，少年的腳步會如此沉重也是理所當然的。

但是當他到了車站，搭上電車後，隨著自己離家越來越遠，興致卻反而高昂起來。雖然還是會緊張，但不知為何卻覺得心情好了起來。對於前往不熟悉的車站這件事，現在想想好像也沒什麼不安的。不如說反而大大激起了他的冒險心。

這樣的心境變化，在他於大車站換車，然後到達地方的車站，再轉乘有點老舊的電車為止，一直都持續著。但就在老電車駛入一片淒涼的鄉下風景之中後，他開始覺得不妙了。

這輛電車的座位是橫向的二人座，前後排面對面的類型，是少年從未搭過的車型。他首先注意到的，就是這些瑣碎的細節。雖然位子不是對號座，但是小孩子可以一個人坐在這裡嗎？他不禁開始擔心。他在上車找位子時，因為當時乘客不多，就覺得隨便坐哪裡應該都沒關係，但不知道爲什麼，內心就是無法平靜。當他坐下之後，就連同車廂內的乘客，也完全看不到身影了。因為靠走道的位子都沒有人，這也讓他感覺這節車廂好像就只有他一個乘客了。

從車窗看到的景色，只有被晚霞覆蓋的矮山或寬廣田園。明明在不久之前還遍照一切的陽光，現在只剩下微弱的餘暉，漸漸消失了。又過了幾分鐘，傍晚時分過去，夜幕開始垂下籠罩。放眼望去，就只剩讓人鬱悶的情景。

即使是這樣，少年也只能無奈地盯著窗外，因為沒有其他能打發時間的事情可做。早知道這樣，就應該帶本書在身上了。即使少年並不是喜歡看書的人，但此時他還是覺得很後悔。

就在他呆呆地看著車窗時，玻璃上突然映照出一個人影，好像是有誰經過走道了。但是不知為何，那個人沒有繼續往下走，而是停在少年的座位旁邊，然後緊盯著他看。

……咦？幹嘛啊？

出現在玻璃上的人影，看起來是一個年紀很大的老人。這個人有什麼事嗎？還是說他需要我幫忙做什麼？

少年把頭轉過去，接著就嚇得大叫出來。

這個老人已經坐在他前面的座位了。

確實就在一瞬間之前，這個人還站在走道那邊，因為那時還能在玻璃上看到他的身影，肯定不會錯的。不過就在自己回頭的剎那，老人已經在他面前的位子上坐下了。在他身旁還安放著一個掛有名牌、用得相當舊的旅行包。如果是小孩子就算了，像這樣的高齡長輩，動作不可能這麼快吧？

就在少年呆滯的時候，老人吐出了奇怪的話。

「喔！死掉啦。」

現在他說的「死掉啦」，應該是在說有什麼人過世了吧？莫非這個人是自己要去拜訪的那戶親戚家的某某人，特地來這邊接我的？

但少年想了一下，馬上搖了搖頭。

如果是那位親戚家的人，不可能現在還會說出「死掉啦」這種確認的話吧。而且他也不會是住在親戚家附近的鄰居，因為那邊根本沒人知道他要來、也沒人清楚他長什麼樣子。

這個老爺爺……到底是……

真可怕，這個老爺爺究竟是誰呀？而且他到底是從哪裡出現的？從上一個靠站的車站發車後，其實已經開了一段時間了，這個人到現在還在走道上找位子，不是很怪嗎？而且明明車廂內這麼空，老人為什麼還要刻意坐在少年的前面呢？而且還說出這種令人一頭霧水的話，嘴角還隱約浮現一抹笑意。

少年悄悄地偷瞄老人，開始感到焦慮。他擔心如果這個人精神有問題的話，那自己該怎麼辦。可以的話還真想換個位子，但是身體卻絲毫無法動彈。彷彿像是被老人的視線牢牢地釘在座位上了。

「原來如此，找了狐狗狸大人啊。」

接著，老人又突然口出奇怪的話語。

不管怎麼想，他剛剛所說出的都像是在講「狐狗狸大人」吧？他是在說出門前，祖母幫自己進行了狐狗狸大人的召喚儀式嗎？不過，為什麼這個老人會知道這件事呢？

一定是碰巧的吧。

只是一個腦袋怪怪的老人，嘴裡說著奇怪的話，碰巧剛好符合少年現在的狀況而已。大概是這樣沒錯，即便還是孩子，少年也能推測出箇中原因。

然而，就在少年這麼猜想的時候。

「不要在死掉的人旁邊睡著？這下麻煩囉。」

老人把這句驚人的話碎唸了三次，這也讓少年大感吃驚。

這不是狐狗狸大人告訴自己的指引內容嗎？就連這個部分都詭異地猜中了，但他也只能繼續認定這是巧合。

可是，少年的親戚中有人過世、祖母在自己出門前進行了召喚狐狗狸大人的儀式、還有狐狗狸大人給予的指引，為什麼這個老人會知道呢？

已經不敢把頭抬起來了。少年只能把視線釘在地板上，身體不停地顫抖著。

該怎麼辦……好可怕……好可怕……好可怕。

雖然很想大聲求救，但是週遭好像一個人都沒有。而且他根本也不敢抬頭張望四周，只能繼續低著頭，在內心祈禱著面前這個讓人忌諱的人物可以趕快離開。

就像是要擊潰少年的祈禱一般，老人又開口了。

「不睡著也可以，那這樣如何，我來跟你說個故事吧。」

老人說完這句話之後，就用一種黏膩的語調，開始說起故事。這個超出預料的發展縱然讓少年感到疑惑，但他也無法把耳朵塞住。他無計可施，也只好乖乖聽著老人說故事。就這樣，老人接連說起了以下的故事。

有個行商人在通過某個村子時，碰到了一支朝著自己這邊走來的大規模出殯隊伍，這時正好是正午，行商人便在路旁一棵大樹的樹根上坐下，開始吃起便當來。他一邊吃、一邊望著眼前長得不得了的出殯隊伍經過。

等到整支隊伍終於全部走過去之後，他的便當也吃完了，所以行商人再次啟程。

一年後，行商人在回程的路上又經過了這個村子。這和他去年碰到那支非常長的出殯隊伍，非常巧合的是同一天的同一個時刻。

就和那一天一樣，他又坐在大樹的樹根上吃便當。然後，一個年輕女子不知道在什麼時候站到了他的面前，而且還緊盯著他的臉看。

「就在一年前，你也是在這邊看著我離開呢。」

她一邊笑著，接著就上前抱住了行商人。

行商人驚恐地大叫，立刻起身逃跑，一直跑到村外的道祖神前，就突然倒地不起。

不久之後，有村民發現了行商人，趕緊把他抬到附近的人家中，行商人把至今發生的事情告訴大家後，就直接斷氣了。

老人沒有稍作停頓，立刻又講起第二個故事。

有個男人到隔壁村子參加喪禮，在他回程的路上，於傍晚經過了一座矮山，就感覺到自己身後好像有什麼東西在跟著他。男人小心翼翼地回過頭，就看到有三個橫排成一列的小孩身影。

在這樣的山裡……

他覺得很可疑，也察覺到那幾個應該不是人類的小孩。

男人慌張地繼續往前走，但他也很清楚後方跟上來的東西並沒有離開。後來從山道的右側、接著又是左側，都傳來了同樣的氣息。他稍微看了一下左右兩側，發現兩邊的森林中都有小小的影子在蠢動。像是要配合男人的步調一樣，那些東西也在樹木之間移動著。一定是那三個東西的其中兩個，悄悄地繞到我的兩側了，肯定沒錯。

男人發現這一點後，已經恐懼到難以承受了。剛好他也來到了下坡路段，於是便開始全力奔跑。

當他終於跑到山腳處，才剛剛鬆了一口氣時，就看到有三個並排行走的小小身影，就在他的前面走著。

……繞到前面了。因為太過害怕，男人拾起掉在路邊的大根樹枝，就上前開始毆打三人。在他一陣痛揍之後，才發現這三個人是村子裡的老婆婆。和男人一樣都是前往隔壁村參加喪禮，現在也剛剛回來。

因為男人殺害了三個老婆婆，最後被判了死罪。

到這裡，老人又繼續說起第三個故事

有個父母加上四個孩子的家庭，搭乘馬車去參加親戚的喪禮。在回程的途中，馬車慢慢地走在一條鄉間的道路上，接著看到一對穿著白色參拜巡禮裝束的母女，就走在他們的前方。

母親的衣服很骯髒，而且看起來非常破舊，但是女兒的打扮就很漂亮。而且母親的臉上一點朝氣都沒有，感覺相當地疲憊，而女兒則是精神奕奕的樣子。

雖然覺得有點奇怪，但又覺得有點可憐，夫婦因此邀請兩人一起坐上馬車。只不過，車上的孩子好像對此感到很厭惡的樣子。年紀較小的那兩個甚至還因此哭了起來。夫婦斥責了孩子，還讓他們把位子空出來給這對母女坐。

母親屢屢低頭道謝，兩人上了馬車。但是，女兒卻一句感謝的話都沒有。夫婦問起這對母女要去哪，母親卻回答了「女兒要去的地方」這種答案。看到夫婦倆因此感到困惑，母親連忙送上阿諛的笑容，但女兒依然面無表情、一句話也不說。

馬車終於來到這家人所住的村子村口，而那對母女也連忙下車，不知道往哪裡離去了。後來，他們發現那個女兒把頭陀袋忘在馬車上了，所以打開確認，竟然看到裡面塞了很多往生者著裝使用的三角頭巾。因為這實在太觸霉頭了，夫婦倆將這些東西丟在附近的雜木林中，然後才回家。

據說就在那天夜裡，四個孩子全部都死掉了，無一倖免。

這些讓人生厭的故事，一個接著一個從老人的口中被說出來。而且不管哪一個都是和喪禮有關的內容，而且最後一定會出現新的死者。確實，這些都是能趕跑瞌睡蟲的故事，但不知道爲什麼，少年聽著聽著卻產生了睡意。然後，他就在不知不覺間睡著了……

少年一覺醒來，就看到母親和祖母的神色有異。好像是在他睡午覺的時候，傳來了訃報，據說是遠房親戚家中有誰過世了。

＊

我把關於老人的詭異故事改寫成小說，接著把文字稿寄給K之後，剛好老家那裡有些事要辦，我就在返鄉之際，順便跟她碰面了。

在老家把事情處理完之後，我前往相約碰面的咖啡廳，K已經先到了。

「我已經拜讀你的作品了。」

簡單問候之後，我們就突然進到主題。桌上還擺著她特地將我的作品印出來的紙稿。

「這和我當初聽到的內容很不一樣，但仔細想想，其實基本上都有相符。原先我覺得你光是靠老人說的內容只能寫出個大致的骨架，沒想到看完後能讓人覺得如此充實。真不愧是三津田同學，你真的是不折不扣的作家呢。」

因為從同學會到今天已經過了一段時日了，我想K應該可以讀完一部我的作品了吧。「還好啦。」我也這麼回應她。

「這篇小說，真的統整得很棒呢。」

K一邊誇獎，但同時也露出了懊惱的神情。

「雖然我看了好幾次，但對於作品中沒提到的事情，還是感到一無所知。在老人還是小孩子的時候，他睡了午覺後醒過來，接著家中收到親戚的訃報，然後落入自己必須去送奠儀的窘境。

後來他在電車內碰到了詭異的老人，接著在聽了幾個恐怖民間故事的過程中，就因抵擋不住睡意而睡著了。從這裡開始又回到午睡醒來後的部分，然後持續重複講著同樣的事情……」

「是啊。」

「不過，三津田同學，你有從這故事裡面發現什麼嗎？」

在返鄉之前，我曾經在電子郵件中跟K提到，自己或許已經釐清了隱藏在老人故事中的秘密也說不定。然後她好像也想嘗試自己解開謎團。不過，看來她到最後還是毫無斬獲的樣子。

「與其說是發現，不如說感覺還比較像是妄想之類的東西。」

「騙人。看你寄給我的信，就讓人覺得你對自己的推理很有自信呢。」

K稍稍瞪了我一眼，我趕緊揮了揮手。

「算不上是什麼推理啦。真的就是妄想等級的東西而已。」

「好啦好啦，我知道了。那麼，關於你的那個妄想推理，願聞其詳。」

看著K興致勃勃地催促著我的神情，我也用細心解釋的口吻開始說起。

「少年在電車上遇到的老人，會不會就是鹿羽洋右呢？」

「……」

在這個瞬間，K的臉上浮現了「鹿羽洋右是誰啊？」的神情，接著馬上瞪圓了雙眼。

「那個，就是隔壁床老爺爺的名字吧？你的意思是他在孩提時代，碰見了變成老人的自己？」

「並不是這樣。雖然不知道名字，但可以知道這個少年在前往親戚家弔信的時候，於電車上碰到了鹿羽洋右這個充滿謎團的奇怪老人，然後就發生了一件難以置信的事情……」

「發生了什麼？」

「這兩個人的靈魂、記憶、人格、意識等等，都在那個當下交替了……」

「咦!?」

「如果那個躺在S醫院病床上、名叫鹿羽洋右的老人，體內其實就是那個不知道名字、十歲左右的少年的話……」

「……」

「所以才會讓你覺得有些不對勁吧。明明是個老人家，但說話的感覺卻像個小孩子，如果背後的確切原因就是源自這個假設的話……」

「等、等一下……我不太明白你的意思。」

在一頭霧水的K面前，我繼續說著我的妄想推理。

「我認為狐狗狸大人的指引是對的。指引中提到的『SHI KA BA NE』並不是指屍體，而是在象徵鹿羽洋右這個名字。」

「雖然寫成鹿羽，可以讀作『ROKU BA』（ろくば），但其實應該唸成『SHIKA BANE』，所以狐狗狸大人……」

「老人帶了一個掛著名牌的旅行包。但就算沒有那個牌子，狐狗狸大人應該也能預測到才是。」

「……不要在鹿羽旁邊睡著。」

「但是少年還是在聽老人說故事的時候睡著了。當然那個老人肯定是刻意要這麼做的。因為他想擺脫已經上了年紀的衰老身體，然後取得一具更年輕的新身體。」

「竟然有這種事……」

K此時像是要擠出一點笑容，但好像又做不到。她繼續掛著僵硬的表情，接連不斷地繼續發問。

「話說回來，這個鹿羽洋右到底是誰呢？他在少年面前持續著同樣的事情，這樣就能永生不死嗎？而且他到底是怎麼和少年交換身體的？」

不過我這時只能搖搖頭。

「那個老人……不對，應該要說根據少年所說的內容，並不能得知這個部分的細節，一切都還是謎團。如果就我的妄想推理來檢視，那種讓人不舒服的情況是真的存在的。從很久很久以前，他會不會就是透過不斷地更換宿主，來藉此獲得永生呢？我的想像就是如此。但這其中肯定存在著交換身體的條件吧，例如一定要是親族中有人過世的人……」

在我解釋的過程中，K也正在低著頭專心思考。之後她把頭抬起。

「可是這樣還是很怪啊。」

接著她對我的妄想推理提出異議。

「少年進到鹿羽老人的身體後，已經過了七十年以上了吧，這樣一來，那個老爺爺不就已經一百五十幾歲了？不管怎麼想都不合理呀。」

「你現在是把這整件事看成七十多年前發生的事情對吧？然後覺得這是一個現在看起來已經八十多歲的老人，正在回憶他十歲那年的體驗。」

「……啊！是這樣沒錯。這樣一來我的想法就有漏洞了，或許這只是幾個月之前的事情也說不定。但這樣一來……」

K說到這裡，語調也開始不清了。她頻頻地將眼神投向我。

「還是只能把這些當成妄想吧。」

「你是真心覺得，這是一個八十歲老人在回想十歲左右的往事，然後不斷地重複向人說著他那時的奇怪體驗，沒錯吧？」

「嗯。」

K像是感到抱歉似地點了點頭，因此我接著再為自己的推理做一些補充。

「只不過，若是按照你的想法，就會出現幾個讓人介意的地方。」

「例如說？」

「像是少年的父親曾經到九州參加校外教學這件事。以少年的年紀來看，他的父親上小學的時候，大概是明治時代的事吧。」

「……你的意思是說，因為那個時代還沒有校外教學嗎？」

「不，其實已經有了。只不過，在小學施行校外教學制度，是從昭和時代開始的。」

「會不會是少年把父親的故事，跟自己參加校外教學的經驗搞混了呢？」

「這不太可能。戰前的校外教學是為了實施國家神道教育而舉辦，都是前往伊勢神宮或橿原神宮之類的目的地。」

「也就是說……」

「少年的父親去參加校外教學，至少也是戰後的事情。而且那時也是經濟面比較寬裕的時代了。」

我對著再次進入思考狀態的K，繼續說完我的補充推理。

「而且，少年的祖母提到為往生者大體進行的『湯灌』，雖說是『在大部分的鄉下地區都是用布擦拭往生者的身體，而葬儀社也會負責這項工作』，但這個在戰前也是不可能的。越是偏鄉地區，進行儀式時就越不可能只用布去擦拭。而且這些應該都是要由喪主或親族來進行的。這樣的習俗被徹底廢除，至少也是昭和四零年代後期，或是昭和五零年代初期的的事了。」

「……」

「這樣一來，『KEITAI』這個最讓我在意的詞彙意義，突然也真相大白了。」

「該不會是……」

「嗯。我覺得就是在講手機（攜帶電話）這個東西。只不過少年當時沒有帶在身上。如果身上有手機的話，他在電車上應該也不會覺得無聊，而且被詭異的老人盯上時，他也能馬上跟母親或祖母聯絡。我想，少年應該是想表達這個意思吧。」

「也就是說……」

「外貌是八十多歲左右的老人，說出的卻是十歲左右少年的體驗，可以確定的是，那絕對不是老人自身的過往經歷。」

這時，我們兩人都陷入了一陣靜默之中。後來K終於開口聊起一些不著邊際的話題，但我們的閒聊卻沒有持續太久，兩人便就此道別了。

當天我回到家後，收到了K寄來的電子郵件。

她在晚上前去探望母親時，那個老人已經從病房中消失了。即便跟護理師詢問，也得不到任何答案。雖然心中還是有疙瘩，但坦白說也鬆了一口氣。另外，不知道是不是自己多心了，K覺得母親的身體狀況似乎有所好轉。「或許先前的問題，都是來自於老人的負面影響。」K在文末寫下了這段感想。

我最後在回信中也只表達了自己對K母親的恢復由衷感到欣喜，其他的就沒再多說了。關於「鹿羽洋右」這個名字，同樣的讀音其實也可以轉化成「撿屍」（屍拾う）這件事，當然，我並不打算告訴她。

幕間（二）

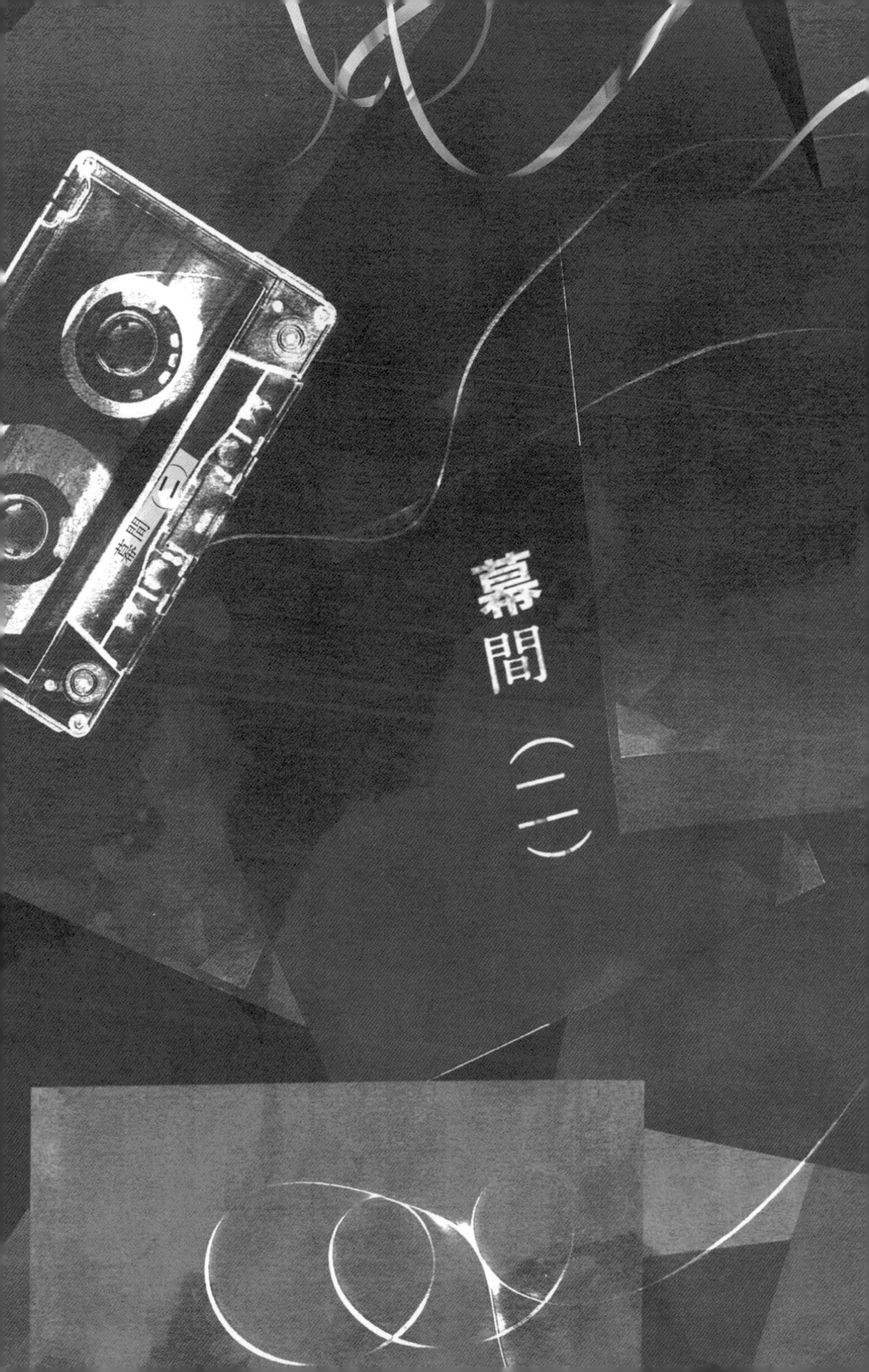

在《小說昴》2014年9月號發表〈聚在一起的四個人〉之後，我又幫同一本刊物的11月號特輯「果然還是喜歡推理懸疑！」中的「成為推理作家『契機』的一冊」這個主題寫了一篇名為〈對推理絕望的一冊〉的隨筆文章。接下來發表的怪奇短篇，就是2015年1月號的〈不要在屍體旁邊睡著〉，如同各位在先前所讀到的，這是我在中學的同學會再次見到同學K，然後從她的經歷取材寫成的故事。因此我覺得這就不會對編輯時任美南海造成負擔。這樣一來，她先前所遭遇到的那些奇怪的現象，應該就會消聲匿跡了吧，所以那個時候我也比較放心了。

然而，事情卻並非如我所想的那樣。正確來說，從2014年的秋天到冬天，那些奇怪的事情確實是逐漸消失了。如果就這樣不去多做什麼事的話，我認為一切大概就會結束了吧。但是，沒想到時任竟然打從新年開始就再次重啟「怪談錄音帶聽打」的作業。

真要說，責任或許該算在我身上。在時任寄給我的賀年卡上寫著「期待您的下一篇作品」，於是我就回覆了「我現在還沒有任何靈感，正在想著要不要寫點恐怖的故事」這樣的話。下次的作品會刊登在2015年的5月號，所以截稿日是設在3月中旬。雖然說時間上感覺還很充裕，但是我還必須安排其他刊物的短篇和新作長篇的處理排程。時任很理解我的相關狀況，所以她好像也因此判斷，繼續由她來幫我從那些錄音帶和MD中尋找題材，會是最好的選擇。

所以當時任跟先前一樣、把那些將怪異體驗談聽打下來的文字稿寄給我時，我著實嚇了一大跳。她肯定是基於身為責任編輯的責任感，才會這麼做的吧。雖然我非常能夠理解，但同時也強烈地感受到，我應該要立刻阻止她才行。

我連忙撥了電話給時任，但她的聲音爽朗到讓人意外。我小心翼翼地讓自己不要帶有責備的語氣，先向她表明不該再聽那些帶子的事。但是從話筒中傳來的，是她若無其事的聲調。

「應該是去年的秋天左右吧？當時接到老師的電話，聽您談起正在撰寫《怪異現象的真理》，所以就覺得沒事了。」

「不不、我想跟你說，那些也不是真理什麼的……」

「對我來說，那可是有十二萬分的說服力呢。」

「但是……」

看我還抱著懷疑的態度，時任突然笑了出來。

「真是奇怪。明明身為當事人的我都能接受了，寫下那些的老師卻抱持否定的態度，這不是完全相反了嗎？」

如果她將一連串的現象理解成自己多慮了，確實這樣也就沒什麼問題了。但是，現在反倒換我變得忐忑不安。

有很多不明所以的奇聞怪事，實際上都還是藏有某些規律法則。和這個思維相符的現象，其實我也知道好幾個，這點是無庸置疑的。但另一方面，完全無法解釋、可疑又怪異的現象層出不窮的事件，其實也有很多，這的確也是事實。時任所遭遇到的現象究竟是屬於哪一類，感覺在這個階段就妄下定論是很危險的，這才是我掛心的部分。

話雖如此，最麻煩的就是當事人絲毫沒有抱持著危機感。不管叮嚀過多少次，叫她別再聽那些錄音帶和MD了，但只要她回答「這也是身為編輯的工作」，我這邊實在也無話可說。假使我要跟她的上司談這件事，又該怎麼說明才好？不管怎麼說，時任幫我聽打文字稿這件事對作家來說是一件好事。明明該讚賞她的，卻反而阻止她這麼做，反倒會讓旁人覺得很古怪吧。

在一股言語難以形容的無力感之中，我掛上了電話，接著思考了一段時間。即使我告訴時任，要像〈不要在屍體旁邊睡著〉那樣由我自己來找題材，她應該也不會停手的吧。其實在這次時任給我的文字稿中，就有成為〈黃雨女〉這篇作品構成題材的體驗談。也就是說，時任的協助真的對我的創作活動發揮了極大的作用。為了集結成單行本，在〈黃雨女〉之後，還需要再寫一篇故事才行。因為已經來到最後一篇作品了，她才因此顯得更加幹勁十足吧。

即便對這篇作品仍然毫無頭緒，我還是接著繼續撰寫從去年底開始動筆的《黑面之狐》。這是一篇以戰敗後的日本礦坑為故事舞台、偏向推理類型的長篇作品，原本打算要將它寫成刀城言耶系列的新作。但是在資料的收集與閱讀過程中，我發現應該把它獨立成刀城系列外的作品。先前我接下了文藝春秋的邀稿，因此便將這篇作品變更成全新撰寫的長篇故事。

然而，當我開始動筆的時候，卻因為時代的特殊性、舞台、主題設定等關係，一直都無法順利進展，我也因此深切地感受到自己對資料的理解是多麼粗淺。因此我在寫了一百多張稿後就暫停，轉為進行死相學偵探系列（角川恐怖文庫）的新作《十二之贄》。當這篇作品完成後，我打算重新研讀《黑面之狐》的主要資料，再從頭開始撰寫。

這時我的腦海裡，浮現了一個一石二鳥的計畫。我打算拜託各家向我邀稿的刊物，跟他們說明因為我想將精神先集中在《黑面之狐》上，希望能讓我暫緩連作短篇的創作，當然《小說昴》也是其中之一。原本四個月就要發表一篇作品，將時間往後延之後，下一次的截稿日就變成11月中旬了。所以，即使時任想要再聽那些帶子，應該也會是很久以後的事。在這段時間內，我可以把握機會，趕緊寫完最後的故事，然後在截稿日的前幾個月就交稿。最重要的，就在於這是個讓時任沒有理由再去聽錄音帶和 MD 的作戰。

我在進入休刊階段之前，已經幫其他刊物都寫了一篇短篇。在《小說昴》2015年5月號發表〈黃雨女〉時，我也開始撰寫死相學偵探系列的第五部作品《十二之贄》。

一開始我還很得意，覺得這一招應該會很順利。至少在《十二之贄》預計交稿的7月上旬……

剛好就在那個時候，就像是猜到我的意圖一樣，時任寄來了一封電子郵件。看到信件附有夾帶檔時，我就有種不好的預感。打開檔案一看，果然不出我所料，又是那些錄音帶和 MD 的體驗談聽打文字稿。

我馬上打了電話給時任，並且用相當嚴厲的語氣質問她。明明距離截稿日還有好幾個月，有必要這麼早就開始聽那些東西嗎？

「其實我也覺得到了秋天再來聽也來得及。」

回應我的質問後，她又接著說。

「……可是老師，有段時間沒聽錄音帶和ＭＤ了，突然變得有種非聽不可的感覺。」

她的這些話，讓我不禁嚇了一跳。

「就像老師先前說的，雖然聽了很多，但幾乎都是些用不上的內容。所以我才會想盡可能多聽一些，結果不知不覺就像是中毒一樣了……」

與其說是中毒的狀態，應該要用「被附身」這種表現還更貼切吧。我當然沒有對時任說出自己心裡的感受。

「還有發生奇怪的現象嗎？」

「……是有一些。」

「總之，你現在馬上把那些錄音帶和ＭＤ都寄回來。不然我就自己過去拿。」

「啊，老師不必親自過來沒關係……」

「不行。如果明天中午前我沒有收到，我就要直接去貴社打擾了。」

因為我的語氣相當強硬，她才終於答應我會在明天寄達。

隔天上午，我收到了由集英社《小說昴》編輯部寄來的宅配包裹。裡面就是那些時任歸還的錄音帶和MD。就這樣擱著真的沒問題嗎？其實我也有點猶豫，但後來覺得只要不去聽應該就沒事了，就把它們收到資料室整理架的最深處。

在那之後，我刻意不去看時任幫我整理的文字稿，只是憑藉過去從體驗者那裡聽來的內容，完成了〈擦身而過之物〉。我將完稿寄給時任，而她在回信致謝的同時，又提到了一些她最近經歷的詭異體驗。以下就是我將那些體驗簡單彙整後的內容。

事情發生的那天晚上，她還在公司聽那些錄音帶和MD。雖然這也是工作的一部分，但時任覺得利用白天的工作時間來聽，還是不太好意思。因此，她通常都是到了晚上才聽這些怪異體驗談的錄音。她也想過其實不必刻意等到晚上才去聽，所以也在白天時聽過幾次，但就是很難讓自己進入狀況。而且，白天聽的內容，似乎都沒有一個能拿來當題材使用的。會碰到能夠派得上用場的體驗談，不知為何都是在入夜之後。

那一天在聽錄音帶和MD的途中，她起身去了趟洗手間。進了最裡面的那間廁所，心中剛好回想到剛剛正在聽的那段「在家裡一個人都沒有的時候，進了浴室洗澡。在更衣室聽到某種聲響，一轉頭就看到有張像是臉一樣的東西貼在門上鑲嵌的磨砂玻璃上。」體驗談，頓時覺得有點恐怖。這時，突然有人進了她隔壁的那間廁所。

……真討厭，別亂嚇人啊。

她雖然對那個人感到生氣，但又同時覺得被嚇到的自己很可笑。

把那個故事聽完之後，今天就可以回家了吧。

就在時任內心這麼決定時，突然覺得有些不對勁。隔壁那間廁所完全沒有傳出聲音。就算真的一點聲響也沒有好了，可是她卻連隔壁有人的氣息都感受不到。

時任踏進洗手間時，裡面一個人也沒有。當時她也像平常一樣，選擇最裡面的那間廁所。在那之後又有其他人進來了。通常這種時候，大家都會選擇跟使用中的那間隔個一、二間的廁所吧。特地選擇已經有人的隔壁間，不是很奇怪嗎？

她突然感到異常的恐懼，所以急急忙忙地走出廁所。接著小心翼翼地看了看隔壁間，門確實是靠上的，只不過還留有一小道縫隙。雖然窄到只能伸進一根手指頭，但為什麼不把門關好呢？

廁所的門是往內開的，如果沒從裡面上鎖，門就會自然處於略開的狀態。也就是說，這間廁所裡面確實有人，但這個人如果沒上鎖，若不是用手推著門、就是在地上擺了什麼東西來讓門不要繼續內開。

……可是，為什麼？

如果鎖壞了，用別間不就好了？就在她想著其實沒必要糾結這種事情的時候，這個人會不會就是刻意要進去她旁邊那間？——這樣的想法突然在時任的腦海中浮現。

怎麼可能……

就在這個時候，眼前的這扇門突然無聲無息地往內側開啟。在瞬間的呆滯之後，時任拔腿奔出了洗手間。

回到編輯部之前，她在走廊停了下來，盡可能調整自己的呼吸。時任完全不知道剛剛發生過的體驗，到底該跟誰商量才好。她回到自己的座位，看起來是在工作，但腦袋裡其實一片空白。

經過一段時間後，有個後輩的女同事站起身來。時任突然想開口問她「你要去洗手間嗎？」但是又把話哽在了喉頭。如果真的問了，接下來時任又該對同事說些什麼呢？不久之後，那位同事回來了，看起來沒什麼異狀。同樣去了洗手間，但好像什麼怪事也沒發生過。

歷經這次體驗的數天後，她在走進公寓租屋處的洗手間時，卻萌生相當恐怖的感受。

……好像有誰在這裡面。

因為時任是自己一個人住，所以這種事是絕對不可能發生的，但那種感覺還是揮之不去。她說服自己這只是心理作用，鼓起勇氣打開門之後，裡面當然是一個人也沒有。只不過，在那之後她依然被同樣的現象所困擾著。

當她覺得這種駭人的氣息終於消失時，在某次踏進廁所之後，又被一種全身起雞皮疙瘩的感受所束縛。

……這裡面有人。

時任只能感受到，有除了她自己之外的某人，同時待在這間洗手間內。即便回頭確認，後面也沒有容納別人的空間。或者應該要說，根本不可能有其他人，但是她就是感受到有某個人站在自己旁邊的氣息。

所以在那之後，時任好像有段時間都會去使用車站或是便利商店的洗手間。

我在電話中和時任商討之後，決定在《小說昴》2016年1月號開始具體進行編務作業之前，暫時先擱置〈擦身而過之物〉這份原稿。光是只有〈黃雨女〉一篇作品的話，集結單行本的計畫也無法推進，雖說新的這篇故事題材並不是取自那些錄音帶和MD，不過現在還是先盡可能設下一個緩衝期會比較好——關於這點，我和時任達成了共識。

以下收錄的兩篇作品，就是前述的〈黃雨女〉和〈擦身而過之物〉。

黃雨女
黃雨女

出席某人逝去的場合，或是遭遇某人的死去。

和遺體面對面，或是發現了遺體。

這樣的經驗對現代人而言，應該只有送近親最後一程時才有機會碰到吧。除去那些從事相關職業的人士，普通人要和陌生者的死亡扯上關係，這輩子肯定都很難碰到吧。

我第一次和他人的死亡有所連結，是在高中一年級的時候。在那之前，親族中沒有人遭遇不幸，要說看到人類的屍體，也只有在電影或電視的虛構世界之中。

當時我搭電車通學的N高中，是位於相當偏遠的鄉下地方。從最近的車站到學校的路途中，必須走過兩側被田地夾起的柏油路，夏天要為日照、冬天則為寒風所苦。因為路上的民宅也蓋得很稀疏，因此這條上下課路線的優點也只有視野寬廣而已。

從鄰近的主要幹道筆直地延伸出二線道道路，N高中就位在它的另一端。道路經過學校時轉了個直角，到此為止的數百公尺都是一直線，我記得這路上一個紅綠燈都沒有。

忘了是在哪一個季節，在某個週六的下午，我和幾個朋友一起放學。印象中其中有人提議「要不要去吃御好燒啊？」的時候，大家都舉手贊成了。

沿著學校前那條延伸的人行道前進，在這條路和田地之間的柏油路交會之前，都還跟往常無異。但是，今天在交叉點的地方聚集了十幾個正在議論紛紛的學生，周遭瀰漫著不尋常的氛圍，是一種沉痛滿溢的氣息。

「發生什麼事了？」

因為看到熟人了，我便湊上前想問問情況，結果一幅出乎意料的情景就映入我的眼簾。在那個剎那，我受到了出生至今第一次遇上的衝擊。

在二線道車道與田地間柏油路直角相會的內側，有個比車道還要再多往下延展兩公尺的田地邊緣，一個身穿休閒外套的女學生，像是滾落後俯趴在地的樣子。在離她幾公尺外的田地中央，又倒著一個穿學生服的男學生，而且旁邊還停了一台車……我就這樣直接親眼目睹了一場剛剛發生的慘劇。

根據目擊事故發生的學生說法，有台汽車從學校那邊開過來，在直線道上一路蛇行暴衝。因為人行道上還有正在回家路上的學生，其中還有女生因此嚇得發出尖叫。但是那台車不只沒有停止暴衝，反而還像是很享受女學生們的反應那樣，一下貼近人行道、一下又把車頭轉開，持續在路上危險地蛇行。

那台危險駕駛的車就像這樣多次接近人行道。突然，這次他沒能將車頭轉離人行道，就這樣往學生的隊伍衝了進去。之後研判，肇事原因是蛇行駕駛時引發的方向盤操控失當。

這台撞開人行道上學生的汽車飛入田地中，像是在空中畫出一道弧線後落地，又向前衝了一段路，才停了下來。如果把第一個女學生和第二個男學生，以及第三個男學生之間用線連起來，就能理解這輛掉進田裡的肇事車行駛軌跡，還有它所引發的慘烈現場景象。第一個、第二個人都被撞飛了，第三個人還被車子一起拖進田裡，情況十分淒慘。

開車的是一個十九歲的男子，而且還是無照駕駛。這個人被大夥拖下車，一群高二男學生們殺氣騰騰地包圍著他。因這場災厄過世的三人，全都是二年級的學生。

但是，比起引發這場悲劇的肇事駕駛，散落在田地中的那三具遺體，更是牢牢地吸引了我的目光。雖然對往生者來說是非常失禮的表現，但最讓我感到震撼的，就是那些遺體在我看來都只是些「東西」而已。「死亡是理所當然的事」，過去我只能用腦袋去理解的這個不變事實，也在這個時刻，讓我打從出生以來第一次感受到它的真實感。

一段時間後，我的那種感受又更加地深刻。在剛剛目睹一場事故之後，實在不應該在這種時候想這些。如果我早點踏上歸途的話，或許自己就能成為目擊者了。但若是再更早一點，自己和同伴們可能就是車下亡魂了。這種恐懼感，完全地束縛了在場的每一個人。

事故發生後的週一，學校應該有幫罹難者舉辦追悼會，但我已經記不太清楚了。因為，後來又發生了一件更讓人印象深刻的事件。

根據調查，那個沒有駕照還危險駕駛的未成年男子，是N高中一名擔任風紀職務的男老師於其他學校教過的學生，該名男子偶爾會來拜訪老師。而且還有傳聞，據說那個老師每次在男子過來的時候，竟然都會拿香菸給他抽。

老師跟學生，除此之外，兩人是否還有其他的關係，這件事並不得而知。但是，單就前述的情況來評估的話，就已經是個大問題了。

後來有部分高二生擅自使用了廣播室，號招全校學生到體育館集合，準備召開彈劾該名老師的會議，因而引發了騷動。這個突來的集會，就在學校於中途默許的情況下召開了。如果不這樣做的話，學校那邊的顏面就蕩然無存了吧。

我得在這裡向對該次集會感興趣的讀者朋友說聲抱歉，因為會議是怎麼進行的、又發生了什麼，其實我幾乎都忘記了。或許是因為沒有出現太戲劇性的發展吧。我也不記得那個奪走三人性命的未成年肇事者，之後受到了什麼懲處，但可以確定的，就是那個老師後來也依舊在同一間學校工作。

在事故發生的一段時日後，二線道車道旁的人行道上，蓋起了一座供養碑。位置就設在車道與田地間柏油路的交會點一帶、與高中呈反方向的幾公尺遠之處。或許是因為三名罹難者的遺體分散在各處，所以才蓋在這裡的吧。

許多老師和學生，每天早上都會去這座供養碑前弔念一下，也有人還會在放學時再去一趟、為往生之人祈求冥福。如果是不知情的人看到這種情景，應該會對於這種「繞道」行為感到不可思議吧。不過，至少到我那一屆畢業為止，這種繞道行為都還在持續著。

事故發生的幾天後，還是幾個月之後呢？確切的日期我已經記不得了。在某一天的傍晚，結束社團活動的Ａ和兩位朋友一起離開學校。在他們前面是認識的兩個男同學，更前面則是一對情侶。

A一邊跟朋友聊天、一邊在二線道車道旁的人行道上走著。突然就撞上了應該要繼續往前走的兩個男同學。

「你們兩個在幹嘛啊？」

A疑惑地問了呆站在原地的兩人。

「……剛剛還在這裡的吧。」

其中一人嘴裡說著，又將手指向前進的方向。

A不經意地順著男同學手指的方向望去，才發現剛剛走在前面的那對情侶不見了。他立刻朝四周張望，不管是哪邊都沒有發現兩人的身影。

這一帶的視野寬廣，是一個無法只用幾分鐘就躲得不見人影的場所。而且消失的還不只一個人，而是兩個人。

這四人茫然地駐足的位置，剛好就是要轉向田地間柏油路的地方，距離那起事故的肇事汽車衝入人行道的地點非常近。

下一個體驗談，是我在高二或是高三時聽說的。某個夜裡，B騎著機車在路上奔馳。他並沒有特別要去的地方，只是單純在路上騎快車而已。像這樣在深夜中的道路上奔馳，因為不會被紅綠燈或其他車輛妨礙，內心就會浮現想突然大飆一場的衝動。

此時，B突然想起了N高中前的那條直線道路。當然他並沒有忘記那裡曾經發生過淒慘的事故。但話說回來，那條路除了學生的通學時間以外，原本就是一條杳無人煙的路，而且現在還是深夜，更是一個路人都看不到。

騎在主要幹線上的B，接著就轉向發生事故的那條直線道路。當他接近那條路的時候，就開始一口氣催動油門、讓整台機車飛馳起來。

如同他的預想，這裡一台車、一個行人也沒有。整條路上就只有他的機車，這種感覺真是爽……

就在這個瞬間，從人行道那邊突然竄出一個人影。

他急忙煞車，千鈞一髮才在沒摔車的狀況下把車停住了。B趕緊回頭看看情況。

……沒有人。

只有在街燈照耀下的道路，筆直地往下延伸。

怎麼可能……

他回到應該是那個人影衝出來的地點，就看到了那座供養碑。

「我再也沒碰過比那次更讓人不寒而慄的事了……」

每當向人說起那段經歷，B總是會用這句話來做結尾。

大概是距今約十八年前左右，我把高中時的這些往事，告訴了一位年約四十五歲左右的女性占星師。季節我也忘了，但天氣我記得很清楚，那是個陰鬱的陰天，從早上開始就感覺要下雨，但一直都沒看到雨滴落下。

那時我是某月刊的編輯，在主題特輯中規劃了一個占星術的企劃。因此從大學的天文學者到市井間的占星師，我有段時間都在為了採訪各式各樣職業與立場的人東奔西跑。

在採訪過程中，我所關注的，就是對方到底相信，還是不相信占星術。雖說我選擇了占星術來當主題，但是我並沒有打算要做成完全肯定占星術的特輯。而是希望這個企劃能立基於客觀立場，來考察人氣歷久不衰的占星術。

然而，實際開始進行採訪後，能見上一面進行會談的，幾乎都是占星師，很難碰到能對我的提問說出真心話的對象。雖然我不會透露對方的姓名和長相，但我進行的是深掘對方生意底細的採訪，會得到這種回應也是無可厚非吧。

但我也在這些採訪過程中得知，不管是哪一個占星師，都會拒絕回答顧客提出的兩種問題。

其一，賭博的輸贏。

其二，顧客本身的死期。

據說來問賭博勝敗的顧客相當多，但問自己死期的也並非沒有。但是，不管是哪個問題，占星師都會拒絕為客人占卜。即使是那些不太想接受採訪的占星師，對於這兩個問題也明確地給出「絕對會婉拒」的回答。

但是，在這些占星師中，也有人表示，自己雖然會拒絕占卜賭博的輸贏，但對於想知道自己死期的人，「如果詢問客人理由後能讓我接受的話，還是會為他們占卜的。」而這一位就是我前面提到的女性，她是位專攻東洋占星術的占星師。

只不過，能夠提出足以說服她的理由，這種顧客在她從業的二十年間，只出現過兩個而已。而且，其中一人還被她勸退，打消了詢問死期的念頭。

「所以另一個人，您幫他占卜了死期，還告訴他了嗎？」

被我這麼一問，女占星師毫不猶豫地回答「沒錯」。

「那個人爲什麼會想知道自己的死期呢？」

「這個我就不能告訴你了。」

因為涉及顧客的個人隱私，所以她果斷地拒絕了。但是，我的興趣已經從顧客對占星師們提出的詢問內容，轉移到這位女占星師本人身上了。

這位女占星師，雖然還是會先問對方想知道自己死期的理由，但她又為什麼會為那些想知道自己死期的人實現期望呢？

我拜託她如果方便的話，請務必告訴我緣由。同時也將開頭我向各位提及的那段高中時代的往事告訴了她。關於自己人生中第一次遭遇他人的死去，當時又是什麼感覺等等，都毫無保留地說出來了。

這時我所在的地方，是東京都內某鬧區的住商混合大樓中的高樓層。這層樓原本好像是為了當做活動會場所建造的，所以是個除了小型的廚房和盥洗室之外就空無一物的空間。有好幾位占卜師，在這裡隔出了自己的攤位來開店做生意。占卜的類型也從手相、面相、塔羅牌、風水、四柱推命、水晶球、姓名學，一直到占星數等等，種類繁多。顧客可以依據自己的喜好選擇適合的店家占卜，大概就是這樣的地方。

過程中她一句話也沒插嘴，直到聽完我說的往事之後。

「在這裡沒辦法知道。你稍等我一下。」

她拋下這句謎一般的話，就起身離開了位子。

我頓時不知該如何是好，只能待在位子上等她。當這裡剩下自己一個人後，突然就注意起從其他隔間店鋪中所傳出的占卜師或顧客聲音。雖然無法聽清楚談話的內容，但那些細碎的說話聲即便不刻意去聽，還是會傳到耳邊。感覺就好像是要偷聽又愛聽不聽似的，讓人焦慮到坐立難安。

而且那個女占星師到底跑去哪裡了呢？她還說「在這裡沒辦法知道」，又是什麼意思？所以去到別的地方，就能把事情弄懂了嗎？

當我還在費勁思考時，女占星師回來了。她離開座位的時間還比去上廁所還要短。到目前為止已經讓事情更加謎上加謎了，她卻像是要再增加我的疑惑那樣小聲嘟囔了一句。

「我想，應該沒事吧。」

接下來，她完全沒進行任何說明，就突然跟我提起了一件她大學時代的詭異經歷。正確來說，那不是她本人、而是她在大學一年級時交往的男友所經歷過的體驗。

以下就是將她所說的內容重現的文稿。我還是要事先聲明，在故事中出現的名稱，全部都使用了假名。

＊

那是二十多年前，我在大學生時代所發生的事情。

大學的名稱是……算了，別提了。你就想成是一間不是特別好、但也沒有特別差的學校吧。

入學後，我很快就交了男朋友。我們彼此都是剛從外縣市來到這裡，也都是第一次一個人過生活，所以懷抱著各種不安，但也因為這樣，我們很快地就熟稔起來了。

可是啊，我們還沒有進展到那種跨越界線的關係。因為我們都是初戀、個性又比較認真，現在回想起來，我們就是那種既會讓人感到欣慰，卻又為我們焦急的關係吧。

我們兩個住的地方，剛好把學校夾在中間，完全就是反方向。其實各自的住處，走到大學也只要十幾分鐘，上下課是很方便。但是一旦先回到自己的公寓，再前往對方的住處，就得花上二十五分鐘左右了。所以我們通常都會等到最後一堂課結束後，彼此約在學校碰頭，再決定要前往誰的住處。雖然我們讀的學系不同，但兩個人都是大一生，每天的課程通常都會滿滿塞到傍晚，因此兩個人都不需要等對方太久。

一開始是以交替來決定那一天是要去誰的公寓。不過，他跑來我這裡的機會也逐漸變多了。其中一個理由，是因為他的房間不管什麼時候都很亂，即使我收拾乾淨了，還是很快就會變得亂糟糟。但最主要的原因，都是來自於那個名為「黃雨女」的女人。

寫出來就是黃色的雨，加上女人的女，讀作「KI U ME」（きうめ）。因為這是我隨便取的名字，所以你沒聽過也是理所當然的。

你知道「鬼雨」嗎？

寫成鬼怪的鬼，加上雨水的雨，是指降下驚人雨量的雨。在這裡出現的「鬼」字，是表現其程度非比尋常的意思。

鬼雨的讀音「KI U」（きう），也可以轉成祈求雨水的「祈雨」，或是在長期的豔陽天之後出現降雨的「喜雨」。

我並不是想表現自己見多識廣，只是小時候從祖母那裡聽來這些事情，累積在記憶中，才因此幫那個女人取了這個名字吧。

那個女人……

小悟第一次跟我提到那個女人，是剛進入6月不久的事情。啊，小悟就是我男朋友的名字。

「我今天早上要去學校的途中，碰到一個超奇怪的女人。」

我們和平常一樣約在一個地方碰面，然後在前往我住處的路上，小悟突然說起這件事。

「是怎麼樣的人啊？」

我隨口問問。當時我還以為聽完小悟的回答後，自己也只會用「咦！真的是個怪人呢」之類的話結束話題。

順帶一提，雖然我盡可能不說家鄉的方言，但出身關西的小悟卻毫不在意這種事。

根據他的描述，那個女的是這樣的人。

「即使沒下雨，她還是戴著雨帽，身上也穿了雨衣，腳上套著長雨靴，連傘都撐著喔。」

照這樣看來，還真的是個怪人。

「今天雖然是大晴天，但氣象預報好像說會轉陰天、出現偶陣雨呢。」

「即使是這樣也做得太超過了。她那樣好像是在做防颱準備一樣。」

「那就是快到梅雨季了……」

「時間還早呢。」

「或者她是急性子的人？」

「不管怎樣，她穿成那個樣子，一定快熱死了。」

「大概是幾歲的人？」

「我只有稍微瞄了一眼，看不太出來。但不是年輕人。」

「應該是個杞人憂天的老婆婆吧。」

之所以會朝這個方向去推測，是因為我老家附近有一位老婆婆，在我高三的時候，她好像開始出現失智症狀了，所以在夏天也穿著冬天的衣服，完全不管季節更迭。

因此我覺得小悟碰到的那個女人，應該也是跟那位老婆婆差不多的狀況吧。話說回來，因為「癡呆老人」這種說法好像太過分了，所以我用了比較委婉的說法。

不過，小悟好像理解了我想表達的意思。

「看起來也不像是老婆婆，所以應該還不至於失智吧。」

「即使是這樣，還是有點奇怪呢。」

「沒錯吧。」

小悟意義深遠地點了點頭。

「而且她還從頭到腳都是一身黃色呢。」

聽到他這麼說，也讓我吃了一驚。他就是喜歡把重要的事情擺到最後才說，然後興致勃勃地等著看我知道後會有什麼反應。

「真讓人不舒服。」

我露出了不安的表情。

「對吧。」

他就像是在試膽遊戲中以嚇唬別人為樂的小孩，提高了音量。

「那個人當時是走在路上嗎？」

「不是。在我的公寓和大學之間，不是有條河岸邊的路嗎？她就只是站在那邊而已。」

「站在河邊？」

「這麼一說，是河堤圍籬的間隙那邊。」

雖說是河，但也不是天然的河川，而是以水泥打造出的水道。平時看不到什麼水，但是每逢大雨或是颱風襲來，就會一口氣爆增，然後將水引導到大馬路下的下水道中，就是這樣的工程結構。

但是啊，那條水道從高點到低處有將近三公尺之多，河堤護欄竟然還有間隙，我第一次經過那邊時，就覺得有點恐怖，之後河岸的那一側，我能不靠近就不靠近了。

在那種地方，而且還是站在河岸護欄的間隙處？光是這點就很奇怪了。特別是明明沒下雨卻全身都是雨具，還一身都是黃色，不管怎麼想都不覺得她是正常人。

「可能是有點怪怪的人。」

我指了指自己的頭，小悟也點點頭，像是對這個話題失去興趣一般，說起了別的事情。全身黃色雨具的奇怪女人話題，也在這裡結束了。

所以在幾天後，當小悟又提起「我又看到黃色打扮的女人了」時，我也只是毫不在意地「嗯」了一聲。不管什麼地方都會有一個類似的人物，雖然言行舉止怪異，但不會危害到他人。那個女人應該也是這樣吧。

然而，又過了幾天，小悟用相當疲憊的神情說著。

「唉，我真的輸給那個女人了。」

「那個女人？你是說……」

「就是那個一身黃的女人，你還記得嗎？」

「你又碰到她了？」

小悟點了點頭，看來他現在對這件事很在意。我馬上明白，他和那個女人之間肯定發生了什麼事。

「怎麼了嗎？那女人跟你說話了？」

「沒有，她什麼都沒說。她還是待在那裡一動也不動。就是在河岸那邊呆呆地站著。」

小悟否定了我的想法，但看到我一臉疑惑，他就接著說。

「眼睛，我跟她視線相對了。」

他的語調沉重，感覺很懊惱。

不管和什麼人擦身而過，這時互相看上一眼，都是很正常的吧。更別說這個人還是個每天早上都站在同一個地方不動的怪人呢。她會緊盯著每個從她面前走過去的人，也沒什麼好奇怪的吧。

只不過，感覺小悟好像真的對此感到很困擾，所以我不只是為他擔心，同時也因此萌生了好奇心。

「你是被她瞪嗎？」

被我這麼一問，他搖了搖頭。

「我知道那個女人在那裡，所以邊走邊偷瞄她，結果她的頭突然就朝我這邊轉過來。接著一直到我走過去為止，她都持續面無表情地死盯著我不放。」

「你也一直看著她嗎？」

「是啊。我本來想把頭轉開，但無論如何都做不到。而且我好像還因此僵住了腳步，就站在原地跟她對看了起來。總之，我光是要從她旁邊走過去就已經精疲力竭了。」

雖然我也經由他的說明理解了當時的狀況，但坦白說過程竟然只是這樣？這也讓我感到錯愕。確實，如果換成我經歷同樣的遭遇，肯定也不會有好心情的。但即便如此，那種情緒應該也不至於持續到當天的傍晚吧。

我的這種想法，似乎也在臉上表露無遺。

「那個女人的眼睛……你如果實際看到了，絕對會理解我的。」

小悟有點半分鬧彆扭、半分膽怯地說著。

因為看到他這副樣子，又讓我開始擔心起來。小悟絕對不是個膽小鬼，會讓他在意到這種程度，肯定是真的嚇壞了。

「她臉上化著全白的濃妝，張大了兩隻眼睛瞪視著我。照理說她的臉妝這麼濃，塗上口紅的嘴應該更明顯才對吧？但是她的雙眼卻格外醒目。而且那雙眼睛，黑眼球的部分特別大，大到都快要看不到眼白了……真的是超讓人倒胃口的眼睛。如果凝視那雙眼睛，好像就會被吸進去一樣，嚇死人了。那雙眼睛，從一早就佔據了我的腦袋，就算我想認真聽課，那雙黑眼還是會浮現在我的面前，即使閉上眼睛也是一樣。」

「就像是妖怪一樣。」

就算他都害怕成這樣了，我還是開玩笑似地回應。然後我想了一下，就給那個女人取了「黃雨女」這個名字。因為也有一說，覺得真面目不明的事物之所以會讓人畏懼，沒有名字也是其中一個原因。所以我故意幫她取了個像是妖怪一樣的稱呼，想讓小悟的心情感到輕鬆一點。

「妖怪，黃雨女嗎？」

小悟自己試著說出口，然後有點難為情地露出了苦笑。應該也是對於怕成這樣的自己感到有些可笑吧。總而言之，現在成功達到我的目標了。

隔天，就在我們一起吃午餐的時候

「明明就是雨妖怪，結果今天明明就沒下雨，那個黃雨女還是出現了。」

因為小悟已經可以像這樣輕鬆地開玩笑，我覺得他應該沒事了吧。

「你們又對上視線了嗎？」

不過，因為還是有點擔心，所以我又問了這個問題。

「沒有。我有先察覺她人就在那裡，所以就刻意不看那邊。像那種傢伙，總之別去理她就好。」

雖然嘴上這麼說，但感覺小悟還是很介意吧。

不過，那時我覺得如果過度安撫他，或許會帶來反效果，所以就只是配合他的狀況去回應而已。

那一天，我們分別回去自己的公寓，然後第二天的中午又再碰面。

「那個黃雨女，在我回去的路上又出現了呢。」

昨天傍晚，黃雨女又出現在那條水道旁邊。原本先前都只有早上才會看到她，而且現在她還是站在同樣的地方，在小悟注意到她之前，她好像就已經先注視著小悟了。臉上依然面無表情。

這也太讓人不舒服了，小悟因此在途中改道，稍微繞了點遠路才回到家。

「總覺得她好像是在等我，好噁心。」

從這一天起，在當天學校的課結束後，我們就會回到我住的公寓。等到他晚上回去自己的公寓時，黃雨女已經不在那條路上了。也就是說，只要忍耐早上的那段路程就好，小悟是這麼想的。
幾天之後的一個傍晚，明明我們一如往常地約在同一個地方見面，但是怎麼等都等不到他的人。
於是我前往小悟的系上，向他那些我也曾見過的朋友詢問。
「那傢伙今天好像翹課囉。」
聽到他們這麼說，我著實嚇了一大跳。就算沒去上課，小悟也不會連我們約好要見面都不來。我現在並不是在曬恩愛喔，只是因為這真的太不像他了。
所以我就跑去小悟住的公寓，我想他或許得了重感冒，正躺在床上休息。
不過一到那裡就發現他人還是很平常地醒著，只是臉色有點差，除此之外都還算有精神。
「真是的！你知道我很擔心嗎？」
我進了房間，知道他全身上下一點毛病都沒有之後，就發了頓脾氣。
「你今天為什麼沒去學校？」
然後，小悟突然將視線別開，語調生硬地說著。
「……沒什麼啊，我也不知道。」
看到他的神色，我覺得他一定有什麼瞞著我。與其說我的直覺很敏銳，倒不如說是小悟的反應太淺顯易懂了。

「你快告訴我，到底發生了什麼事？」

「什麼都沒有啊。」

「算我拜託你，快告訴我吧。」

我們這種像是在爭執的狀態持續了一陣子，小悟才小聲嘟囔著。

「反正說了你也不會相信。」

他的語氣，不知道為什麼讓我有些害怕。我腦海中甚至瞬間閃過一個念頭，覺得不能去聽小悟現在要說出來的事。

但話雖如此，現在這種情況也不是說句「是這樣喔」就能放手不管的。若是真的這麼做，就等於是放他一個人苦惱了。

「總之你先說出來聽聽。」

我堅持的也就只有這一點而已。當然我也不是要逼他非說不可，但至少我要先拿出想和他聊聊的態度。

小悟似乎是輸給我的執著，開始一點一點地說起自己碰到的事，而那些內容確實讓人有些難以置信。

這一天早上，小悟因為要去上第一堂課，所以比平常都還要早離開公寓。他好像還避開那條水道旁的路，改從別的路前往大學。雖然還得繞遠路，但是如果能避開那個女人，還是很划算的。

只不過，他還是在路旁的某根電線桿後方，看到了黃雨女就站在那裡。彷彿像是事先看穿了小悟會換走別條路，所以特地先到這裡來埋伏一樣，突然在他的面前現身。

小悟慌慌張張地轉身就走，又繞了更大一圈，朝著大學走去。只不過，他才走了一小段路，竟然又在前方看到了黃雨女的身影……

這樣的情況發生了四次之多，恐慌到極點的小悟最後只能逃回自己的公寓……這就是他今天沒去學校的來龍去脈。

小悟先前的不安應驗了，坦白說，這段經過真的讓人難以相信。我抱持疑問的並非是黃雨女糾纏小悟這件事，而是她真的這麼剛好就搶先走在小悟的前面嗎？

應該是我的表情透露出一切，小悟也因此鬧起彆扭。

「你看，我就說吧！你果然不相信。」

我連忙把話題轉到黃雨女那神出鬼沒的行動之上。

「沒錯啊。因為怎麼想都很怪嘛。」

他的臉色突然一沉，眼神也露出怯懦感。我雖然很後悔說錯了話，但已經太遲了。

「可能她就是這麼剛好，巧妙地先繞到你的前面之類的……」

我急著補充，但小悟當然也不會接受這種說法，而且其實我自己也不相信這真的是巧合。我的言行表現所傳遞給小悟的，就是「喔，是這樣啊」的感覺，這也難怪他的態度會越來越硬。

就在我感到無計可施的時候，突然閃過一個絕妙靈感。

「我們去問問溝口學長知不知道黃雨女的事情，怎麼樣？」

溝口是四年級的學生，是小悟系上的學長，人就住在小悟公寓的附近，我也曾經到他那邊去玩了一次。是個喜歡照顧別人的好人，我想他一定會願意和我們聊聊這件事的。

小悟也贊同這個提議，所以我們兩人馬上就跑去拜訪溝口，把事情一五一十地說出來。

「咦!?」

溝口學長一臉訝異，接著又吐出了一句顯露他有多驚訝的台詞。

「那個雨女什麼的真的存在喔？」

接下來換成我們兩個感到吃驚了，立刻問他這到底是怎麼回事。

「那是我在大一的時候，從社團學長那邊聽來的傳聞——」

他用這句話開場後，接著就說出了傳聞的內容。

有個年紀初老、全身穿戴黃色雨具的女人，會不分季節、天氣，在這附近出沒。但是她就只是站在那裡，一句話也不說，也不會危害經過的行人。不過有的時候，她會突然就緊盯著某個人看。碰到這種情況，絕對不能和她對上視線。必須裝成若無其事地立刻離開那個地方。如果不這樣做的話，就會碰到難以想像的事情。

「竟然有這種事……」

小悟在這時哀戚地喊出一聲，我概略地向溝口學長講了一下小悟在這段時間碰到的體驗，沒想到學長突然笑了出來。

「你們先繼續往下聽。所謂雨女這種東西，就像是都市傳說之類的產物啦。也就是說，她不會真的帶來什麼危害。例如像我們大學生如果和她四目相交的話，就會落入留級啊、畢不了業之類的處境。」

「你是說……留級嗎？」

小悟看起來很沮喪的樣子。

「如果傳聞是真的，那留級或無法畢業真的是很重大的危害啦。不過要說是騙人的也好、說是單純的傳聞也罷，總之就是都市傳說那種東西啦。」

「可……可是。」

「你看到了那個雨女沒錯吧？我也相當訝異真的有這個人存在，但也不是需要太過注意的事情。如果真的不想落入留級或無法畢業的局面，我覺得不如先認真上課念書呢。」

「……確實是這樣沒錯呢。」

和溝口學長徹底經過一番討論之後，小悟的心情感覺也比較平靜了。所以我又毫無顧忌向學長詢問。

「那個女人到底是什麼樣的人呢？」

「這是我從學長那邊聽來的，在某個下大雨的日子，這個人被欺負她的婆婆趕出了家門。另一個說法是她的先生被因雨打滑的汽車撞死了。其他還有小孩掉進水道後失蹤、被先生的小三鳩佔鵲巢之類的——大概都是像這樣，說她因此受到衝擊，才讓腦袋變得怪怪的，在那之後就以那身打扮在附近一帶四處徘徊……差不多是這樣的說法。」

「所以說，她是住在附近的人囉？」

「可能是吧。但現在就不一定了。」

「怎麼說呢？」

「因為包含我在內，從來沒有人在念書的這幾年裡看過她。那個女人可能真的曾住在這附近、也真的遭遇什麼不幸，讓她因此精神失常，這些或許都是事實。但是，她後來是不是因為住院治療、搬家等因素，然後就此從這個街區上消失了呢？」

「……現在又回來了。」

小悟小聲地碎唸著。

「嗯，你看到她了。而對方會對你有所反應，或許是你長得和她……和她的先生或小孩有點相似，我想應該就是類似這種沒什麼道理的理由吧。」

我很清楚，溝口學長剛剛說到一半就打住、欲言又止的部分，就是「和她死去的先生或小孩」這段話吧。幸虧小悟好像沒有意識到，非常順服地接受了學長的解釋。

「但即使是這麼說，不管是誰都不會想和那個女人有所牽扯吧。」

溝口學長稍稍沉思之後，突然像是靈光乍現一般。

「我有一個朋友想賣掉他的腳踏車，我跟他殺個價，你買下來，以後就騎腳踏車上下課吧。」

小悟對這個提議很感興趣，我也表示贊成，所以當天晚上我們就向對方買下了那台車。

我坐在剛買的腳踏車後座，讓小悟載著我回到公寓。這真是充滿青春氣息的一幕場景啊！

從第二天開始，小悟就照預定的計畫，開始騎腳踏車前往學校。他在路上一看到黃雨女，馬上就迂迴轉向別條路。不過，他也漸漸地敢從黃雨女的身邊直接衝過去了。因為她不會突然跑到路中間、也不會擋路。當然，黃雨女在他騎車通過的時候，好像還是持續凝視著他不放。

我會說「好像」，是因為小悟在經過時完全不會看她一眼。但即便如此，應該還是能感受到投射過來的視線吧。對方可不是普通人，所以在這種情況下感受更是倍增。

雖然黃雨女還是一如往常地出現，但隨著日子過去，小悟對她也漸漸不感在意了，我們兩個在聊天時，也越來越少提起這個話題。

之後暑假即將到來，我對小悟說「好想去旅行喔」，但我們兩個都沒什麼錢，而且我的父母也在嚷嚷著叫我趕快回老家。

無可奈何之下，我只好回一趟老家，小悟則是跑到海之家去打工。而我也靠著在老家幫忙——我家是做生意的——賺取一點零用錢。我們兩人都在存錢，約定好秋天時要一起出去旅行。

暑假時我也持續寫信給他。那是個沒有手機和電腦的時代，如果要用家裡電話的話，父母可能會待在旁邊。若是用公用電話打到他公寓那支共用話機，長途電話瞬間就會讓百元銅板消失。要是花太多錢在電話上，秋天的旅行可能就會泡湯，只好忍耐了。小悟也會回信，但內容都不長。男生大概都是這樣吧。

然而，在8月的盂蘭盆節過後，有個大型颱風登陸日本列島，我們學校的所在地也發生了不小的水災。這時我很難得地收到了小悟寄來的信。那是一封內容長到讓人覺得異常、寫下難以置信事件的信……

在一個驚人暴雨襲來的日子，小悟打工的海之家也休息一天，但他哪天不選、偏偏就選在這一天跑去在打工處結識的朋友家。好像是因為那位朋友的父母回鄉下去參加法事，所以才問他要不要到家裡來玩。

進入暑假之後，因為海之家的打工，小悟一直都住在店裡。所以他已經很久沒有從水道旁的那條路經過了。他並不是已經完全忘掉黃雨女的事，而是認為她不可能在這種惡劣的天候狀況下還站在那裡。所以當他毫無戒備，就這樣走向那條路的時候……

她在那裡。

在那個熟悉的地點，也就是河堤護欄的間隙處，那個女人一如往常地站在那裡。

在她身後的水道中，蓄積了驚人分量的雨水正在翻騰流動著，水面已經高漲到和地面幾乎毫無區別的狀態了。在如此危險的水道旁邊，一身黃色打扮的黃雨女，就和過去的日子一樣站在那邊動也不動。

無論感受如何，也無法對她坐視不管。但話說回來，要靠近她還是會覺得怕怕的。

「你站在那裡很危險！快點過來這裡！」

小悟朝著黃雨女大喊，還頻頻向她揮手。

然後，在此之前總是面無表情的黃雨女，突然浮現了滿臉的笑意，接著撐開黃色的雨傘，向小悟遞了過去。

就在那個瞬間，一陣突如其來的強風把傘吹飛了，而女人也突然雙腳一攤，倒了下去。雖然她及時抓住了河岸護欄的支柱，但馬上被水道中高漲溢出的水流沖倒，在剎那之間，就被洶湧的水勢沖往下水道的方向了。

女人在被沖走的那個剎那，又和小悟對上了視線。這個時候，女人清晰地叫出一聲。

「小悟……對吧？」

不可能。那個女人怎麼可能會知道他的名字呢。應該是她過世的先生或小孩碰巧也叫這個名字，不然就是小悟自己聽錯了吧。

我馬上撥了他公寓的那支電話。如果他真的無法承受了，我打算提前回去找他。不過他比我預想的還要有精神，這也讓我稍稍放心了。或許他把一切都寫進了信中，反倒讓精神獲得了緩和的機會吧。

「警察……」

我向他確認有沒有報警。

「不，我沒有報警。」

簡短但能夠從中感受到堅決意志的回答，因此我也沒有再多說什麼了。

「我沒事。」

小悟不斷地重複了好幾次，因此我也打消了提前回去的想法。

如果當時我立刻飛奔回他的身邊，之後的發展會不會因此大大不同呢?即便來到這個歲數了，我偶爾還是會回想起當年的事情。

結果，最後我還是比預定的日期再提前兩天回去。說真的，我非常擔心小悟，無論如何都想先見到他的人。

我抵達大學附近的車站時，已經是傍晚了。雖然雨水滴滴降下，但我還是直接朝他的公寓走去。我手拿著土產，一邊走、一邊想像著他等一下見到我時的吃驚表情。

但是，不管我怎麼敲他的房門、叫他的名字，都完全沒有回應。心想著他是不是出門了，但手推了一下，門竟然就打開了。他一定是太粗心，忘記鎖門。

雖然他的冒失很讓人傷腦筋，但門開著真是幫上大忙了，我馬上進到房間內。

裡面還是跟以前一樣亂七八糟的，我想在小悟回來之前，先把房間整理乾淨，這時我就注意到桌上有幾張信紙。大概是寫信寫到一半，人就跑出去了吧。

雖然我們是男女朋友，但是擅自亂看對方的信，好像也不太好吧。不過我實在是很在意，所以就遠遠地瞄了一眼，才知道那是要寫給我的信。

如果是給我的，那我就能看了吧。但是我看完之後，頓時頭昏腦脹，感覺就像是貧血一樣，身體在一段時間內都無法動彈。

根據信中的內容，小悟打工的海之家，在颱風走了以後，也還是那一帶營業時間最長的店家。隨著暑假結束，也到了該歇業的時候了。結束當天整理工作的小悟，和打工的夥伴們一起在海邊閒晃。因為從店裡拿到了免費的輕食和飲料，他們打算找個可以吃吃喝喝的地方。

眾人在距離海之家有一段距離的地方發現一個岩石區，因此一行人就往那裡去了。大家覺得先踏上岩石，再走向另一側，應該就能發現合適的地點。

年紀最輕的小悟先到了那裡，他先爬上岩石，想再往下走到另一側時，竟然在那裡發現了一個讓人怵目驚心的光景。

有一具倒臥在那裡的屍體……

雖然被大塊的岩石遮蓋住了，但這裡就是水道涵洞的出口。這具遺體大概是在颱風天時，不知道從哪裡被沖過來這裡的。最後遺體從出口流出，然後因為岩石區的地形而被攔截，沒有繼續漂得更遠。

這是從哪裡來的……

而小悟突然理解了那個地方到底是哪裡。因為躺在他面前的這具遺體，就是那個黃雨女。遺體似乎已經被濱海生物啃食過，但只留下兩個大窟窿的眼窩，好像還是持續在凝視著他。

小悟連忙往回走，騙朋友說這個地方不好。而他也沒有通報警察。因為小悟認為，靠那身特徵搶眼的雨具，警方一定馬上就能知道她的身分。雖然他心裡也很清楚這種處理方式太殘酷了，但是他就是不想和黃雨女扯上關係。

打工處的慶功宴，小悟也是早早離開，回到了他住的公寓。

隔天下起雨了。當小悟要去車站前一帶時，踏入了那條水道旁邊的道路，又看到有人穿著一身黃的雨具站在那裡。

當然那不可能是黃雨女，只是有人剛好打扮得差不多而已。但小悟還是越想越覺得恐怖，馬上逃向另一條路。

回家路上，他小心翼翼地窺看著那條水道旁的道路，這時一個人都沒有。他鬆了一口氣，朝自己公寓的方向走去。此時一個站在前方狹窄小巷轉角處的黃色人影，頓時映入他的眼簾。

他當場拔腿就跑，又繞了一大圈才回到自己的公寓，然後就開始寫這封信。

第三天還是雨天。雖然很害怕外出，但一直像這樣什麼都無法確認也很恐怖，所以小悟只好踏出房門。他想去水道旁邊的路還有先前那個小巷看看。

結果他才走出公寓三、四分鐘左右，就在紅通通的郵筒後方看到有個黃色的東西站在那。

到這裡你明白了嗎？水道旁邊的道路、小巷、紅色郵筒，那個東西正一步一步地朝著小悟住的公寓移動……

第四天又是雨天。但是小悟今天打死都不出門了。他就這樣把自己鎖在房間內，但視線還是頻頻望向窗外。他肯定是一直在擔心害怕，會不會突然就看到那個朝著自己追來的東西……

第五天依然是雨天，而這一天就是我去公寓找他的日子。這一天他從早上開始就沒外出，持續寫著要給我的信。

中午過後，雨勢變得更強了，周遭一帶的天色昏暗到宛如傍晚時分。雨勢可是強到讓人無法把窗子打開的程度。

小悟打開了房間內的電燈，然後繼續寫信。

……咚、咚。

他還想說是我提早回來了，正覺得高興，就突然想到我在這種時候應該會喊他的名字吧。

……咚、咚。

但是門的另一側，只是持續響起單調的敲門聲，門外的人卻不發一語。

……咚、咚。

……咚、咚。

緩慢的聲響接連響起，也漸漸讓小悟的神經緊繃起來。

「是、是誰啊？」

他走到門前，硬擠出聲音確認著。這時，敲門聲也突然停止了。接著……

……啪嗒、劈洽。

宛如潮濕抹布貼在門板上的聲音，從走廊傳來。

——越往後就越凌亂潦草的筆跡，將事情的經過鉅細彌遺地寫在信紙上。

她叫了我的名字……

到此為止了。

這是信中最後寫下的文字。

此時我靜待那種想嘔吐的感受平復下來，接著前往溝口學長的住處，把小悟的信給他看。

「那傢伙呢？」溝口學長第一個關心的，就是小悟的安危。

「他不在房間裡。」

我這麼回答後，學長馬上把他能想到的人都打了一次電話，拜託大家幫忙找找小悟。然後他又再次將注意力回到信上，頻頻露出疑惑的表情。

「那個女人本身當然很怪，但這裡提到的天氣也很不尋常呢。」

「怎麼說呢?」

「因為昨天、前天、大前天,根本就沒有下雨啊。」

這時我才「啊」地驚呼一聲,意識到問題出在哪裡了。

我回來的那天,在我到達車站的時候,外頭才開始飄起雨來,但在此之前完全沒有感受到下雨的跡象。但是在小悟寫下的信中提到,中午過後就下起了大雨,實在是太奇怪了。

而且根據溝口學長的說法,一直到昨天為止的三天內,這附近都沒有下過雨。但是小悟的信中卻寫著每天都是雨天,這很詭異吧?

……後來,小悟就從此下落不明了。

他的父母從鄉下趕來,我也和他們見上一面,但是根本就幫不上忙……

喔,沒有。我和溝口學長商量後,決定不要讓小悟的父母看他所寫下的那封信。但這樣做是正確的嗎?其實我也一直感到相當苦惱。

但是,如果讓他們看到那封信的話,小悟的父母肯定會……嗯,這個話題就到此為止吧。

咦?

啊,你也注意到這個地方啦。

就是這樣。說自己看到黃雨女的,自始至終就只有小悟他自己而已。

在他失蹤後,我也拜託了大學的朋友們,想要盡可能跟更多的學生確認。

問大家有沒有看過一個全身上下都是黃色雨具的女人。

結果還是毫無斬獲。不過倒是有幾個人知道溝口學長告訴我們的那個都市傳說，只是沒有一個人認真看待這個傳聞。

接下來，我開始深入調查黃雨女到底是什麼來歷。如果在那個颱風天，真的有個女人掉進了鎮上的水道，而且可能還因此被沖入下水道，幾天之後在海邊一帶的水道出水口發現她的遺體，這件事肯定會有跡可循的吧。

然而，依然完全沒有人知道。不管是跟報社還是警方詢問，他們都說手邊的情報中沒有符合條件的人。

事情發展至此，我也開始陷入恐懼了。學校那邊我也無法好好地去上課，而且又會讓朋友擔心，所以我心想著是不是該辦休學會比較好……

就在這個時候，我又從溝口學長那裡得知一件難以想像的事。學長透過他租屋處的房東，向鎮上的居民打聽黃雨女的情報。而且還真的有人曾見過傳聞中那種打扮奇特的女性。

只不過，聽說那名女性在三十多年前的某個颱風天，在強烈的雨勢中穿著一身黃色雨具就離開了家門，從此銷聲匿跡。

嗯。但不論那個女性是不是有過世的孩子和丈夫、為何要穿上黃色的雨具、平時為什麼一直站在水道旁的道路上，這些問題沒有一個是有答案的。

能夠確定的，就只有她在某個颱風天裡外出，就此行蹤不明。

剎那之間，我想到了一種可能。當時那個女性因為不小心掉進水道中，但是身體被卡在途中的某個地方，接著經過三十年才漂出了出水口，最後被小悟發現了她的遺體。如果真是這樣的話，遺體應該會化成一堆白骨，或者是屍蠟化，我認為小悟絕對也會意識到這一點才對。

而且，即使解開了遺體的謎團，那麼小悟多次碰到的那個黃雨女又該怎麼解釋呢？完全無法將這些事情連結起來。

沒錯。關鍵的部分還是全都被困在十里霧中……

但是，事情並沒有在這裡結束。如果在某個雨天，把這個故事告訴別人的話……啊，不，不會因為這樣就碰到黃雨女。關於這一點你可以放心，沒問題的。

可是啊，好像會因此碰上即將要離世，或是剛離世不久的遺體。是的，就是在聽完這個故事之後……啊，不過不一定是人類，也可能是動物或昆蟲的遺骸。

到現在已經有好幾個人碰上這樣的遭遇了。所以我剛才要跟你提起這個故事之前，我先去外面確認過天氣了。

雖然天上遍布著大片烏雲，但是沒有下雨。所以我才會把這個故事告訴你。

現在嗎？不知道呢，天氣變得如何了呢？

如果在我們談論這個故事的途中，外面就開始下起雨來的話……

擦身而過之物
すれちがうもの

那已經是十幾年前的事了吧。我曾經仔細評估過，要撰寫一篇設定如下所述的懸疑小說。

某一天早上，主角的父親，或是母親、兄弟姊妹等人都可以，在離開家之後就此下落不明。過了中午後，家裡接到公司打來的電話，詢問父親無故沒去上班的原因，但家裡的每個人對此都毫無頭緒。

會不會被捲入什麼事件了？

家人們很擔心，就通報了警察。但是警察對這件事不是很在意，所以沒有進一步的行動。他們頂多只會確認有沒有因為交通意外等原因被送進醫院、身分不明的人。如果這樣做也查不到的時候，就只是對家人不斷地說著「你們再等看看吧」，然後就什麼也沒做了。

然而，時間到了晚上，父親還是沒有回家。隔天也是、再隔天也是一樣。和往常一樣正常出門上班的父親，就這樣人間蒸發了。

主角很想找到父親，但是父親跑去哪裡、該如何進行調查，這些他都完全沒有方向。就算是向父親公司的同事詢問，也只是被他們反問「你爸爸怎麼啦？」然後就又無計可施了。

附帶一提，這個主角設定成可自由支配的時間很多，整體上才會比較理想。在這裡我們先設定他是這家的長男隼介，目前是大學生。

某天早上，覺得自己無能為力的隼介突然想到，要不要試著和父親在同樣的時間出門，一路走到車站看看呢？如果採取同樣的行動，或許就能從中發現些什麼也說不定。他這時的心情就宛如抓住了救命的稻草。

從家裡徒步走到車站，大概要花上十五分鐘左右。途中會經過十字路口或河岸邊的道路，並沒有讓人感到危險的場所存在，也沒有看到感覺很可疑的人士。在車站搭上電車，接著在距離工作地點最近的車站下車，然後步行七、八分鐘就能抵達公司，這些部分都和父親相同。

因此，隼介隔天也再次依循父親的通勤路線移動。隔天也是、再隔天也是，一再地重複這個過程。然後就在第四天的時候，他終於注意到了一件事。

從家裡走到車站的這段路程中，隼介覺得自己好像每天都幾乎會和相同的人們碰面。而且他和那些男性或女性擦身而過的場所，不都是在一樣的地方嗎。

自己從家裡前往車站，也就是朝著南邊走，而那些人則是相反、從車站走向北邊。而這四天之中，主角幾乎都會一直碰上同樣的幾張面孔。也就是說，這些人就是在這一帶上班或上課的。父親和他們肯定每天都會碰到吧。

隼介準備了父親西裝打扮的照片，然後在隔天早上開始上街打聽。他叫住那些擦身而過的人，告訴他們父親失蹤的事，然後再請教對方當天早上是否有看到父親。當然，不管問誰，都不會有人認識父親的吧。但是，即使只是在週一到週五的早上擦身而過的關係，但這些人之中應該也有曾和父親打過照面的。

「這麼說來，我覺得好像從什麼時候開始就沒看到這個人的身影了。」

有一、兩個會說出這些證詞的人存在，也並非不可思議之事。儘管如此，這是一場和時間的競爭，必須在對方的記憶消逝之前詢問他們才行。

請恕我在這裡突然岔題，如果真的要撰寫這個作品，我覺得在父親失蹤的那一天，也要花點心思設定一個引發社會譁然的重大事件。如果沒有連結到特別的事件，那麼這個在幾天前的早上都還跟自己擦身的人，隔天就碰不到的情況，一般來說也不會讓人留下記憶的。像這類細節上的設定，在創作的時候是很重要的一環。

那麼，拜當天發生的重大事件所賜，對於隼介的提問會說出「啊，你是說那一天的早上吧」之類回應的人，也開始逐漸地出現了。連續三天進行同樣的詢問後，那些和父親每天在街上擦身而過的人，應該幾乎都能接觸到了吧。

後來隼介也終於了解，父親應該是在證人中的第四人、第五人之間的階段消失的。那一天，從最初碰到的第一人到第四人，都表示「有看到你父親」，但第五人卻說「沒看到」，給了否定的答案。至於場所，應該是從二十多年前就停業的澡堂開始、一直到離車站很近的理髮店之間，這大約數百公尺的區域。就在這間澡堂到理髮店之間的某處，父親他脫離了平時的上班路線。究竟是出於他自己的意願，還是被誰強迫的，這依然還是個謎……

隼介想要調查那間幾乎已經變成廢墟的澡堂。那裡只剩後來於外側增建的自助洗衣店還有營業，除此之外的建築物都被封閉了，根本毫無人煙，顯現出有點奇怪的氛圍。

只不過，他在附近一帶四處打聽之後，卻也毫無收穫。像這種建築物最容易變成不良分子聚集的場所，或是有遊民在此住下，進而造成當地居民困擾，還可能會出現幽靈出沒的傳聞，但隼介在這裡完全沒有聽到類似這樣的話題。

隼介也因為覺得自己是不是白忙一場而感到意志消沉，但後來在他的周遭竟然開始出現詭異的怪事……

我認為像前面這種導入方式很有趣，但其實我至今都還沒有開始動筆。因為我不管怎麼想，都無法想到如何給「父親為何會失蹤」這個謎團一個富含魅力的解答。我沒辦法接受太過普通的動機，也寫不出具有意外性的真相，結果就陷入讓題材閒置的局面了。

我認為這個題材設定有一天就能派上用場，但後來覺得自己最好還是放棄吧。因為我從在某個地方結識、年約二十五歲左右、名叫藤崎夕菜的女性那裡，聽到了以下記述的體驗談。

「這完全是不一樣的故事嘛！」

我想當各位看過她的體驗談之後，或許就會出現抱持上面這種感想的讀者。但是，關於「在通勤的路上擦身而過的人所發生的事情」的這一點是相同的。如果要發表她的故事，我就得捨棄自己的點子了。不對，應該說她的體驗談實在太有趣了，也是促使我放棄的理由之一。

另外，在她的體驗談中也有出現廢棄的澡堂，這一點純屬巧合。還有包含她本人在內的登場人物名字，全部都使用了假名，在此先向各位說明。

＊

在早晚都還很冷的3月下旬，某個週一的早晨，夕菜一如往常，在六點四十五分的時候起床了。

在還是社會新鮮人的時期，她曾問過同期的同事，很多人都說自己在早上會想要睡到不得不起來的最後一刻，所以都在出門的三十分鐘前才起床。但是這出門前的三十分鐘，幾乎都用在挑選衣服和化妝上。另外因為沒有時間，加上為了減肥，大家也常以此作為不吃早餐的理由。

但是夕菜和母親有約定。

「雖然你是一個人住，但也不能因為這樣不吃早餐喔。」

高中畢業後，她照著父母的期望去讀當地的大學。但是家鄉在就職上的選項實在太少了，因此她不顧父母的反對，前往東京去找工作。

在她錄取第一志願的公司之後，父母也只好不情願地妥協了。但是在那之後，父母對於前往東京一事，卻變得很熱衷，已經到了讓她困惑的程度了。特別是要決定租屋處這個問題，更是讓她感到疲憊。

「這是你第一次一個人生活啊。」

他們把這句話宛如口頭禪般地掛在嘴邊。總之，他們希望夕菜能住在離公司近、治安良好又方便的區域，建築物的防盜設施要確實、還不能有奇怪的住戶。要能滿足他們期望的房子可不是隨便都能找到的，而且就算真的有，也不是一介社會新鮮人的薪資能負擔得起的。

最後，父親甚至提出要幫她負擔一半的房租，強硬地幫她選定了現在住的 R 公寓大樓的一戶。

因為不希望已經出社會了卻還是要依靠父母，夕菜對此相當抗拒，但父母對此也絲毫不退讓。

「如果你不住這裡，我就不讓你去東京。」

既然父親把話都說到這種程度了，夕菜也只好讓步。總之就先搬進去，然後再找個好時機搬家就可以了。她以這個想法讓自己接受了現在的情況，但是這個想法到後來也今非昔比了。

在工作一年之後，夕菜也曾試著找房租便宜的房子。但是，如果希望距離較近，房子通常不只狹窄、建築物的防盜措施也很薄弱。若是房間和建築物本身的條件要和現在相近，距離公司又相當遠。夕菜正面臨著理所當然的嚴苛現實。不管怎麼選擇，往後的生活都會變得很辛苦。

「爸爸，真對不起啊。」

她在心中向父親道歉，決定再仰賴父母一段時日。雖不是為了彌補父母對自己的付出，但夕菜還是遵守著和母親的約定，每天都會確實地早起。連她都覺得自己的個性實在很認真，或許是從父親那邊遺傳過來的吧。

夕菜的住處在R公寓大樓的最高層，說是最高，但其實也就是五樓。踏出自己的510號室時，時間是七點四十五分。距離最近的K車站，走路要花上十五分鐘左右。為了要趕上八點五分出發的電車，她總是會先預留一點時間。

那個週一的早上也是和平時一樣。夕菜做好上班的相關準備之後，按照既定的時間打開門，走出了房間。

鏘、喀啦喀啦。

突然之間，她好像聽到了門似乎撞上什麼東西的聲響。

她一臉疑惑地來到走廊，就看到一個小玻璃瓶倒在地上。而且，這個瓶子裡還插了一朵花。雖然說是花，但其實就是路邊那種一點都不稀奇的野草。

咦？

此時在她腦海中瞬間閃過的畫面，就是這棟公寓大樓的某個住戶，在某個地方摘了花後放進瓶子，然後再把這東西擺在自己房門口的身影。

可是，到底會是誰啊？

夕菜在這裡一個認識的人也沒有。她搬來這裡的時候，只有和母親一起去向門口管理室的管理員野田，以及房間左右側及正下方的住戶打招呼。這三戶都是年紀約三十多歲左右的夫妻，她和左右鄰居的來往，也僅止於在管理室前或電梯中碰到的程度。和管理員之間也不過是早晚進出時會打招呼而已。至於正下方的住戶，她們碰面應該就只有搬進來時去打招呼那一次吧。

會是哪個小孩在惡作劇嗎？

要思考做這件事的理由，好像也只有這個可能了。應該是哪個小孩在路上隨便撿了個瓶子，然後插入長在附近的野草，再隨便把這東西擺在某個房間門口而已。也就是說，是住在五樓的孩子放的。這個小孩出了電梯後，理所當然會先經過夕菜住的510號室。也就是說，可能是511到516號室的哪個小孩。

但是，那六戶之中有人有這種年紀的小孩嗎？

隔壁的511號室沒有孩子。但是從512號室開始就不太確定了，印象中，513號室是不是有嬰兒，然後514號室有個三歲左右的男孩呢？。

如果把範圍擴大到同層樓的其他九戶，也就是從509號室到501號室，或許就有做出這件事的小孩。但是，他們會特地跑到這一邊來，只為了擺這樣的東西嗎？

啊！果然不對。

昨天接近傍晚的時間，夕菜和大學時代的朋友片桐陽葵見面。因為兩人邊吃晚餐邊小酌閒聊，所以當夕菜回到家時已經超過晚上十點了。當時在自己的門前，還沒有擺放任何東西。這個花瓶被擺在這裡的時間，就是在她回家以後。

所以不是小孩子做的……

思考到這一點，夕菜頓時感到不寒而慄。接著她突然望向手錶，內心又是一驚。

我要遲到了！

她將門鎖上，然後把剛剛被門撞倒的瓶子放在走廊的一角，接著就小跑步跑向電梯。

這棟公寓大樓有兩台電梯，如果沒有人使用時，會呈現一台停在一樓、另一台停在五樓的待機狀態。幸好她可以直接搭上五樓的電梯，之後只要快一點走到K車站就好。

在這種時候，能夠讓夕菜理解自己比平時慢了多久的，其實並不是時間。當然她走出房間時確實是七點四十五分，但是走到有紅綠燈的十字路口是幾分、經過便利商店旁邊時又是幾分，這些她都沒有刻意去記。因為比起這些還更值得信賴的，就是那些每天早上幾乎都會跟自己擦身而過的人們。

夕菜跟平常一樣準備走過十字路口的行人穿越道，在等待燈號改變時，那個應該會出現在道路另一頭的西裝男子，今天早上已經走到這邊、和自己擦身而過了。光是從這件事來判斷，就能知道自己到底慢了多久，於是夕菜趕緊加快腳步。

當然，也有可能是這個男子今天比平時還要早起，或者可能睡過頭了，只拿他來當判斷基準或許很危險。但是，跟這個男子一樣每天和自己擦身的，還有好幾個人。在她抵達車站之前，至少也會碰上個七、八人。假設和一、兩個人的步調銜接不上，但還是跟幾個認得出臉的人接連擦身的話，今天早上到底晚了多久，自然就很容易推算了。

即使是這樣，但她也很意外自己會在房門前思考了這麼長的時間。

如果今天換作是個空罐子，那種東西被丟在家門前雖然也會生氣，但她肯定還是會馬上出門。沒這麼做的原因，就是因為放在門口的玻璃瓶，裡面插了一朵跟野草差不多的花。

那東西，感覺就像是……

在某人死去的現場擺上的供花。

真是觸霉頭。

夕菜覺得很不吉利。她突然又認為素不相識的大人不可能去做這種事，所以應該還是小孩子的惡作劇吧。

大概是在電視上看到類似的場面，所以才照著模仿的。假設是今天早上才放的，在這個人去幼稚園或小學之前，就有充裕的時間可以進行。會選擇擺在510號室前面，其實也只是湊巧罷了，肯定沒有什麼特殊的意涵。

當夕菜走到平交道前時，她做出了這個結論。如果明天還是繼續發生這種事情的話，再跟管理員商量就好。管理員野田先生會好好傾聽住戶的需求或抱怨，然後確實地為大家想出應對之策，這點也很讓人感到安心。

平時不必停下腳步，可以直接通過的平交道，今天的情況卻有所不同。現在剛好有台急行電車通過，就在等待這班車駛過的三十秒之間，她每天搭乘的普通車也要發車了。時間上真的非常緊迫。

如果在這一側也設置票閘或是地下道就好了。

平時她都不會覺得這裡有什麼特別不方便的地方，但目前處在這種狀況下就另當別論了。那種不會放在心上、每年大概只會發生兩、三次的不滿，現在一口氣膨脹爆發了。

就在夕菜焦慮地等待時，她從面前駛過的電車車廂間隙，隱約地看到一個黑色的人影。那個人正好在她面前平交道對側的右方，應該也是想要過平交道的人，在那邊等電車開過去吧。那個人看起來一身漆黑，肯定是因為穿了長版大衣的關係。頭部看起來也是那個樣子，是不是戴了黑色毛線帽呢？

應該是很怕冷吧。

但即便如此，在現在這個季節穿成這樣，感覺有點太誇張了。就在她這麼想著時，電車的最後一節車廂也在眼前通過了平交道。

咦？

在那個瞬間，夕菜整個人傻住了。

數秒鐘之前還能斷斷續續、隱約看見的黑色人影，現在卻沒有出現在平交道的另一頭。她趕緊張望平交道的左右兩邊，都沒有見到穿著一身漆黑服裝的人。

當平交道的警示鈴停止、柵欄也跟著升起來後，在兩側等待的行人就開始一起往前方走去。夕菜跟著這波人流，也邁開了腳步，但是她突然覺得走到對面有點恐怖。

那個黑色人影直到剛剛都還站在那裡，結果整班電車通過平交道後，那個人就像是已經從右側走過來一般，同時消失了。車站就位在過了平交道後的右邊，夕菜每天早上都會經過這段路，但是今天早上，她盡可能地想避開那個地方。

夕菜開始小跑步，刻意避開了右側，朝著票閘那邊前進。途中和她擦身的高中生露出了一臉疑惑的表情，肯定是因為搞不懂這個女的到底是在躲什麼的緣故吧。

當她趕上了那班每天搭乘的電車而稍稍鬆了一口氣時，心情卻有些鬱悶。

這個早上真的是怪事連連……

那個放在房門前的怪異插花玻璃瓶、平交道的不可思議人影。感覺它們之間並沒有什麼關聯性，但也是因為這樣，才更讓人覺得不舒服。

該不會在我到公司之前，還會發生什麼詭異的事情吧……

夕菜也開始繃緊神經，擔心會不會有什麼災厄就要臨頭了。

從K車站搭了二十分鐘的電車，到達S車站後再轉乘地下鐵，大約過十分鐘就抵達N車站了。從那裡走到公司還要花十分鐘，連同轉車的時間一起算進去，整段路程約要花費四十五分鐘。

因為是已經習慣的通勤路程，平常並不會特別在意，但對於今天的夕菜來說，就好像第一次進公司上班那樣緊張。

幸虧她最後還是平安到達公司了。而且不管是工作還是午休時，都沒有發生什麼特別怪異的事。

是我多慮了嗎？

想到這裡，夕菜也感到放心了。只是到了下班時間，她的情緒又再次緊繃起來。而那種緊張感，也在她抵達K車站、準備要回R公寓大樓時達到了頂峰。

這段和平時沒有什麼兩樣的道路，卻讓她恐懼無比。

她也想過要不要迂迴繞過那裡，但最後還是忍住了。若是這麼做的話，就好像承認自己真的撞上了什麼離奇詭異的事情。這樣一來，那些不知道是什麼的怪東西好像真的會找上門來。

最好還是別去在意吧。

夕菜重新打起了精神，繼續趕路回家。

但是，當她回到R公寓大樓，搭上電梯抵達五樓，穿過走廊走向自己住的510號室時，不安的感受再次襲上心頭。

如果又出現新的插花玻璃瓶的話……

她把視線投向前方，自己的房門前什麼東西都沒有。

……真是太好了。

但是她才安心一下下，又開始在意起早上的瓶子是誰收走的。

會是管理員嗎？

想是這樣想，但如果是野田先生的話，或許不會把它當作垃圾處理。感覺他會把瓶子放在管理室的窗戶旁，再貼上一張寫有「喜歡的話請帶走」的告示。

難道是惡作劇的小孩子嗎？

她覺得被當事人帶回去的可能性是最高的。

「我回來了。」

夕菜打開門，走進了房間，然後向空無一人的室內打招呼。在早上出門的時候，明明也沒有說「我要出門囉」，那為什麼回家的時候卻要問候呢？

是因為覺得寂寞嗎？

即使真的是這樣，她也不覺得那種寂寞有強烈到想回老家，或是想結婚的那種程度。如果自己有姊妹、能和她們一起同住是最好的了，但偏偏自己卻是個獨生女。

「啊！不管它了。」

夕菜故意喊出了聲音，接著她簡單地吃了頓晚餐、稍微看了一下電視後，就跑去洗澡。然後一邊小酌紅酒、一邊滑手機，最後比平時還更早上床睡覺。

今天還只是週一而已，就光是因為通勤往返搞得身心俱疲了。明天開始一定要恢復正常的步調，所以今天最重要的，就是好好地睡一覺。

托早早就寢的福，夕菜在第二天醒來的時候，就覺得精神飽滿。但是就在下一個瞬間，她又掛上了一副凝重的表情。然後她走到玄關，打開了房門，迅速地窺看了一下走廊。

……什麼也沒有。

不只是自己的門前，往左右看去，走廊上的每一個地方都沒有看到什麼東西。就連夕菜在七點四十五分出門上班時也是一樣。

從R公寓大樓到K車站的途中，夕菜也確實地感受到，那些熟悉的人們幾乎都會在同樣的地方和自己擦身而過。

每天都重複著一樣的事情雖然很無趣，但這樣才算是平穩的生活啊！

如果對片桐陽葵說出這句話，肯定會被她嘲笑「你好像老人家」吧。一想到那幅情景，夕菜也不禁苦笑，就在這個時候，她又看到了那個平交道。

走到這裡，她很猶豫要不要直接從右側走過去。現在不必等電車通過，其實她應該可以直接越過平交道。但如果這麼做的話，她就得經過那個黑影之前站的地方。

可是我以前都是這麼走的啊……

想著想著，夕菜就打算直接往前走，但是當她來到距離平交道的幾公尺前，她還是無意識地轉向左側。如果走這一側，就變成是刻意繞路走向距離明明沒多遠的車站，但身體就是很自然地動了起來。

然而，就在要穿越平交道的那個瞬間，夕菜差點就要嚇到喊出來了。

……昨天那個一身黑的人就在旁邊。

那個位置就是她剛剛原本預定要通過的右側，佇立在那裡的黑色身影突然進入了她的視野。剎那之間，夕菜很想再將視線轉過去，但不知為何就是覺得不可以這麼做。所以她刻意別開頭，趕快朝著車站快步走去。

但不管是通過票閘時，還是搭上電車、心情稍微平復下來之後，她還是不明所以地對那個黑色身影無比在意。

昨天那個人還站在對側，今天早上已經走到這邊來了。

夕菜今天是確實依照自己平常的作息離開公寓，因為這段時間差，所以對方才會在這個時間走到這邊嗎？但她立刻發現自己的想法有偏差。

昨天自己是晚出門的，然後那個一身黑的人是站在平交道的對側，既然這樣，今天他應該還在距離車站稍微有段距離的路上才對。不太可能已經在這時穿過了平交道。

但大前提，也得是這個人要在同一個時間點離開家……只是……

理所當然，夕菜不可能知道對方確切的出門時間和作息。可能只是偶然連續兩天碰到，或許明天就不會再相遇了。

而且，我是真的有看到那個人嗎？

昨天早上，我明明從電車行駛中露出的間隙瞄見身影，但是等到電車完全開過去後，那個位置已經沒有人了。

還有今天早上的事情，仔細想過之後也很怪。自己確實在距離平交道幾公尺的地方才突然從右邊轉向左邊移動，但是那個黑色身影出現在她的視野中時，確實是在她準備要走過平交道的時候。如果那個人是正常地從右側走過平交道的話，在夕菜還走在右邊、尚未轉向的時候，應該遠遠地就能先看到那個人才對。昨天跟今天都是一樣的情況，所以夕菜想了想後，現在也不覺得那個一身漆黑的人是自己的錯覺。

昨天是突然消失，今天是突然冒出來……

自己確實是看到這樣的情景。但是，夕菜在腦海中再次重現當時的狀況，又覺得這實在太難以置信了。雖然是自己親身經歷的體驗，但還是感到相當可疑又詭異。

若是跟喜歡怪談的同事提起這件事，對方肯定會說出類似「那個平交道曾經有人在那邊自殺，所以那一帶會出現地縛靈」這樣的話吧。

夕菜其實並不討厭恐怖的故事，但是也從來沒有想要認真將那些東西當一回事的念頭。因為她覺得恐怖的東西終究就是當作尋求恐懼刺激的一種娛樂就好，除此之外她也沒有想從中再尋求什麼。

肯定是錯覺吧。

她定下這個結論之後，就不想再去思考這件事了。

即使是這樣，在隔天的週三早晨，當夕菜跟平常一樣走向 K 車站、來到了能夠看到前方平交道的地方時，她的內心又很自然地架起防禦措施。再往前十幾公尺，就要到達自己在昨天早上從右邊轉到左邊的那個位置了。

今天早上也是一樣，起初她也想著要不要直接就這樣走過去。明明車站就在右邊，為什麼要刻意走另一側呢？那個黑色身影一定是自己的錯覺，所以是不是不必多此一舉了呢？但是，她從週一開始經歷的詭異感受還是殘留到現在。自己有辦法無視那種感覺嗎？

就在這幾步的距離之間，夕菜在腦海中多次反覆迷惘。她甚至還心想，乾脆就等真的走到那裡，再交由身體的直覺來決定往哪邊走吧。

這時在她前方幾公尺處，有一個同樣正朝著車站走去的西裝男子，突然急忙地把身體往左邊一閃，而出現在視線前方的，就是黑色的身影。

「啊……」夕菜驚呼一聲，立刻停下自己的腳步，接著背後就猛然地被撞了一下。回過頭一看，是一個單手拿著手機在滑的女高中生，一臉不悅地瞪著自己。

「真……真是抱歉。」

因為驚覺是突然停下來的自己不對，所以夕菜連忙向對方道歉。而女高中生也輕輕點了個頭，就繼續往下走了，可能是覺得自己邊走邊看手機也有問題。

在這場突發事件之後，夕菜趕緊又將視線轉向前方，只是那個黑色身影也已經不在原處了。

又是我的錯覺嗎……

夕菜整理了一下思緒，那個男子避開黑色身影的舉動，實在太讓人在意了。而且男子不只是讓路，在他將身子側向一邊之後，還稍微回頭看了一眼。在身後的女高中生撞上自己之前，夕菜剛好目睹了這一幕。

就像是在說著「我剛剛到底是在閃什麼啊？」那樣，男子臉上的神情滿是疑問。而且他的反應在旁人看來，也讓人感受到一種不祥的氛圍。

夕菜再次邁開腳步的同時，也轉往這條路的左側。

那個一身漆黑的人，週一是站在平交道的對側，週二是剛走過平交道的這一側，今天是過了平交道後又往前了幾公尺。也就是說，這個身影從車站那邊，朝著夕菜走過來的方向一點一點地移動中。

是要走去哪裡呢？

而且，那個身影到底是什麼東西？

她已經無法認定那是一個穿著黑色長大衣、戴著黑帽子的人了。

如果不是這樣的話，到底是……

一想到這點，夕菜就不由得渾身發顫。

就不要跟那東西扯上關係就好了。

如果那個東西真的是徘徊在平交道的地縛靈，這也和自己一點關係都沒有。裝作若無其事的樣子應該是最好的選擇。

心念一轉之後，夕菜頓時覺得心情好了不少。

從隔天開始，夕菜只要一踏進能看到平交道的路，就馬上走向左邊。她刻意將視線放在左側，盡可能小心不要將目光飄向右側。這樣一來，就不必擔心視野的右邊那一塊突然竄出一個黑色身影了。

但實際上，打從這一天起，她就再也沒有看到那個一身漆黑的人了。光是改變自己走路的位置，那種如同過往、雖然無趣但是平穩祥和的早晨通勤風景，竟然就這樣回到了自己的身邊。

當週末過去，時間來到隔週時，這一天距離夕菜最後看見那個黑色身影，剛好相隔一週。

那時她人正在住宅區的道路上，朝著車站走去。那裡除了馬路兩側的民宅之外，就只有一間小小的幼稚園和一家似乎搞錯開店位置的小酒館，就是一條沒什麼特殊的道路而已。一進到這裡，接著再往左轉的話，就會走到那條通往平交道的直線道路。

這一天早上，夕菜走的是道路的右側，這時她意識到前方突然有股讓人毛骨悚然的惡寒氣息，朝著自己進逼而來。

她出於本能地馬上往左邊閃避，幾乎就在同一個時刻，身旁突然出現了黑色的身影，幾乎就要撞上似地擦身走過。

夕菜的右手臂瞬間滿是雞皮疙瘩，當場僵在原地。

是**那個東西**……

相隔一週的時間，那個東西竟然已經走到這個地方了，當夕菜意識到這點時，當然覺得很害怕。其中當然帶有恐懼的情緒，但是對於黑色身影一直在繼續移動這個「事實」，更是讓她感到驚恐。稍微思考一下上週一到週三的動態，其實也不難預料到這件事。但是，當自己親眼見到移動的情況時，有個情況更是讓她倍感衝擊。

那就是，轉彎。

那個黑色身影還會轉彎，夕菜對此感到相當震撼。原先她真的認為，黑色身影就只是在平交道前的那條路上徘徊，但是以目前的狀況來看，那東西似乎真的是要朝著某個地方前進。

這和自己沒有半點關係，而且也完全不想扯上任何關係。雖然應該要這麼想，但是在好奇心的驅使下，夕菜也不禁思索了起來。

那東西到底要走去哪裡呢？

在她的腦海中瞬間浮現的，就是在進入住宅區之前的那條道路旁邊，有一間小小的寺院。因為那裡設有墓地，所以才促使夕菜往這個方向思考。

如果是去那裡的話，那過了今天之後應該就不會有事了吧。

寺院位在一條大馬路左邊，而夕菜常走的是右側的人行道。黑色身影經過住宅區後，就會穿越馬路走進寺院裡吧。也就是說，絕對不會再擦身而過了。

於是從隔天開始，她走進住宅區後就會走左邊，連視線也朝著左邊。

只不過，過了四、五天後，她又開始想像一種可能性，這也讓她每天早上的通勤過程變得更加恐怖了。因為她擔心黑色身影走進寺院之前，就會在自己從大馬路轉進住宅區的瞬間不期而遇也說不定。若是運氣不好的話，很可能就會遭遇這樣的場面。

搞不好就是這個早上……

就在她提心吊膽地度過每一天的早晨後，時間也已經過去一週了。根據夕菜的「計算」，那個黑色身影應該已經穿過那條大馬路，到達寺院旁邊的人行道了。

……這下得救了。

接著只能祈禱那個黑色的身影走進寺院後能就此消失。

下一個週一的早晨，夕菜走在大馬路右邊的人行道，一如往常地前往車站。即使是和馬路路寬相比，這裡的人行道也顯得相當寬，走起來很方便。但是，這裡的右手邊有一間廢棄的大型澡堂，在她往返公司的過程中，總是會讓她心中一沉，所以夕菜總是不去看這棟建築物。但是，現在因為不想把目光看向另一側的寺院，在這幾天她也無可奈何地把頭轉往澡堂廢墟這一邊。

真希望這裡能趕快被拆掉，然後開一間超市之類的就好了。

這一天早上，當夕菜還是一邊想像著那些自己期待的事物、一邊走在這條路上時，突然就和一個一身黑的人影擦身。

咦!?

她連忙回頭，但完全沒有看到類似的人。只有先前碰過的那個邊滑手機邊走的女高中生，正在距離自己數公尺之外的地方。還有其他像是通勤族的人，走在女高中生的後面。而且所有的人都跟夕菜一樣朝著同一個方向前進，沒有一個人是朝反方向走的。

……究竟是怎麼回事？

那個一身漆黑的人，不是應該已經要走到寺院那邊了嗎？如果不是去那邊的話，到底是要走去哪裡呢？

從此刻開始，之後的好幾天內，夕菜都是在某種恐懼感的籠罩下度過的。如果真的想確認她畏懼事物的真面目，其實有一個方式可以確認，但是夕菜卻什麼也沒做。

如果真的是這樣的話……

那肯定會是讓人難以忍受的事，當然從實際面來看就不該如此消極。如果讓人畏懼的「事實」背後隱藏有某種可能性，為了儘早應對，就應該確實地進行探究調查。可是，夕菜還是什麼也沒做，就這樣迎來了週五的早晨。

這一天，當夕菜走到那個有紅綠燈的十字路口時，燈號就轉成紅燈。在行人穿越道的對側，那個熟悉的西裝打扮男子已經站在那裡了。這是已經在每天早上看到習慣的風景。

只不過，這一天的早上起了變化。在西裝男性的身旁、也就是夕菜看過去的右手邊，站了一個全身漆黑的身影。

這樣一來，明天早上一定就會走過這條行人穿越道了。接下來，就會進到新興住宅區裡面的那條路吧。繼續再往前一點，就是夕菜所住的R公寓大樓所在地。

公司的午休時間，夕菜並沒有去外面吃飯，而是在附近的便利商店買了三明治和飲料，回到自己的電腦前吃了起來。她上了新聞網站，接著搭配組合下面這些關鍵字來多次進行查詢。

K車站、平交道、事故、自殺。

夕菜設定的假說是這樣的。過去曾有人在那個平交道過世了，為了供養往生者之靈，至今都還會有人在那邊擺上插有花朵的小瓶子。然後R公寓大樓某住戶的小孩子，把那個瓶子帶回來，接著擺在自己住的510號室前面。雖然這種行為可能不是有什麼特別的用意，但是也因為這樣，才引發了難以想像的發展。

也就是說，那個黑色身影的真面目，應該就是在那個平交道過世的某人吧。然後為了找那朵供養自己的花，就這樣一路朝著R公寓大樓走來。

在碰到這些怪事之前，夕菜一定會把這些當成荒誕的怪談故事，然後就這樣算了吧。但是，現在的她對此卻相當認真。

然而，不管怎麼將關鍵字搭配、變化來搜尋，都沒有找到匹配的報導。雖然還是有找到K車站發生的意外事故報導，但現場是在月台，而且也沒有出現任何死者。

到底是為什麼？

自己的假說被否定了，夕菜也因此困惑了起來。仔細想想，自己的解釋本身也是毫不可靠的。雖然也可以說無法驗證是理所當然的事，但她的精神面已經疲憊到無法冷靜判斷的程度了。

週六假期，她也在家用電腦查詢網路上關於K車站的記載。但這次她不是只搜尋新聞網站，而是將那些直接用關鍵字搜尋找出的相關內容全都看了一遍。只是最後她還是只能得到K車站似乎從未死過人的這個事實。

即使是這樣，她在週六、日外出買東西時，還是選擇了和車站相反方向、距離比較遠的那間超市。通勤時會走的那段路程，她一步也沒有踏進去。夕菜可不想在放假的時候都還要撞見那個東西。

話雖如此，到了週一的早晨，就不得不接近那一帶了。她也想過乾脆繞個遠路前往車站，但如果要這麼做，就得早個十分鐘出門。

明天開始再這麼做吧！

雖然已經這麼決定了，但隔天的週二還是無法辦到。唯一和先前不同的，就是走在新興住宅區那條路時，不要走右邊、改走左邊而已。但也因為這樣做的關係，她沒有再遭遇到跟黑色人影擦身的情況。通勤的時候又能跟過往日子一樣了。

夕菜也在心中祈禱著，希望今後就能一路平安無事。什麼平交道的往生者之類的，她希望那種讓人畏懼的不吉之物不要成為現實，也期望只是自己在杞人憂天。因為完全沒有找到相關的紀錄，她應該要因此感到心安才是，但夕菜依然在害怕著什麼，所以才會像這樣由衷地祈求著……

但很遺憾地，就在下一個週一的早晨，那個瞬間再次找上了她。

這一天，夕菜跟平常一樣在同個時間出門，進了電梯來到一樓，接著經過大廳、打開了公寓玄關的大門，正準備走出去時，突然就忍不住發出悲鳴。

黑色的身影從她旁邊走過了。

到最後，**那個東西**還是來到 R 公寓大樓了。她一直以來恐懼的事情，終究還是發生了。

該怎麼辦？

而且為什麼？

這兩個疑惑一整天都持續地在她的腦海中盤旋著。因此夕菜無法專注在工作上，接連出了很多包。

下班回到家後，夕菜依然持續在思索著。只不過，不管是哪一個問題，她都無法得出答案。

首先應該如何應對？自己真的一點頭緒都沒有。是要去神社或寺院請他們幫忙除厄驅邪比較好，還是要請那些所謂的通靈人士協助呢？

但目前對這兩邊好像都無法期待。因為她認為就算要進行調查，也必須找出某種關聯性才行。

一般來說，明明是詭異的情況卻用了「一般」這個詞或許有些好笑，例如搬新家後覺得屋子很詭異、去試膽活動時碰到了怪事、在古董店買了古鏡之後，身邊就發生了奇妙的現象等等，至少要像前述這樣原因和狀況都很明確的場合，才會知道該去哪裡找誰幫忙解決，不是嗎？

但是以夕菜的情況來說，並沒有這麼明確。插有花朵的玻璃瓶、黑色的身影，而且還朝著自己住的公寓不斷地接近，她實在不覺得自己能夠針對這些原因和狀況，清楚地給出能讓第三人理解的說明。她原本唯一能仰賴的假說，最後也被否定了。即使想和別人商量，但這種情況又該怎麼做才好呢？

懷抱著鬱悶的心情，夕菜又迎接了週二的早晨。她對於得搭電梯下到一樓，再穿過大廳這件事感到畏懼。戰戰兢兢地憂慮著會不會再碰到那個東西。因此她下意識地稍微迂迴繞過大廳，結果並沒有碰到黑色的身影。

週三的早上，就在夕菜搭的電梯到達一樓、電梯門開啟後，出現在她眼前的竟然就是**那個東西**。

「走開！」

夕菜不禁尖叫出聲、身子還向後退。電梯內的其他幾個住戶，還一臉「現在到底發生了什麼事？」的疑惑表情。但是看到一樓大廳中根本什麼都沒有，所以就好像看到怪人那樣，無視了夕菜的反應，就這樣從她身邊走出電梯。

夕菜還沒有離開電梯，電梯就這樣關起門、載著她往上升起。因此她不得不先回到五樓，才跨出電梯、改走樓梯。

週四的早晨，她又在搭電梯的過程中，感受到了**那個東西**的氣息。當然她並沒有看到黑色的身影，不過夕菜就是知道那東西就在這個狹窄的空間內。但是，一起搭這台電梯的都是見過面的住戶，也有昨天就碰上夕菜那場騷動的人，所以她只能盡力地裝作若無其事。即便如此，夕菜也依然無法壓抑自己全身上下的顫抖。

週五的早晨，她做好覺悟，走到了電梯的前面。當電梯門開起的瞬間，她當然還是覺得很害怕。可能會有人覺得既然害怕，那就走樓梯不就好了？但是夕菜那種「想確認」、「想要知道」的心情勝過了恐懼感。

幸虧她提前做好了心理準備，所以當夕菜在門的另一頭看到**那個東西**時，也極力將自己本該發出的悲鳴嚥了下去。只不過，她沒有搭上電梯。不，應該說她沒辦法再搭這台電梯了。因為昨天什麼也沒看到，所以還能進去，但今天她只是看到那個東西在裡面，就已經無法承受了。

到了週六假期，夕菜一步也沒有踏出自己的房間。她在昨天下班的路上，就在車站前的超市買了充足的食材，所以也不必擔心會餓肚子。

如果今天還會跟那個黑色身影擦身而過的話，一定就是在電梯到自己的510號室之間，也就是五樓走廊的某個地方。那東西就要逼近她住的房間了。

週日也是一樣，夕菜完全沒有出門。她心裡非常清楚，如果只是這樣的話，根本什麼問題都無法解決，還會把自己逼進死胡同，但她真的是無計可施了。

就在迎接週一早晨到來的這一刻，夕菜又陷入了迷惘之中。

也不可能一直這樣死守下去，因為也不能因為這樣就不去上班，而且食材差不多也要見底了。但是，已經知道踏出去就會碰到那個黑色的身影，卻還是這麼做的話，實在是愚蠢至極了。不對，如果只是跟那東西擦身而過倒是還好，如果發展成比現在更加無法收拾的局面……

夕菜此刻突然感受到一股寒氣，於是她輕手輕腳地來到了玄關，接著悄悄地從門上的貓眼確認走廊的情況。

……一片漆黑，什麼也看不到。

今天早上起床的時候，外頭就在下雨了，確實天色一片昏暗。但即便是這種天氣，也不可能連走廊都暗成這樣吧？

她眨了眨眼睛，然後繼續盯著貓眼看看外面的情況，但還是什麼都看不見。是不是因為貓眼哪邊壞了，才會黑成這樣啊？

就在她疑惑地思考著這個問題時，下一個瞬間，夕菜突然意識到了。

那個東西現在就站在我的房門前面……

而且是靜靜地、等待夕菜出門的那一刻。那個東西該不會正在用漆黑的瞳孔，從走廊那一邊緊盯著房門上的貓眼吧？映入她眼簾的漆黑景象，會不會就是那東西的眼珠呢？

她連忙離開玄關，跑到最裡面的房間。

我絕對辦不到……

這種狀況下根本無法出去了，看來只好跟公司請假。但是，明天又該怎麼辦呢？如果黑色的身影就像這樣一直待在自己的房門前，那不管過了多久都還是出不去的。

叮咚！

就在這個時候，門鈴響起了。

這個時間會是誰呢？

雖然第一時間覺得有些可疑，但現在這個來訪者或許能夠幫上忙也說不定。

於是夕菜連忙拿起門鈴的對講話筒？

「您好。」

夕菜說了這句話起頭後，對方卻沒有回應。

「請問是哪一位？」

夕菜再次開口，但對方還是毫無反應。透過外側對講機受話器傳進話筒的，只有感覺像是五樓遠處住戶在走廊上行走的腳步聲。

她覺得很恐怖，就將話筒放了回去。稍微過了一段時間，門鈴又再次響起。

叮咚！

夕菜又戰戰競競地把話筒拿近耳邊，但還是什麼聲音都沒有。她豎起耳朵仔細地聽著另一頭的動靜，但是又突然感受到對方似乎也在專心聽取這邊的動態，因此在突來的恐慌促使下，立刻把話筒掛了回去。

叮咚！

門鈴又在這個瞬間響起。

她馬上把話機的電池拆掉。

叮……

幾乎就在她拔除電池的同時，第四次的門鈴聲也跟著響起。

夕菜右手拿著電池，愕然地呆站在原地。她一方面責難自己放任整件事情演變成這樣的局面，但另一方面又得稱讚自己沒有輕易把門打開。

咚！咚！

這時響起了敲門聲。當然不可能是一般的來訪者，一定是**那個東西**正在敲門。

因為玄關和房內走廊之間的門是關上的，所以聽起來還不至於太吵鬧。話雖如此……

咚！咚！

……咚！咚！

…………咚！咚！

隔著一段距離響起的聲響，卻意外地讓人心煩。

別再敲了！

夕菜一邊喊叫，接著差一點就要下意識地跑去打開玄關的門。此刻她正被另一種恐懼所囚禁著。

我到底該怎麼辦……

在經歷不斷反覆地思考與糾結後，她最後決定用手機傳訊息給片桐陽葵。能夠和她商量這些事情的，想來想去也只有陽葵了。平常她們不是只有互傳訊息，也經常通電話。但是關於自己經歷的一連串怪事，她卻一句話也說不出口。

和夕菜一樣，陽葵其實也不討厭怪談這類事物。但是對於想用這些話題故意嚇人取樂的好事者，往往會投以冷冽的輕視眼光。因為她很清楚陽葵的這種個性，所以先前無論如何也無法和陽葵商量。

如果把所有的事情都寫進去，這條訊息會太過冗長，而且也很花時間。所以夕菜努力地構思著盡可能簡潔陳述、還得不遺漏重要之處的內容。而且就在她輸入訊息的同時……

咚！咚！

就像是想起要有所動作一般，空虛的敲擊聲持續地鳴響。因為太在意那個聲音，所以夕菜很難集中精神在文章上。最後好不容易終於將訊息寄了出去，她已經筋疲力盡了。

接著馬上就收到陽葵的回覆。

〈再說得更詳細一點。〉

夕菜打開了電腦，開始寫下比剛剛的手機訊息還更加詳細的內容，再寄給陽葵。

這次過了一陣子，才收到陽葵的回信。

〈我剛到公司，還沒全部看完，等我到午休時。〉

看了這封信之後，夕菜連忙打了電話，以感冒為理由請假。因為在此之前她從沒請過病假，所以公司的前輩知道後，還很擔心她的狀況，這也讓夕菜感到很內疚。畢竟今天請假的真正原因，竟然是「我公寓的房間門口，有一個來路不明的東西」這種理由。

在那之後，夕菜就一心等著中午的到來。在這段時間內，外頭的聲響一直都沒有停歇。

總之為了先蓋過敲門的聲音，她打開了根本不想聽的音樂。要像這樣度過到中午之前的時間，到底會有多漫長呢？

雖然時間終於來到中午了，但收到陽葵的回信時，已經是下午一點之前了。

〈我下班回去時，會繞去你那邊一趟。我想大概七點半左右就會到。〉

當這些文字映入眼簾後，夕菜都快要哭出來了。因為在不知不覺之間，夕菜已經陷入了相當緊繃的狀態。

她簡單地打發了午餐，也暫且把音樂關了。

……咚！咚！

那個敲門聲還在繼續著。那種執著，更是讓人感受到難以言喻的恐怖。

後來一直到太陽西下之前，她都將自己沉浸在電視節目的聲音中，無所事事地度過光是消磨時間的半天。

過了晚上六點後，她又收到了陽葵的訊息。

〈應該七點之前會到，等我消息。〉

夕菜關了電視，再次豎起了耳朵。

……咚！咚！

還在那裡！

她又把目前的狀況通知了陽葵，接著就立刻收到回覆。

〈我到公寓五樓的時候會發訊息給你，到時候你立刻跟我回報還有沒有聽到敲門聲。〉

過了六點半後，夕菜又開始感到慌亂了。心裡想著幾乎沒在看的電視，該在什麼時候關掉才好呢？收到陽葵的訊息後再關，感覺時間上也很充裕，但還是想著是不是該提前準備才好，因而感到不安。可是，如果太早關掉電視的話，就必須繼續聽到那詭異的敲門聲，她可不希望這樣。

就在夕菜坐立難安的時候，手機就收到了訊息。她馬上開啟確認，是陽葵傳來的。

〈我到五樓了。你房間的前面一個人都沒有。〉

她趕緊關掉電視，再次聚精會神地聽著外頭的動靜。

……咚！咚！

還是聽得到。

〈還是有敲門聲。〉

她送出訊息後，馬上又收到回覆。

〈我現在馬上過去。〉

夕菜也馬上回傳。

〈你要小心！〉

訊息又來了。

〈如果你聽到三聲、兩聲、三聲的敲法，那就是我。〉

夕菜立刻回她。

〈我知道。〉

在她們相互聯絡的時候，那個敲門聲依然沒有要停止的跡象。

咚！咚！

……咚！咚！

…………咚！咚！

然後，突然……

咚咚咚！咚咚！咚咚咚！

敲門的方式改變了。但夕菜還是待在原地，沒有動作。當她再次聽到同樣節奏的敲法時，她才走到玄關，然後從貓眼向外窺視。

然後，這次她清楚地看到站在走廊上的陽葵。而且，在她身旁完全沒有看到那個黑色的身影。

但夕菜還是帶著猶豫，而且戰戰競競地打開了門。

「夕菜！你還好吧？」

夕菜被臉上滿是憂心的陽葵溫柔地摟了一下雙肩。

當陽葵進了房間後，夕菜就把這一個半月左右的詭異體驗，從最初的階段開始依序詳細地告訴了她。雖然一些內容都在先前的訊息提過了，但這位朋友還是默默地耐心聽她把一切說完。

「問題在於——」

當夕菜說完來龍去脈之後，陽葵才開口。

「那個黑漆漆的傢伙現在到底在哪裡？」

「剛剛不在走廊上對吧？」

「我一出電梯，就馬上觀察了你房間前面的情況，但什麼也沒看到。」

「可是，在聽到陽葵你作為信號的敲門聲之前，**那個東西**還一直在敲……」

「所以，意思就是因為我過來了，那傢伙才跑到別的地方去了，是這樣吧？」

聽到陽葵這麼說，夕菜也稍微感到放心了。

「關於那個黑影的事情，到今天為止你都還沒有跟誰說過吧？」

「嗯。」

「所以你被趁虛而入了啦。那傢伙應該是覺得『這女的很容易糾纏』之類的。」

「別說了啦。」

「但是，一出現精神面比較強悍的朋友，那傢伙馬上就消失得無影無蹤了。」

陽葵說要留在這理陪她，但夕菜擔心造成朋友明天工作上的困擾，就太不好意思了，所以就表示自己一個人也沒關係的。

為了感謝陽葵，夕菜叫了外送披薩，然後兩個人就配著紅酒一起吃吃喝喝了起來。雖然陽葵說了幾次「我等等就回去了」，但最後兩個人還是一路聊到很晚。

隔天的早晨，夕菜又和平常一樣在七點四十五分踏出房間。雖說她有事先從貓眼確認過外面的情況，但真的到了要打開門的那個瞬間，她還是覺得內心有陰影。

但是走廊上什麼也沒有，而且在她前往K車站的路程中，也完全沒有和那個黑色的身影擦身而過。

夕菜在搭電車時，把這個開心的消息用訊息告知陽葵。可是不管等了多久，都沒有收到她的回覆。即使到了午休時間、到了下班時間，陽葵都沒有回她。

等夕菜下班後一離開公司，就立刻打了電話給陽葵。但是電話也一直轉到語音信箱。即使到了K車站之後再打了一次，結果還是一樣，然後夕菜回到公寓後又再打，但還是沒有人接聽。睡覺之前，夕菜再次寫了一封訊息寄出，但時間來到隔天早上，陽葵仍是音訊全無。

該不會是……

夕菜感受到一股極端異常的不祥預感，因此在當天午休時撥了陽葵任職公司的電話。結果對方告訴她陽葵無故缺勤了，夕菜頓時面如槁木。

下班回家的路上，她繞到O車站，直接去陽葵住的W公寓看看情況。但不管是按門鈴還是敲門，都沒有人應門。

當天晚上，夕菜又打電話去陽葵的老家，當然她隻字未提黑色身影的事情，只說自己聯絡不上陽葵，覺得很擔心。

第二天的傍晚，夕菜接到了陽葵母親打來的電話。說她們趕來東京、到W公寓去找陽葵，結果人不在房間裡。和公司聯絡後，才知道陽葵已經無故缺勤三天了，這也讓她們相當震驚。她也拜託夕菜，如果有什麼消息請務必和她們聯絡。

夕菜覺得很迷惘，但最後她還是沒將黑色身影的事情告訴陽葵的家人。她也不認為把這些告訴陽葵的母親，能對尋找陽葵下落這件事有什麼助益。

然後，時間也來到陽葵失聯後三天的週五早晨，夕菜竟然在K車站的平交道對側，看到了這位失聯的朋友就站在那裡。那個瞬間，夕菜驚訝到呆站在原地，而陽葵接下來就這樣從她的身邊擦身而過。她連忙出聲喊了朋友，但陽葵卻一點反應都沒有。只是一直持續往前方走著。

夕菜無計可施，只好先跟在陽葵的身邊，但就在這個過程中，也讓她驚覺了一件事。她察覺到朋友現在行進的路線，就跟那個黑色身影走的路線一模一樣。也就是說，陽葵現在也正在朝著自己住的R公寓大樓的510號室前進。

她就這樣直接把陽葵帶進了自己的房間，然後馬上通知了陽葵的母親。夕菜也聯絡公司，說自己今天要請假，接著就一直陪在陽葵的身邊。

後來，陽葵跟著母親一起回到老家。聽說朋友之後住進了精神科專門醫院，但是不是真的，夕菜也不得而知。

把朋友捲進了這種詭異事件之中，夕菜也因此相當消沉。但即便如此，當新的一週即將到來時，她也不得不去公司。因為她已經在這一週的週一和週五都請假了。

下一週的週一晚上，回到住處的夕菜，和平時一樣在玄關說了一句「我回來了」，這時從房間裡面，竟然傳出了一聲「你回來啦」的回應，但這個聲音夕菜卻完全沒有聽過。

她連忙跑到走廊，然後把門鎖起來，接著就跑回到S車站住進一間商務旅館。

據說，後來夕菜就搬到別的集合式住宅，一次也沒有再回到R公寓大樓的510號室。就連搬家的相關工作，也全都是拜託母親去處理善後的。

終章
終章

在某個家庭餐廳的席位上進行這本書的討論時，我簡潔地將時任美南海的那一連串詭異體驗彙整了一下，之後岩倉正伸就以困惑的口吻問我。

「老師會把剛剛所說的那些內容，新增在作品中嗎？而且您打算用什麼形式傳達給讀者呢？」

「我不知道能不能用慶幸這兩個字——」

首先，我把自己當時想到的方案告訴他。

「從時任小姐那邊接下委託，一直到完成最後一篇作品為止，在這段時間內，圍繞著時任小姐發生的小插曲都沒有中斷。我就將這些部分以『序章』、『幕間』、『終章』的形式，鑲嵌在這六篇作品的前後與途中，兩位覺得如何？」

「原來如此！所以就是依照時間順序來安排新的稿件，讓讀者更容易進入故事的情節，是這樣的考量對吧？」

雖然岩倉好像很喜歡我對這本作品的構成方式，但他突然又露出了擔憂的表情。

「在處理那些怪異故事的過程中，您確實提過曾出現過各式各樣的靈障對吧？這樣的話沒問題嗎？」

「不，坦白說，我自己也不清楚。」

「老師這麼說的話，那……」

「岩倉先生是擔心如果出現靈障，會讓這本書賣不出去嗎？」

我這時當然是以開玩笑的心情說出這句話的，但岩倉好像很認真。

「把責任編輯實際的親身體驗放進去的話，讀者會不會因為覺得很可怕，所以就不買了。這種情況真的不會發生嗎？」

「其實我覺得剛好相反呢。」

在我開口之前。時任就先否定了上司的憂慮。

「如果是喜愛怪奇短篇集而買了這本書的讀者，應該會開心地接受這個附加贈禮吧。」

「啊，是這樣嗎？」

岩倉幾乎沒有負責恐怖驚悚類作品的經驗，但這時他好像也能理解了。

「比起會不會買，其實我比較擔心因為這本書接觸到那些怪談的讀者，會不會也因此發生什麼靈障。」

「為什麼啊？他們不是喜歡恐怖的故事嗎？如果真的碰到了不就更能滿足他們的心願了。」

岩倉徹底忽視了時任所經歷過的那些可怕經驗。

「這兩者之間還是不一樣的。」

「嗯……我是不太懂啦。」

看到兩人快要進入劍拔弩張的狀態，我趕緊從旁插嘴打斷。

「如果確定要把那些內容加進稿子裡面的話，我會在序章加註給讀者的提醒文字。像是如果讀者們發生了跟時任小姐類似的體驗，這時就請各位先暫停閱讀本書——之類的。」

「啊，這樣的話會是很好的補述呢！請您務必這麼進行。」

在向我低頭致謝的時任身旁，岩倉臉上掛著一副不可思議的表情。

「可是啊老師，時任她體驗到的那一連串怪事，和您在《怪異現象的真理》提到的東西不合吧？因為那些應該都是她自己多慮了？不，即便真的是時任的心理作用，如果是剛剛老師的那些提議，我也認為應該要放到作品裡面。我覺得這樣做會更有趣。但是，如果那全都只是時任多心了，讀者那邊應該也不會出現什麼怪異的事情吧。」

我也強烈地表明了自己所寫的那些事情能否稱為「真理」，其實就連我個人也都抱持著疑慮。接著又告訴岩倉，其實有非常多存在於現實之中的事例，都是連續發生了完全無法解釋的詭異現象，以致整件事都深陷於五里霧中的狀態。

「……就是這樣喔。」

結果時任比岩倉還更早一步，以不安的神情回應我。

「我經歷的那些事情絕對不是心理作用，即使我沒再聽那些錄音帶和ＭＤ，但也完全無法保證那些詭異的現象不會再找上我，不是嗎？」

雖然時機上有點晚了，不過我想起了一些之前都沒有告訴時任的事情。但是因為我對於後續的應對方式已經有腹案了，所以也沒有對此感到特別焦急。

「嗯，可以這麼說。所以我正在思考要不要作為一種防禦對策，在新完成的終章部分中放進對一連串怪異事件的解釋。」

「咦？可是老師您……」

時任顯得很困惑的樣子。

「關於我的那些不可思議體驗，其實跟本書各篇作品的素材之間並沒有什麼共通點。先前您是這麼說的吧？」

「那個時候我確實是這麼判斷的。」

「所、所以現在的看法不同了嗎？」

看到時任的神情瞬間恢復光彩，而一旁的岩倉卻突然沉默不語，我深深地向兩人低頭致意，然後跟他們報告。

「托兩位的福，我完成《黑面之狐》這篇作品了。」

「真是太恭喜您了！」

「非常期待有機會拜讀老師的大作。」

面對慎重恭敬地向我恭賀的兩人，我繼續接著說。

「因為有了額外的閒暇，所以我重新將六篇拙作和時任小姐的體驗談重新讀了一次。然後從中隱隱約約地浮現出先前被我們遺漏、類似共通點的東西。」

「這是真的嗎？」

看到時任喜孜孜的表情，雖然這時潑她冷水有些抱歉，但我還是要先跟她提前聲明。

「但也不能說我搞清楚時任小姐身上為何會接連發生怪事，關於其中的原因我還是不明白。但我想說的是，這裡面似乎存在著奇妙的相似部分。」

「那是當然的，光是找到共通點就已經很夠了。」

和理解我意思的時任相反，岩倉還是一臉詫異的神情。

「如果不去解開那些怪事發生的原因，應該不太好吧？我擔心讀者會不會因此感到不滿之類的……」

「如果這本作品是推理小說，那這種處理方式是絕對不行的。但因為類型是恐怖驚悚，我想應該沒有關係。」

「是這樣啊。」

因為岩倉對此好像還是很介懷，所以我又再說得更詳細一點。

「時任小姐很喜歡那篇《怪異現象的真理》，其實在裡面還存在著其他的『真理』喔。至於那個真理又是什麼，就是當體驗者注意到怪事的真相或名稱時，那個奇怪現象就會停止了。」

「喔！」

岩倉直接表現出理解的態度，而時任則是補充我的說明。

「以這一次的情況來看，那六篇短篇故事跟我的體驗中能夠找出的隱藏共通點，就是屬於這個沒錯吧？」

「原來如此，這真是有意思啊！」

在體驗者本人面前呈現出這種反應，當事人的感受又是如何呢？但看起來時任對此並不在意。她沒空對上司的態度表達不滿，臉上盡是希望趕快聽到我如何解釋的神情。

「不過，其實也不是那麼了不起的內容。」

在讓他們感到失望之前，我先幫兩人打了預防針。

「老師太謙虛了。」

時任看起來好像還沒有釐清箇中奧妙。

「我覺得時任小姐應該有在無意識間注意到了也說不定。不過因為那是很理所當然的東西，所以反倒沒有察覺。」

「是什麼呢？」

「有一些直接了當地寫出來的疑問，就放在《死者的錄音帶聽打》的前後部分，你確實也有注意到吧？」

時任連忙翻開放在桌上的紙搞。

「是這兩個地方嗎？前面的『因為我發現了三卷帶子，都擁有讓人感興趣的共通點。』和後面的『從裡面被選出來再改成原稿的那三卷帶子，肯定也是在那之中顯得特別詭異的內容。因為這幾卷都不是單純的尋死實況紀錄，內容盡是些難以理解的東西。』這兩處？」

我點了點頭後，時任又用喃喃自語的口吻說著。

「意思是說，那三個自殺的人，全都擁有共通點……是嗎？」

「而且吉柳吉彥也包含在內。」

「咦！」

接下來的一段時間，她都將視線緊盯在印出來的紙稿上。

「啊！真的有。可是老師，為什麼您在作品裡完全都沒有提及這個共通點呢？」

「我想不必特別點出來，讀者應該也能留意到這種程度的共通點吧。如果我寫出來了，實在太不解風情了。」

「不好意思，我還是沒搞懂……」

一旁的岩倉滿臉抱歉地插話。我看了時任一眼，她則用視線回應我，請我繼續說明。

「那三個自殺者和吉柳吉彥的共通之處，就是水。」

聽完之後，岩倉還是一臉茫然的樣子。

「自殺者 A 聽著外頭小河流動的聲音、自殺者 B 衝入海中、自殺者 C 身處被濃霧圍繞的狀態，這三個人最後都是在這樣的環境狀態下迎接自己人生的終點。然後吉柳吉彥明明是進入了一個西曬強烈的廢墟，結果他的錄音帶卻錄下了宛如雨聲的聲音。我會立刻把他寄來的錄音帶按停，也是因為注意到了這點。」

「這應該是巧合吧？」

我覺得岩倉會如此委婉地表現出自己的懷疑，也是很合理的。所以我沒有特地提出辯駁，淡然地繼續說明自己的解釋。

「第二篇故事《那一個幫人看家的夜晚》，發生充滿謎團的分屍案那天，是在颱風來襲的晚上。第三篇故事《聚在一起的四個人》，在下過雨的泥濘山道上，出現了奇怪的腳印。第四篇故事《不要在屍體旁邊睡著》，病房中的老人，打點滴的速度快到異常。第五篇故事《黃雨女》中也出現了颱風天，而且不管跟誰提起這件事，也都和下雨有關。第六篇故事《擦身而過之物》的劇情最高潮階段，當時也正在下雨。」

「關於『水』這個共通點我是可以理解啦，因為下雨本來就是很普通的事。」

岩倉的反應不只沒有半信半疑，應該說他的懷疑高達九成了。

「而且在這六篇故事之中，《死者的錄音帶聽打》、《不要在屍體旁邊睡著》、《擦身而過之物》，這三篇的素材都不是由時任聽錄音帶所整理的，而是老師自行採訪取得。六篇之中有三篇，也就是有一半的故事都和那些奇怪的錄音帶和 MD 無關。」

「所以也可以用單純的偶然來解釋，這並不奇怪。但我總覺得第一篇的《死者的錄音帶聽打》就如同其名，因此喚醒了其他五篇故事。」

「這是超自然現象的解釋嗎？」

「這也和時任小姐經歷的事情有相符的地方。紅茶、自動販賣機、沖澡、洗手間，盡是各種和水有關的東西。那個讓她在公司洗手間想起的恐怖體驗談，也是跟浴室相關的故事呢。」

「但是，老師……」

我完全能推測到岩倉這時想要講什麼，於是我舉起了一隻手並點了點頭。

「對人類的生活而言，水是不可缺少的存在。所以那六篇故事和時任小姐的體驗談全都跟水扯上關係，也不是什麼不可思議的事。但是它們彼此之間疊合到這種程度，又該怎麼解釋呢？我只能推測其中有超乎尋常關聯以上的力量存在。」

「老師說的事情，我是能夠理解啦……」

才想著要讓岩倉接受可能太過勉強了，時任在這時卻突然發出了奇妙的聲音。

「……不好意思。」

我將臉轉向時任那邊後，發現她正盯著我的左側瞧。

「……那個，是什麼時候放在那裡的啊？」

我轉向旁邊想看看到底是什麼東西，就看到一個裝了水的玻璃杯放在我身旁座位的桌面上。

當然，那裡並沒有坐著任何人。

大家連忙確認，發現我、時任、岩倉的面前，都各有一個水杯。

「是店員送水的時候搞錯人數才放的嗎？」

聽我這麼說，時任馬上搖搖頭。

「如果是這樣的話，先前我就一定會發現的。」

「是店員在什麼時候特地又送過來的嗎？」

岩倉的這句話，讓現場的空氣為之凝結。

某種東西，比實際的人數還多了一個。這種奇怪現象，在很多與怪談相關的書籍、電影、舞台劇中都不是很罕見的設定。

例如當三個人進了咖啡廳，卻聽到「客人們是四位對吧」這樣的店員應對。或是五個人踏進居酒屋，結果卻上了六份小菜。像這樣的故事要多少就有多少。所以當某人提起「我有類似的體驗」時，我並不會因此感到特別驚訝。話雖如此，換作自己碰到了這種體驗，真的就完全是另一回事了。而且這杯水，還是在三個人都沒有察覺的情況下被放在那裡的。

到底是誰……

又是為什麼……

凝視著空無一人的旁邊座位，以及放在位子前桌面上的水杯，一股冷冽的感受從我心中向外擴散。

「那麼，就拜託老師再增加那些補足內容的敘事了，我想今天的討論就到這裡先告一段落，辛苦您了。」

岩倉突然說出這段話，然後像是想趕快離開現場那樣收拾起東西。

「感、感謝老師。」

「彼此彼此，也謝謝你們。」

時任和我也連忙跟隨岩倉的動作，三個人幾乎在同時從座位上起身。我們一起走到最近的車站，除了大家各自解散前的寒暄問候之外，過程中都沒有人說過一句話。

以上的內容，就是以「序章」、「幕間（一）」、「幕間（二）」、「終章」的補足內容，再加上六篇短篇故事構成的本作《怪談錄音帶檔案》的編輯會議相關來龍去脈。

——原本應該以前面這段內容，來為本書畫下句點的。實際上，在一校和二校時的校對稿階段，也都是在這邊結束的。

然而，當時任將二校稿寄來給我時，還同時附上一卷錄音帶。看她信中的說明，似乎是先前把錄音帶和MD寄還給我時，「好像漏掉這卷沒一起放進去」的樣子。

太奇怪了。

我拿起這卷相當骯髒的錄音帶，百思不得其解。先前有這卷髒成這樣的錄音帶嗎？我把帶子寄給時任的時候，還有她把帶子寄回來的時候，我還記得自己都點過那些錄音帶和ＭＤ的數量。而且數字都對得上啊。

我的心中萌生一種不祥的預感，所以馬上打了電話給時任。

「真的非常抱歉，但我不是故意的。我明明全部都還給老師了，不知道為什麼就漏掉了那一卷錄音帶……」

時任用非常困惑的語氣向我道歉。

照時任的說法，她是把錄音帶和ＭＤ都放在桌子的同一個抽屜裡面，所以她怎麼也想不通到底為什麼會只漏掉那一卷帶子。

不過，和時任通了電話之後，我覺得那卷帶子的來歷之類的已經不是重點了。因為我意識到了更加重要的問題。

「我在想……你該不會聽了那卷帶子吧？」

我一針見血地切入問題核心，時任的語調很著急。

「所以我才跟老師強調，我真的沒那種打算。連我自己都不知道為什麼會漏掉，後來它突然冒出來時，我也嚇了一跳。」

「所以，你聽了嗎？」

「……沒有。我沒有做那種事。」

在時任回答之前，感覺好像出現了一瞬間的遲疑，是我多慮了嗎？附帶一提，那卷錄音帶已經捲動了一部分，至少是播了幾分鐘才按停的。

我正想著要問得更加深入。

「老師把那些帶子處理掉了嗎？」

時任突然反問我，這下換我支支吾吾了。

「或許我有點多管閒事，但我認為那些東西還是毀掉比較好。」

我很想問她這麼想的理由，但有一種莫名的恐懼感突然襲來。時任可能已經聽過這卷來歷不明的錄音帶了，我想像著她是不是希望我反問為何要把錄音帶處理掉，但突然覺得毛骨悚然，不知該如何是好。

我打斷了好像還想說些什麼的時任，把電話掛掉。然後緊盯著那卷詭異的錄音帶，煩惱了好一陣子。

要直接丟掉嗎？或者把這卷帶子跟其他的錄音帶和ＭＤ一起收進資料室的整理架上？還是乾脆放來聽聽看？

其實根本不該有最後一個選項的，但我一想到如果時任已經聽過了……可是她並沒有說她聽過，而且就算是這樣好了，也不構成讓我去聽的理由。我是不是想拿時任當作藉口，給自己一個聽帶子的合理化理由呢？是我體內那愛好怪異故事的血液又在蠢動了嗎？

我從資料室的深處翻出了那台老舊的錄放音機和耳機，然後放入那卷帶子，按下了播放鍵。

……應該很開心吧。你和我啊，身上都流著同樣的血液。

那就是獵奇者的血喔！

一聽到這個聲音，我就知道自己頓時面無血色了，而且還摻雜著強烈的後悔感。因為，錄進那卷詭異錄音帶中的聲音，就是那個吉柳吉彥的聲音。

就像我在第一篇故事《死者的錄音帶聽打》的結尾所寫的那樣，我在一卷錄音帶上撒了粗鹽，然後塞回信封中，接著又用報紙包好，再放入塑膠袋裡面，最後又塞進別的信封、用絕緣膠帶封死之後，丟進公司的垃圾桶。而那卷錄音帶，就是現在放的這卷。

但是，為什麼那卷錄音帶會跑到時任手上呢……

不管再怎麼思考，都還是會被這個恐怕無解的謎團所束縛，所以我的意識也漸漸地被吉柳的聲音給吸引。明明很想立刻按下停止鍵，然後把帶子拿出來用鐵鎚徹底砸爛，但我做不到，只能繼續聽著他的聲音。現在一心只想豎耳聆聽的我，已經無法被阻止了。

但是，吉柳那讓人不舒服的聲音，也只讓我聽了一小段時間而已，因為他的語調漸漸變得混濁不清。起初我還以為是錄音帶劣化的關係，但又感覺不是這個原因。那聽起來扭曲的聲音，確實很像是磁帶被拉伸後產生的問題。但是和這個相比，我想到了另一種更符合這種感覺的狀態。

而且，我發現正確答案，就在自己的眼前。

如果要舉例的話……

就好像是……

在水中說話那樣……

在我完全不游泳的孩提時代，在我潛進小學的游泳池時，耳邊響起咕嚕咕嚕的聲音，那段記憶，就在此時此刻突然甦醒了。

吉柳是在水裡面說話的。

這明明是絕對不可能的狀態，但我竟然很奇妙地接受了。即便是實際層面做不到的事情。

突然，耳機變得只剩左邊可以聽到聲音了。

摸啊幾囉逼機嗚幾納嘛吧幾嘛、吱咩捏幾奴嗯捏嘎嗚……

耳朵聽到這些聽起來完全毫無頭緒的詞彙，就好像陷入了腦袋被一點一點地倒進水的感受，而且還漸漸地感到呼吸困難。即使是這樣。我還是無法抑止自己聽下去，也不想漏聽他所說出的一字一句。雖然聽起來完全不像是日文，而且一點都無法理解，但我還是努力地豎起耳朵想聽得更清楚。

就在這時，我突然按下了停止鍵，因為腦海中頓時浮現一種懸念。就在聽著吉柳吉彥在水中說出的詭異駭人話語時，我也被一個莫名的疑問所纏住了。

我會寫這本作品，真的是出自於自己的意願嗎？

搞不好，其實我是在吉柳吉彥的引導下，才會去聽那些錄有怪談的錄音帶的。

當然稍微思考一下之後，就能了解到其中還有很多不合邏輯的部分。所以這一定只是我的妄想吧。

我阻止自己再去想那些奇奇怪怪的事情，再次把注意力轉回到二校稿的確認上，然後把稿子寄回給時任。到此，作者的工作也算是大致告一段落。除非原稿的內容又再發現新的問題，不然後續的工作就只剩下討論書籍裝幀等細節而已。

然而，到了這個階段後，我就再也沒有收到來自時任的聯絡，而且連收到二校稿回稿的通知都沒有。時任她做事一向謹慎穩重，所以我對這種情況實在無法理解，也因而感到不安。

我正在想是不是要打個電話給時任，就接到了岩倉的來電。他通知我時任生病了，所以往後的工作都由自己來接手。

聽到岩倉的通知後，我在那個瞬間也意會到了。並不是岩倉的態度太可疑，只能說我憑藉自己的直覺領悟到了其中的弦外之音。

「時任小姐發生了什麼事嗎？」

「啊，不！並不是這樣啦……」

岩倉的回答方式，其實已經說明了一切。如果時任真的是身體出了狀況，岩倉應該會跟我說明時任目前的狀況。但是當我問他「發生了什麼事嗎？」他卻用「並不是這樣啦」來回答。

岩倉一直主張是因為健康上的理由，但我還是固執地糾纏下去。雖然過了一段時間，他還是裝作毫不知情的樣子，但最後還是堅持不住、把真相說了出來。而且那個真相，還真的是超出了我的想像。

「……其實啊，老師您將二校稿寄回來之後，時任她突然說了很奇怪的話。」

「她說了什麼？」

「那個……她說這本書還是不要出了，會比較好。」

「咦？」

「就算我問她原因，她也只是重複著『總之不能出』之類的。」

「這個意思是……」

「啊，不。這本作品當然會出版的。我們會確實地依照原定計劃推出的。」

聽到岩倉慌張地解釋的聲音後，我卻開始思考了。

……或許就像時任說的一樣。

但是，我沒有把這個想法告訴岩倉。因為我是個恐怖懸疑小說家，把類似這樣的故事呈現給讀者，就是我的工作。因此我請岩倉務必同意讓我在「終章」裡面增加「——原本應該以前面這段內容，來為本書畫下句點的。」之後的那些內容。

在那之後，我所能做到的，也只有默默地祈求這本作品能順利出版，另外也希望各位讀者朋友，不要遭遇到跟水相關的詭異現象……

——到這裡為止的內容，就是《怪談錄音帶檔案》單行本版的結尾。而以下的部分，則是為了文庫版的出版而新增的。

當責任編輯換成岩倉正伸以後，我和時任美南海的聯繫也完全斷絕了。其實我並不是很想在作品的製作途中更換責任編輯，但是碰到現在這種狀況也實在無可奈何，只好放棄堅持了。而且不是換成菜鳥，而是擁有老手資歷的岩倉，對我而言已經是很幸運的事了。

托大家的福，這本作品的單行本也平安順利地出版了。但是很遺憾地，就連在出版後的慶功慰勞宴上，都沒有看到時任的身影。來到現場的就是岩倉，以及一位比時任年長四、五歲，名叫福原彩萌的女性編輯。

在岩倉的引薦下，我和這位初次見面的編輯交換了名片。

「時任小姐最近還好嗎？」

我用帶有弦外之音的口吻詢問著。其實就是將她之後怎麼樣啦、在那之後發生了什麼、為什麼今天沒來，等各式各樣疑問都涵蓋在前面的問題中。

「她要暫時休養一段時日。」

岩倉果然還是用簡潔明快的回答結束了這個問題。他那種表面有禮但實際上並非如此的態度，其實已經很明確地展現出「請不要再深入過問她的事情」的意思。

「時任她的個性很認真，但這次的工作好像有點拼得過頭了。」

才剛覺得岩倉也太冷淡了，這時一旁的福原也開始幫腔。

「不過她很努力振作的，一定馬上就能回到工作崗位。在那之前就由我來擔任跟老師接洽的工作。我也會努力地幫老師行銷這本作品的。」

就這樣，話題也從時任美南海轉移到福原擔任拙作的新任負責人所展現的熱忱上，大家交談的走向也很自然而然地改變了。

雖然我對他們意圖把話題扯開這件事感到遺憾，但說實在的我對福原彩萌的印象並不差。她和時任的感覺不太一樣，即使碰到一些怪事應該也不太會動搖吧。不對，或者應該要說，她或許是屬於那種不會碰到詭異事件的類型。

慶功慰勞宴從頭至尾都處在一片熱烈的氣氛之中。眾人也開始聊著單行本的行銷方針以及下一本作品等通常會在這種場合出現的話題。過程中並沒有特別讓人介意的地方。最後也在眾人一片「今後也請多多指教」的相互問候聲中和睦地結束了宴席。

然而，在那之後我卻完全沒有收到出版社的聯絡。即使我發了「銷售狀況如何呢？」的電子郵件去詢問，福原雖然有回覆「起步狀況不錯，我想可以期待的」，但在那之後就沒有回音了，突然就斷了聯繫。

其實賣得並不好吧。

過程中我也開始產生疑問。其實不管在哪個世界都是相同的，但是在出版界又更加嚴苛。當作品暢銷時，他們就會把「老師，請一定要為我們撰寫下一本作品」掛在嘴邊催促你，但是當銷售數字不好看時，他們就不太理睬你了。也就是說，來自編輯的聯繫可能會就此中斷。

我不禁沮喪起來，但以防萬一，我還是拜託了編輯時代的後輩——他在某出版社擔綱負責書店業務的部長——幫我調查一下《怪談錄音帶檔案》的銷售狀況。根據他的調查結果，雖然不是可以自誇「大暢銷」的程度，但也不至於落到「滯銷」的悲觀層級。

既然如此，為什麼他們……

其中的原因，我還是想不透，但如果責任編輯不跟我聯絡的話，我也無可奈何。幸運的是別家出版社的執筆邀約並沒有跟著斷絕，依然持續有邀稿上門。我想要專心撰寫那些稿子，時間也在我埋首創作的過程中漸漸流逝了。

然後就在2018年9月的某一天，我收到了岩倉寄來的電子郵件。內容是詢問我是否有意願讓《怪談錄音帶檔案》推出文庫版，出版日期好像是暫定在隔年的1月。如果單行本沒有賣到一定的程度，出版社也不會提出關於文庫版的議題。雖然時間上已經有些晚了，但我這時終於將心中的大石放下了。

因為是個好機會，所以我就同意了。每當作家在社群平台上發布「要推出新作囉」的消息時，常會有回覆「出文庫版的話一定會買」的讀者出現。我很了解他們覺得單行本價錢較高，而且收藏上也佔空間等想法。但關鍵就在於，如果單行本銷售不亮眼的話，就不會有推出文庫版的機會了。然後如果書不賣的話，最後作家也只能落入放棄吃這行飯的處境。另外也可以說，大家都到二手書店消費或是利用圖書館借閱的話，也會導致這樣的情況。

如果讀者有很喜歡的作家，希望能繼續看到該作家推出新作品的話，至少買個一本單行本來支持作家，是很重要的。我自己也是讀者，從以前就一直把這件事記在心裡。

好像離題了，讓我們回到剛剛的話題吧。

我回覆岩倉的郵件，和他約在那間熟悉的家庭餐廳。這間店的咖啡可不是一點餐之後就馬上端出現成的東西，而是仔細地從頭開始沖泡的。因為我很喜歡這一點，所以過去經常來這裡消費，但不知道從什麼時候開始，竟然已經變成用飲料吧的形式供應了。而且竟然還連冰水都變成要客人自助取用。這樣一來就變得跟其他的家庭餐廳沒什麼兩樣了，真讓人失望。話雖如此，但這附近沒有其他適合的店家，所以我也沒辦法，只好跟過去一樣選擇這邊當洽談討論的場所。

因為白天我幾乎都在寫作，所以把約定的時間選在傍晚。這一天從早上開始天氣就陰陰的，一點陽光都沒有。而且濕度很高，顯得悶熱無比。就別喝飲料吧的咖啡了，來點啤酒吧！我一邊沈溺在這種不太好的想法中，走進了家庭餐廳。但突然就被眼前的光景嚇了一大跳。

因為坐在岩倉身旁的，竟然是時任美南海。

兩人起身和我打招呼的場面，對我來說簡直就像是在夢裡才會發生的事情一樣。也因為這樣，在岩倉向我行禮說完「之後也請您多多指教」就先離開之後，我還是完全說不出話來。

「請問要點些什麼呢？」

在我回覆的時候，也和時任面對面坐下。

「……啊，天氣蠻熱的，就點杯裝啤酒好了。」

到了這個時候，我才終於了解岩倉那種舉動的來龍去脈。雖說還不至於感到生氣，但是只讓我們兩個人進行討論，坦白說還蠻讓人困惑的。

再怎麼說是前任的責任編輯，時任也有一段微妙的空窗期，岩倉之所以這麼做，是不是想切割責任呢？

但實際上和我所想的不同，時任就像是什麼事都沒發生過一樣——彷彿至今和我失聯的情況完全不存在——相當正常地和我進行討論。雖然我有很多事情想問她，但就是說不出口。可以的話，我也想問問福原彩萌的近況，但是關於工作以外的事情，我們都一直沒有機會談到，等到我意識到這點時，已經喝下第三杯啤酒了。

確實時任在最後關頭時，是反對推出那本作品的單行本的。

既然如此，她現在很積極地跟我討論著文庫版的出版事宜，又是為什麼？

對於時任接連提出了幾位解說撰文者的人選，我也只是隨意用「那一位很不錯呢」之類的話去附和，心裡卻在琢磨著這個疑惑。

「啊，不好意思，還沒幫老師倒冰水呢。」

時任離開座位，用托盤端了自助取用的冰水回來。

「謝謝你。」

我向她道謝後，接下來就一心一意專心在出版相關的討論上。想問的話之後還可以用電子郵件確認，現在我想儘可能專注在工作的話題。

最後，我對時任提出想在「終章」加入一些內容。

「老師想要寫些什麼？」

「和單行本的時候一樣，就是些編輯事務上的幕後花絮。」

面對她的問題，我給了一個適切的答案。

「可是，還有可以寫出那種內容的題材嗎？」

「我想就算沒有也不是問題。只要能呈現出帶有意外性展開的氣氛，光是這樣就有特地加寫內容的意義了。」

然後時任突然露出了微笑。

「老師您特地放進『終章』、那段從吉柳吉彥留下的錄音帶中聽來的神秘話語，我已經徹底解開它的秘密囉。」

「咦？」

「其實提示就藏在非常接近的地方。」

「所以我也把那段話的意思，告訴了福原小姐喔。」

「……」

——就是因為這段經過，我才會寫下現在這篇內容。然後，如果各位讀者能夠看到這篇內容的話，表示它已經順利地被放進了這本作品文庫版「終章」裡面了。

如果事先預告的話，時任可能不會將它放進來吧。一路將追加的稿件讀到這裡的她，至此之前一定會覺得很不可思議、想著我到底是把那些內容藏在哪裡了。

時任小姐，你在無意識之間，已經被**那個**給影響了吧。我們先前在家庭餐廳進行討論時，你去拿了供客人自助取用的冰水。首先你給了我一杯、然後在自己的前面放了一杯、最後又在自己身旁的座位前也放了一杯。因為岩倉先生已經先離開了，現場只剩下我們兩個人。但是你還是準備了三杯冰水。

因此我在那之後，就全心全意集中在工作的話題上。就像是之後不必再跟時任小姐相約見面就可以完成工作那樣，總之先專注於討論。

為什麼我要這麼做？那是因為我萌生了某種預感，覺得下次和你碰面的場合，你可能會把第三杯冰水，放在我身旁那個空無一人的座位前面……

要不要把這篇加寫的內容捨棄不放，我就交給時任小姐自己來決定。只不過，我還是希望能盡可能收錄進去。因為這麼一來，就能促使讀者抱持警惕。

摸啊幾囉逼機鳴幾納嘛吧幾嘛、吱咩捏幾奴嗯捏嘎鳴（もあぢろびぢうぢなまばぢま、づめねぢぬんねがう）……

那段從吉柳吉彥留下的錄音帶中聽來的神秘話語，千萬不要嘗試去解開它的意義……在此向各位讀者提出忠告。

終章

於都市蠢動之物——日西同體的真實怪談

（本文涉及關鍵情節描述，建議閱畢全書才行閱讀）

喬齊安（Heero）

「『恐怖』與『懸疑』是分不開的。」

——綾辻行人

近年在本土翻譯小說市場中備受矚目的三津田信三，作品量大質精，以多個系列串起的三津田宇宙，筆者可將之以故事背景簡略劃分為「古典民俗恐怖」與「現代怪談」這兩大路線。前者代表作便是最知名的刀城言耶系列，以及目前已經有中譯本《黑面之狐》（二〇一六）可欣賞，將時間軸設定在二戰後昭和時期的「物理波矢多」系列。架構在戰後的四〇、五〇年代，以橫溝正史為首的本格推理小說蓬勃發展的時期。都市居民重建了繁華的生活，但許多偏遠鄉村仍未開化，保留了古老的傳統與忌諱、奇妙的民俗傳說。曾被戰爭掩蓋的魑魅魍魎（來自人心的黑暗）也蠢蠢欲動，伺機重返人間——在這樣光明與黑暗交界的「逢魔時刻」，三津田以小說呼應時代發展，成功架構了以懸疑恐怖為基底、邏輯推理置核心的多部獨家傑作。

而在「現代怪談」類中，三津田的嘗試更趨大膽豐富。從出道的「三津田信三」同名作家系列；到繼承江戶川亂步正邪對決風格的「死相學偵探系列」；以鬼屋、被詛咒的土地等背景為主的「家」系列與「幽靈屋敷」系列等等。其他非系列如可被視為三津田怪談入門書的《赫眼》（二〇〇九）、融入社會派動機與童謠謀殺的《七人捉迷藏》（二〇一一）、到改編電影由板野友美主演，以鄉野望族血緣開展設定的《窺伺之眼》（二〇一二），均為各具強烈個人特色的魅力之作。

而到二〇一六年發表的這部《怪談錄音帶檔案》，更是一部「真實系怪談」（実話怪談系）的極峰短篇集，以連作形式，收錄了風格、種類多元的現代怪談。什麼是真實怪談呢？我們可以回溯到江戶時代的「百物語」形式。這種一群人聚在一起說鬼故事的聚會，伴隨科技演進以不同的形式呈現，如七〇年代大為風行的心靈節目、靈異照片、都市傳說。日本現代怪談的一大特徵是在日常生活中發生的怪異之事，而真實系怪談便是最合適用來發揮的載體。

在真實系怪談中出沒的不是貞子、傑森這類恐怖的非人怪物，突然現身進行舞台劇式的殺戮。而是在主角群看似日復一日的平凡生活中，出現了什麼無法形容的「東西」，逐漸侵蝕吞噬日常、卻又無法逃避的緩慢恐懼。正因為故事背景太過貼近現實，那種規則崩壞的戰慄也更為強烈。許多日本明星都出演過這種類型的長青節目，自一九八九年開播的《世界奇妙物語》、一九九九年開播的《毛骨悚然撞鬼經驗》，至今仍廣泛受到海內外恐怖愛好者的歡迎。

而擅長以作家身分入題的三津田，往往透過第一人稱視點，塑造出臨場感十足的真實怪談。有時候是主角無意闖入或被魔域禁地所捕獲：出道作《忌館．恐怖小說家的棲息之處》（二〇〇一）、《赫眼》中的〈向下看的房子〉、本作中的〈那一個看家的夜晚〉；有時候在與一面之緣的神祕人對話中，聽聞不可思議的詭談：《赫眼》中的〈相對鏡的地獄〉、本作中的〈不要在屍體旁邊睡著〉等；又或者開頭毫不起眼的生活瑣事，竟引發可怖的悲劇襲來：如《七人捉迷藏》的生命求助專線、本作中〈擦身而過之物〉的上班族步行風景……等。

筆者在博客來OKAPI書評中評論刀城言耶系列是：「**既是一切謎題皆有解答的本格推理，更是無法以科學全盤解釋的妖魔潛伏的怪談。**」那麼三津田的現代怪談便是這樣定義：「**可以劃分為具備完整邏輯解釋的恐怖推理、以及沒有辦法給出明確解答的真實怪談這兩大類。**」《怪談錄音帶檔案》便巧妙地收錄了這兩類作品，讓如筆者在內的粉絲們能夠一次品嚐到最充實飽滿的三津田怪談滋味。

在「序章」與穿插的「幕間」段落中，又或者是各篇故事的開頭，三津田信三本人以我們所熟悉的作家本人身分擔任說書人、與編輯討論進度，彷彿與讀者話家常似地報告他的工作狀況，甚至分享了同步創作的《黑面之狐》中所遇到的困難。〈死者的錄音帶聽打〉以三津田還在擔任編輯時企劃的叢書做為開端；「幕間」中則加入《怪談錄音帶檔案》責編時任美南海進行這些死者遺言錄音帶聽打工作時所遭逢的怪事，徹底模糊了「真實」與「虛構」的界線。這些故事可能是虛構，卻也很像是現實中發生過的怪談，當讀者沒有辦法區分這些詭異情節是否僅存在於紙本上，真實系怪談的驚嚇點也因此發揮得淋漓盡致——

筆者認為，就像綾辻行人認為恐怖必然伴隨懸疑，三津田的怪談宇宙可以更擴大地用一張圖做解釋：**以一條X軸與Y軸搭起象限圖，四個象限分別代表：恐怖（Horror）、懸疑（Suspense）、推理（Mystery）與驚悚（Thriller），並畫出一個涵蓋四大象限的完美的圓**。隨著作者本身的掌握程度，有時候單篇故事會更集中在某個類型上，但無論是哪一種題材都能駕馭自如，這必須歸功於他極為深厚的學識底蘊，以及從世界電影到小說的深厚研究。

如怪奇幻想作家暨評論家朝宮運河在《怪談錄音帶檔案》的文庫本解說中分析的，由恐怖蒐藏家三津田本人從大量古典恐怖小說中精選編輯的《怪異十三》（二〇一八）短篇集中，提及著迷於岡本綺堂、（極受洛夫克拉夫特推崇的）M.R. 詹姆斯這些類型先驅的獨特魅力，他們「挑起讀者的不安、刺激讀者想像力、隱藏在話語背後的恐怖、戰慄偏執的妄想」等特徵，也成功地移植進三津田自己的怪談集中。

日本有很多優秀的恐怖作家，但三津田令筆者更讚嘆之處，便是他在充分吸收養分後，能夠將經典的西洋驚悚風格轉化為現代的都會恐怖。《忌館・恐怖小說家的棲息之處》便是滿載熱情的初試啼聲，而在本作中的〈那一個看家的夜晚〉更以短小精悍的方式處理得相當出色。作者一開始便說明日本沒有歐美的「看家文化」，但如果有薪資優渥的打工機會掉下來誰會不願意呢？女主角麻衣子就這樣踏進詭異的大宅，遭遇悽慘的經驗。三津田精心挑選出「人煙罕至，橫濱內陸的新興住宅區」場域置入西洋驚悚片的場景氛圍，也替殺人魔賦予了可信的動機，「日皮西骨」地漂亮致敬了《月光光心慌慌》（一九七八）如此名作。

〈聚在一起的四個人〉與〈黃雨女〉則是與其對應，趣味性極高且畫面感鮮明的日式現代怪談。前者是日本風行已久的「**山岳怪談**」，因島國多山地形，百岳登山是他們的娛樂生活之一，但自古日本信仰也認為高山是神明與死靈的棲息之地，自然隨之而生奇聞異事，就像台灣第一峰玉山上也有「玉山小飛俠」的傳說。怪談中需求的神祕魔域在已開發的都會叢林中較難取得，因此被迷霧包圍、被蒼樹龍罩的山林能夠歷久不衰地沿用至今。恐怖作家安曇潤平便曾與包含伊藤潤二在內的漫畫家合作推出這個題材的漫畫合集。本作中以《一個都不留》（一九三九）為例，繼《七人捉迷藏》後以不同的解答方式書寫「多了一個人」的題材典範。

〈黃雨女〉中「即使沒下雨，她還是戴著雨帽，身上也穿了雨衣，腳上套著長雨靴，連傘都撐著喔。」的造型則令我們親切地聯想到魔神仔「紅衣小女孩」。這位每天待在同一個地方不動凝視著眾人的怪異女子，似人非人，正是標準的「**都市傳說**」配備。隨著人們的耳語、謠言越滾越大，原本無害的「東西」也會演化、變形發展成恐懼的存在。當故事中人物觸犯了「絕對不能和她對上視線」的禁忌，便讓「東西」突破界線化為現實中的厄運。以相近概念設計的〈擦身而過之物〉，輔以事故現場奉花的傳統、加強了節奏感，每日逼近的黑影壓迫感驚人。**值得注意的是，這兩篇「真相沒有辦法找到解答」的怪談受害者均是清白無罪的小人物**。與歐美驚悚片中常見犯蠢、自找麻煩的受害者不一樣，日本現代怪談的另一特徵便是這些無端找上門的邪惡之物，宛如地震、海嘯等「天災」一樣令市井小民無所適從、無從躲避、無法化解……也從中體現了日本人的精神思想。

能在一部短篇集中展現「日西同體」卻又各異其趣的恐怖小說，並保留了作家擅將個人經歷融入劇情內的特長，三津田信三的短篇創作實力在《怪談錄音帶檔案》中有著顯著的進化，更是想要認識真實系怪談絕對值得推薦的傑作。

作者簡介／喬齊安（Heero）

出版業編輯兼百萬部落客。已出版五本足球書籍專刊，編輯製作多本本土文學創作獲獎，並售出ＩＰ版權改編為電影電視劇中。為多部小說／實用書籍撰寫推薦與導讀、OKAPI書評相關文章，尤以推理類型為最。長年經營「新聞人Heero的推理、小說、運動、影劇評論部落格」。

挑戰邊界：《怪談錄音帶檔案》的敘事結構與恐怖邏輯

（本文涉及關鍵情節描述，建議閱畢全書才行閱讀）

洪敍銘

「怪談」的定義，原是泛指奇特而不尋常的傳說，不過在世界恐怖文學的思潮及脈絡下，也逐漸隨著時代的推衍，有著範圍界義與表現形式上的殊異。當然，造成這種殊異的原因牽涉很廣，但追根究柢，仍然來自於現代化在語境裡，人們對「恐怖」的認知轉向。簡單地說，恐怖的場域逐漸由近乎與世隔絕的荒山野嶺與神祕古堡，轉向現代化的都市空間，我們在敘事裡看見的是人性和人際互動的過程；此外，宗教及神話題材的降低，取而代之的是生活中「怪異的小事」；這種創作題材「私我化」的轉向，深刻地探索每個個體的「私密」，意即恐怖的根源或形成，或許已不僅只是對「外在」、「絕對未知」（如死亡）的恐懼，更多的是探索異常真相的過程裡，那種打破禁忌、雜揉期待又危險的感知，換言之，不論是在一九六〇年代「科幻新浪潮」影響下的Clive Barker對肢體藝術展現的執著，或是東雅夫在《幽》中指出的：「遭遇到鬼怪——也就是幽靈、妖怪、怪物等超自然存在，或是碰上無法合理說明的不可思議現象之際，產生的恐怖、驚愕、怪異或是不可思議之感的情緒」，都展開了與古典性截然不同的發展脈絡。

值得一提的是，「怪談」在日本文學中，存在頗為獨特且淵遠的歷史傳統，三津田信三的《怪談錄音帶檔案》則是延續著上述這種對「新時代特徵」的追求下的創作，與「百物語」等日本既有的恐怖傳統不盡相同，反而近於京極夏彥「在日常的都市縫隙中遇到非常的怪異」的定義及「令眾人回憶起面對面講述怪談互相喚醒彼此恐懼之心的原初體驗」的閱讀感受。

「窺見」與「縫隙」，是這類作品著力描寫，也是相當突出的主題，它的創作型態與結構，又與當代的都市傳說、都市奇譚不同；這些縫隙，主要還是來自於「日／異常」之間的邊界跨越，從平凡無奇窺見到未知、詭異的超自然、靈異空間，動搖原初的自我與對真實的信仰。

邊界的游移

美國人文地理學家 Tim Cresswell 曾指出：「人、事物和實踐，往往與特殊地方有強烈的聯繫，當這種聯繫遭到破壞，他們就會被視為犯了『逾越』的罪刑。」（2006：47），這樣的觀點，很能應用於「怪談」書寫中，令人感到恐怖的來源；「逾越」本身具有一種特殊的語義，它必然具有某種跨界的意涵，且通常表現的是從「日常」跨越到「非常」的領域，從這個角度來說，因為意外事件而造成人在「常／非常」的邊界游移，就能創造出許多「空隙」——如同搖晃水杯會形成的氣泡一樣，它非常微小，卻推進某種私我化的失序，也因此在《怪談錄音帶檔案》中，我們往往在情節敘事裡發現「眾人的日常」和「我的異常」兩個截然不同的世界，營造了雙向、永無止盡的恐怖迴環，甚至連結了人們對於精神疾病的排拒與恐懼。〈擦身而過之物〉即是這個類型的代表，夕菜在住處電梯裡的那一幕：「夕菜就是知道那東西就在這個狹窄的空間內」，對比著身邊眾人「所以就好像看到怪人那樣，無視了夕菜的反應，就這樣從她身邊走出電梯」，反向地寫出了夕菜內、外在孤立無援的處境。

此外，《怪談錄音帶檔案》裡的各個短篇，大致上是延續著線性敘事進行，這些故事幾乎存在著共同的結構：一個平凡生活的開端、意外的邀請或目睹、詭奇靈異事件接二連三的發生、失蹤、死亡或造成傷害、最終回歸日常。（如下圖）

《怪談錄音帶檔案》裡的「異常」，主要都是從再日常不過的生活景況中，發現略微的變化，然後以加速度的方式開始惡化，如〈間幕（一）〉時任小姐目睹水杯中的半圓形，快速地成為咖啡豆大小的形狀，如漣漪般地擴散，一發不可收拾；不過，正如平淡無奇的生活一般，異常事件的堆疊雖然會加深情節內容的詭譎，但卻

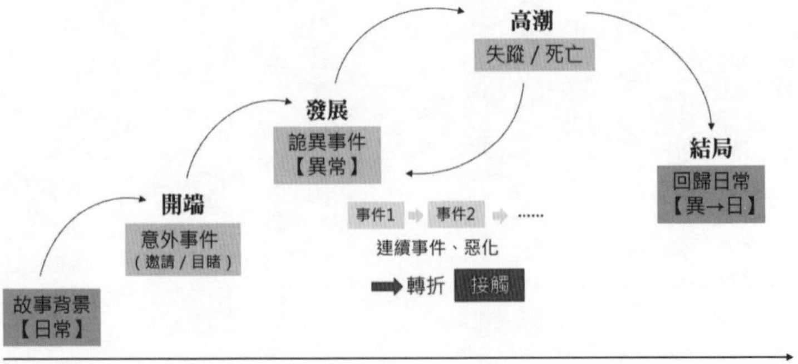

也容易造成疲乏；因此各篇的「轉折」，往往是讓「日常」、「異常」相互接觸、碰撞，推升情節高潮的契機。

《怪談錄音帶檔案》中，「眼神」的接觸是一個非常重要的催化劑，例如〈那一個看家的夜晚〉：「和**那個東西**對上眼的瞬間，麻衣子的後頸馬上起了雞皮疙瘩」、〈聚在一起的四個人〉：「這是第一次跟章三對上眼。他一隻眼睛的瞳孔，也就是黑眼球的部分，異常地巨大。」、〈不要在屍體旁邊睡著〉：「發現隔壁床的老人，已經將頭轉向這邊、雙眼還直盯著K看。」、〈黃雨女〉：「她臉上化著全白的濃妝，張大了兩隻眼睛瞪視著我。照理說她的臉妝這麼濃，塗上口紅的嘴應該更明顯才對吧？但是她的雙眼卻格外醒目。」、〈擦身而過之物〉：「悄悄地從門上的貓眼確認走廊的情況。……一片漆黑，什麼也看不到。」更重要的是，這些段落都象徵「日常真實（我）」和「異常恐怖（那個東西）」的正面接觸，意即常與非常的運行軸線乖離過大時，某種小說世界的法則或規律，將強制地介入，讓兩端正式衝突，其後的情節不論是瘋狂逃命、失蹤甚至死亡，都將成為游移在邊界之間的懲罰。

一切都是幻覺？

除了邊界跨越所造成的不適感與恐懼之外，怪談類型的恐怖塑造邏輯，是在科學理性的基礎上，提供靈異、超自然／反科學等匪夷所思的解答，並非憑空杜撰、想像出駭人的情境，也因此，不論是〈那一個看家的夜晚〉的麻衣子在數個月後恍然大悟恐怖經歷的真相，或是〈聚在一起的四個人〉的奧山最終收到「山居章三同學會幫我們帶路的」的電子郵件，他們對「真相」展現出的驚懼異常，連帶地讓破解謎團的讀者，如他們一般感到毛骨悚然，這就表示無論這些內容多麼偏向「超自然」的可能性，它還是一種基於現實世界的「可能」。

這當然是另外一種「邊界游移」的層次解讀，但更細部來看，麻衣子和奧山事實上是所有故事裡，最具有抵抗意識的角色，即他們常強烈地應用現實意識與專業知識，進行對異常的理性對抗與質疑，例如麻衣子對「那個東西」造成的物理性傷害、奧山從主動拒絕到丟棄章三遞來的石頭；但儘管如此，他們仍然曾經產生了「一切都是幻覺」的自我安慰。

然而，幻覺指的是在沒有客觀刺激作用於相應感官的條件下，而感覺到的一種真實的、生動的知覺，它或許具有危險性，但不帶有具侵略的恐怖感，一如〈不要在屍體旁邊睡著〉緊盯著K的老人，K也只是覺得「奇怪」與「不對勁」而已，但對比整理而成的老人童年故事，那個在列車上盯著少年，滔滔不絕地講著恐怖傳說的老人，卻給予小說主角與讀者細思極恐的感受，最關鍵的差別，即在於當幻覺真真實實地發生在生活場域時，幻覺就不只是幻覺，而是事實了。

從「假」到「真」的核實，向來具有強烈的震撼力，《怪談錄音帶檔案》的情節中，就常見以「找不到人」，來象徵或暗示當幻覺成真之時的景況，例如〈死者的錄音帶聽打〉下落不明的吉柳吉彥、〈聚在一起的四個人〉失蹤的岳將宣、〈那一個看家的夜晚〉沒有人真的認識的社團學姐、〈黃雨女〉的黃衣女子、〈擦身而過之物〉的陽葵，這些人在主體故事情節中，大多不是主要敘事的角色，但他們的曾經出現又消失，共同地具有一個強烈的指稱作用：讓「我」清晰地認知到，這些詭異難解的恐怖事件，「都是『真』的」。

迴環且永恆的詛咒

《怪談錄音帶檔案》裡有兩個故事的結局，延伸了三津田信三對於恐怖的想像。〈不要在屍體旁邊睡著〉中，少年在他的童年回憶裡睡著，醒來後發現時序的重組，他又回到了詭異事件發生前，這不僅使得整個歷程更加充滿懸疑外，也暗示了這種宿命般的輪迴，可能將以某種形式，過渡到所謂「真實世界」的空間，造成傷害；更進一步來說，這個短篇裡的回憶故事，事實上是不斷重複的，少年和老人的記憶與身分交換，也在封閉的時空中不斷的進行，成為一種永恆的詛咒，但在這個童年回憶外的情節，又延續著日常↓異常↓日常的結構推展，這留下了一種懸念：突然出現在療養院的鹿羽洋右，或許也並不是突然消失，而是在生死界限之間，反覆徘徊。

此外〈擦身而過之物〉也應用了相似的恐怖邏輯，夕菜最終雖然搬離了原本的公寓大樓，但是從黑色身影到友人陽葵那種近乎無意識的、日復一日地朝向她居住的510室前進，同樣是一種「抓交替」的、無法恢復的詛咒，這也對映著三津田信三對「鹿羽洋右」的「撿屍」詮解——異常沒有消失、恐怖也不會消失。這樣的創作意圖，留下了大量的想像空間，擴大恐怖元素在讀者生活領域的可能性，一方面對應著固定的線性時間敘事結構，出現某種隱然對反衝突與挑戰，另一方面，或許作者想要揭露和表述的，不僅是對於恐怖極致的塑造，而是那些在時間洪流中，看似被遺忘或忽略，卻能夠成為真相、真實的片段，最終將如同緩慢播放的錄音帶一般，侵入、滲透你我的生活。

作者簡介／洪敍銘

文創聚落策展人、文學研究者與編輯。主理「托海爾：地方與經驗研究室」，著有台灣推理研究專書《從「在地」到「台灣」：論「本格復興」前台灣推理小說的地方想像與建構》、〈理論與實務的連結：地方研究論述之外的「後場」〉等作，研究興趣以台灣推理文學發展史、小說的在地性詮釋為主。

本書是將2016年7月由集英社所出版的《怪談のテープ起こし》一書進行文庫化，並於「終章」部分加筆改版而成。

作品首次刊登

序章	單行本出版時撰寫
死人のテープ起こし	「小說すばる」2013年3月號
留守番の夜	「小說すばる」2014年1月號
幕間（一）	單行本出版時撰寫
集まった四人	「小說すばる」2014年9月號
屍と寝るな	「小說すばる」2015年1月號
幕間（二）	單行本出版時撰寫
黃雨女	「小說すばる」2015年5月號
すれちがうもの	「小說すばる」2016年1月號
終章	單行本出版時撰寫

TITLE

怪談錄音帶檔案

STAFF

出版　瑞昇文化事業股份有限公司
作者　三津田信三
譯者　黑燕尾

總編輯　郭湘齡
責任編輯　徐承義
文字編輯　蕭妤秦　張聿雯
美術編輯　許菩真
封面設計　許菩真
排版　許菩真
製版　明宏彩色照相製版有限公司
印刷　桂林彩色印刷股份有限公司
　　　紘億彩色印刷有限公司
法律顧問　立勤國際法律事務所　黃沛聲律師

戶名　瑞昇文化事業股份有限公司
劃撥帳號　19598343
地址　新北市中和區景平路464巷2弄1-4號
電話　(02)2945-3191
傳真　(02)2945-3190
網址　www.rising-books.com.tw
Mail　deepblue@rising-books.com.tw

初版日期　2021年1月
定價　360元

國家圖書館出版品預行編目資料

怪談錄音帶檔案 / 三津田信三作；黑燕尾譯. -- 初版. -- 新北市：瑞昇文化事業股份有限公司, 2021.01
336面；14.8 x 21公分
譯自：怪談のテープ起こし
ISBN 978-986-401-462-0(平裝)

861.57　109020591

讀小說
Reading Novel